苏幸安

有爱的青春陪伴者

一次又一次见你，
一遍又一遍心动。

送你一颗小桃心

My sweetheart

苏幸安 著

花山文艺出版社
河北·石家庄

图书在版编目（CIP）数据

送你一颗小桃心 / 苏幸安著. -- 石家庄 : 花山文艺出版社, 2022.5
ISBN 978-7-5511-6122-0

Ⅰ. ①送… Ⅱ. ①苏… Ⅲ. ①长篇小说－中国－当代 Ⅳ. ①I247.5

中国版本图书馆CIP数据核字(2022)第051574号

书　　名：送你一颗小桃心
Song Ni Yi Ke Xiao Taoxin
著　　者：苏幸安

责任编辑：卢水淹
特约编辑：周丽萍
责任校对：董　舸
封面设计：颜小曼
内文设计：孙欣瑞
封面绘制：朱鼓励
美术责编：胡彤亮
出版发行：花山文艺出版社（邮政编码：050061）
（河北省石家庄市友谊北大街330号）
销售热线：0311-88643221
传　　真：0311-88643225
印　　刷：长沙鸿发印务实业有限公司
经　　销：新华书店
开　　本：880mm×1230mm　1/32
印　　张：9.5
字　　数：220千字
版　　次：2022年5月第1版
2022年5月第1次印刷
书　　号：ISBN 978-7-5511-6122-0
定　　价：42.80元

目录

目录

第一章

/
他，与光同尘

(1)

鉴宝类文化综艺节目《古玩街》开播时，乔鹤正在洗碗，手机支在水槽边。

屏幕上，女主持人旗袍裹身，柔美婀娜，笑吟吟地介绍："除固定的专家团，栏目组还请来了一位特殊嘉宾——金麒典当行首席艺术品评估师、陶瓷鉴定专家、金缮修复师霍听澜霍先生……"

许是现场灯光过于柔和，又许是固定专家团的几位都上了年纪，形貌枯槁，当镜头慢慢推进，定格在那位霍先生身上时，乔鹤忍不住"哟"了一声。

这哪是霍先生，分明是尊冰砌的美人像。

华光内敛、清冷挺拔，英俊得近乎晃眼。

不过，节目播到一半，冰美人的滤镜就碎了一地。

霍听澜的专长是瓷，第一位持宝人正撞在他的命门上，带来的藏品是缠枝花卉纹蒜头瓶，款识是乾隆年制。持宝人格外自信，咬定这东西是宫里出来的，珐琅彩，万岁爷用过的好东西。

摄像师接到导播的信号，将镜头对准嘉宾席。

霍听澜眼尾狭长，末端上挑，线条迂折，似新开的桃花。他笑了笑，礼貌、疏离，又风情灼人，道：“制瓷，在中国有着漫长的历史，明、清两朝，建立督陶官制度，负责监督御用瓷器的生产烧制。督陶官如果敢把这种成色的瓷器送进宫，九族的坟头草都会被铲平的。”

一把醇郁深沉的好嗓子，说出的话是真不客气。

几个老专家齐齐憋笑。

霍听澜指骨似玉，细白纤长，在桌面上一记轻敲，一锤定音：“近代仿品。”

潜台词是，仿成这样，就应该原地砸了。

节目继续进行，最后一个藏品是陶罐，主持人例行询问，持宝人说藏品是他买来的，花了将近十八万。

主持人将目光转向霍听澜，示意，他怎么看。

霍听澜皮相太好，一垂首一抬眸间，都透着风情。他道：“民间收藏品的品鉴要考虑三点要素：一是艺术价值，二是文化价值，三是考古研究价值。这件藏品，艺术价值很低，文化价值不明显，考古研究价值有待考证。十八万，就算是韩币，我也挺心疼的。”

持宝人不服，呛了一句：“就算是专家，有时也会看走眼吧。”

霍听澜笑了：“专家会不会看走眼，不好说，但是，你的‘十八万’是真的走眼了。”

丝毫不顾及播出效果，或是会不会被删减，寸步不让，半点亏都不肯吃。

节目一共四十五分钟，看点全在霍听澜身上。首播的当天晚上，就有博主剪辑了霍听澜的动图和截屏，配上时下流行的背景音乐发布在各个社交平台上，巅峰时段转发量一度飙升到五位数，评论里全是“我的天哪，好帅好帅”。

“霍听澜”三个字直接冲破专业壁垒，狠圈了一拨颜粉。

有人觉得他相貌清隽，学识渊博，也有人觉得他尖酸刻薄，缺乏礼貌，还有人说他装腔作势摆派头。各色言论乱成一团，关注度越发高涨，霍听澜的微博主页也被挖了出来。

ID“Crux_H”，粉丝数将近两百万，关注数却是零，简介里填了一个短句——和其光，同其尘。

挫其锐，解其纷，

和其光，同其尘，

是谓玄同。

出自《道德经》，意指不露锋芒，也指与世无争。

乔鹤跟着吃瓜群众跑去围观。霍听澜的微博动态不多，大部分是图片，一杯茶，一只猫，一个待修补的莲瓣碗，画面素净，颜色清浅，带着点冷淡疏离的味道。

乔鹤嚼着薯片滑动屏幕，忽然动作一顿。

她刷到一张照片。

照片上，霍听澜应该刚洗过澡，黑发湿润，微带着水汽。他穿着半袖 T 恤，手肘撑在膝盖上，在手臂内侧衣袖截断的地方，隐约能看到文身，是一朵经过艺术设计的黑色莲花。

莲花是佛教八宝之一，圣洁吉祥，指引众生脱离苦海，抵达光明之岸。

清冷的白，浓郁的黑，出淤泥而不染的莲，还有腻在怀里的皮毛柔软的猫咪。

画面既冰冷，又艳丽，却仿佛有月光铺陈，带着优昙婆罗花的味道。

照片拍得实在好看，乔鹤越看越喜欢，拿出数位板，描了一幅Q版人设图，简单上色后发在了微博上，还挂了个话题。

@上官摘月亮：涂鸦练习 #最最好看的霍先生#

乔鹤自幼父母双亡，被父亲的故友玉雕师傅程柳江收作弟子，学习玉石雕刻。乔鹤读书不灵光，拿起刻刀倒是像模像样，师专毕业后，她进了程家传了几代的老字号——如意轩，靠手艺吃股份，相熟的老客都叫她“小掌柜”。

技艺再如何精纯，乔鹤到底年纪小，又是女孩，爱笑，也爱玩，喜欢在微博上发布一些手工艺视频，或者练手的字帖、国画，积攒了十几万粉丝。

霍听澜的人设图一发布，评论区就热闹起来，瞬间涌入上百条留言，还有人问她要不要加入霍听澜的非官方粉丝群，和小伙伴们一块儿玩。

乔鹤对粉丝群挺感兴趣，回了一句“好哇”，这时，师母张念云喊她出去帮忙。

程家老宅是个小四合院，紧挨着胡同口，位置很好。乔鹤不好好走路，踩着廊下的栏杆往外跳，落地没站稳，向前一扑，和人撞了个满怀。

来人比乔鹤高了一头还不止，扑面一股柠檬味的淡香气，应该是沐浴露的味道。乔鹤双手环在那人腰上，腰身劲瘦，几乎硌疼了她，她的指腹碰到那人的腰带，微凉的一触。

黄昏，霞光漫天，连风都温柔。

不用抬头去看，乔鹤就知道她撞见谁了。

程璟川。

程柳江的独子，乔鹤名义上的师哥，也是她最害怕的人。

（2）

玉石雕刻是程家祖传的手艺，大家长程柳江年过半百，秉性耿直，一辈子不入玉协，不参评奖项，坚持不售假不欺瞒，玛瑙就是玛瑙，石头就是石头，手捧着良心过日子。除了亲儿子程璟川，程柳江还有两个徒弟，一个是乔鹤，另一个叫云林。云林是程家远亲的小孩，也是乔鹤的小师弟。

乔鹤和云林一对学渣，考试轮流倒数第一，十分和谐。有一次乔鹤给云林讲“孔融让梨”的故事，她说，古时候，有个小孩叫孔融，他看见父母吵架，于是就说，日子能过就过，不过就离——这就是孔融让“离”的故事。

云林是个会走路的“喇叭精”，扭头就把孔融让“离”的故事传了出去，一传十、十传二十，三天后乔鹤在小胡同里出了名。程柳江觉得特别丢人，摇头慨叹：“这么皮的孩子，不拽过来打一顿，实在可惜！”

乔鹤：“……”

能吵吵，咱尽量别动手！

和两个小垃圾不同，程璟川读书很厉害，一路名校保送，现在是Z大的在读博士。

邻居都说程师傅好运气，生了个厉害的大儿子，又得了两个贴心的小徒弟。

只有乔鹤知道，那段时间，家里闹成什么样子。

程柳江一心盼着子承父业，程璟川却摆明了看不上家里的老字号。

老的骂小的忘本，喝了几天墨水，就不认祖宗。小的也不是吃素的，说老的迂腐霸道，顽固不化。

程柳江学上得少，硬是没听懂，茫然地眨眼："什么鸡？"

程璟川冷笑："黄焖鸡！"

说完，转身就走，关门声脆得炸耳朵。

程柳江抓过白釉瓷盘劈手就砸，边砸边骂："孽障！"

乔鹤站在一旁直哆嗦，不是吓的，而是心疼。

那个盘子，是定窑哇，柔润媲玉的定窑哇。

这老头儿是真败家！

程璟川比乔鹤大四岁，眉骨偏硬，气场十足。小时候云林爱闹，上蹿下跳到处惹祸，邻居天天来家里告状。乔鹤拿他没办法，程璟川随便递去一记眼神，这熊孩子瞬间就安静了，规规矩矩立正站好，大气都不敢多喘一口。

乔鹤感慨，人和人的差距，比人和黄焖鸡的差距都大！

和云林一样，乔鹤也挺怕这位大师哥，偏巧她倒霉，迎面撞在程璟川怀里不说，还抱了人家的腰，占人便宜似的。

乔鹤讪讪地收回手，语无伦次："那什么……我'脚'没穿好，'鞋'滑了……"

程璟川没说话，也没看她，径自绕过去，往客厅的方向走。

乔鹤扯着脸皮对着程璟川的背影做鬼脸——面瘫!

程璟川猝然回头，乔鹤立即仰脸望天：“人……人之初，性本善，不写作业是好汉……”

客厅的大圆桌上已经摆好骨汤锅底和羔羊肉，今天涮锅吃!

程柳江爱喝酒，乔鹤早就帮他烫好了，提着白瓷青花的温酒壶往酒盅里倒，衣袖下，一双雪白的腕子高悬着，不抖不晃，稳得像是定住。

多年执笔描图练出的基本功。

酒盅斟满，程柳江点了点头，眼尾余光飞起，瞥向亲儿子程璟川。程璟川只当没看见，端坐在椅子上，使唤云林给他倒水拿纸巾。

云林狗腿子一个，一口一个“璟川哥”，叫得亲切热络。

老头儿越看越来气，一巴掌拍在桌沿上，冲程璟川吼：“你摆什么少爷派头！这个家容不下你了是不是！”

云林吓了一跳，手上刚切的山楂糕险些扣进铜锅里，煮成一锅搭配奇特的羔羊山楂水。

程璟川吃软不吃硬，搁下筷子作势要走。

乔鹤生怕程璟川这一走，家里又不得安生，连忙夹起涮好的羊肉递过去，手腕顺势压住程璟川的手背，笑着说：“二位，先吃饭，吃饱了再练嗓子，行不行？”

肌肤相贴，带着细碎的暖意。程璟川视线垂落，看向那只压在他手上的腕子。

纤细、雪白，戴着银手链，还有柑橘调的淡香气，软软地覆过来。

程璟川似乎怔了一瞬，只是一瞬，接着，他朝乔鹤看去，眼神深邃，不带温度。

乔鹤连忙收回手，行动间险些打翻面前的蘸料碟。

一顿饭吃得心惊肉跳。

吃过饭，程璟川就回学校了。高中毕业后，他很少在家里过夜，父子俩的关系日益紧张。

云林约了朋友看夜场电影，也跑出去了。乔鹤陪师母收拾完厨房，又陪程柳江喝茶、看电视。闲聊间说起店里的生意，乔鹤告诉程柳江，客人订的那款“莲年有余”花插已经做得差不多，等师父审定完，就能抛光出货。

程柳江叫了声乔鹤的小名儿，说：“薄荷，玉雕这一行，熬的是苦功，一刀一刀地练，一下一下地刻，十根手指磨得皮开肉绽，结出厚厚的茧，疼也不能哭，哭也没用，这是手艺人该受的。我经常想，要是你爸妈还活着，你是不是就不用受这份苦了……”

“师父！”乔鹤有点急了，扯住程柳江的袖子，“我明白您的意思，可我入这行，不是为了报恩，是真心喜欢。”

她抿着唇，顿了顿，才继续说：“十岁那年我被接到程家，进门后看到的第一样东西，是三足双龙耳活环玉香炉，透雕的纹样和浮雕的字，宝色在内，珠光在外。我第一次见到这么漂亮的东西，眼睛都看直了，不敢相信这么漂亮的东西，竟然是手工做出来的。都说艺不外传，可您从没防着我，教我看料，教我拿刀。十三岁的时候我做功课，一刀下去毁了一块极品芙蓉石，您没骂我，还夸我胆子大。说句不怕您笑话的——”

乔鹤眸光流转，瞥了程柳江一眼，这一眼，既有小女孩的娇憨，又有晚辈向长辈撒娇时的讨巧卖乖，小狐狸似的，灵气逼人，可爱至极。

程柳江忍不住笑起来，拍了拍乔鹤的手背，示意她继续说。

乔鹤凑到程柳江耳边，说悄悄话似的："行里都说，如意轩程师傅的手艺登峰造极，我就想，也许有一天，我能撵上您，甚至超过您。到时候，不管谁见了我，都要赞一句青出于蓝而胜于蓝，那多棒啊。"

程柳江被逗得大笑，同时，心里也滑过叹息。

他只有一个儿子，哪能不疼，也曾抱在膝头细细地教，还没学会走路先教看料，极品寿山石当玩具玩。程璟川聪明、优秀、高傲，也冷情，他眼睛里没有如意轩，硬塞给他，他宁可打碎了，也不会接。

程柳江一度以为老字号的时限到了，可偏偏……

乔鹤膝上放着一盒开心果，她顽皮，嗑开一粒，抛起来仰头张嘴去接，边吃边说："师父说过，人有魂而玉有灵。好玉都是'活'的，它知道别人是不是真心喜欢它，所以，雕东西要倾注感情，有感情，才能出好物件儿。我喜欢玉，也喜欢这个行业，我不敢说能扛起如意轩的招牌，但我绝不会让它蒙羞。"

（3）

和程柳江多聊了几句，乔鹤回到卧室时已经过了十点半。

微信图标上飘着红圈，好多未读消息，乔鹤点开看了一眼，是朋友把她拉进了霍听澜的粉丝微信群，上百号人一块聊天，表情包刷了一屏幕。乔鹤根据公告提示把群名片改成微博 ID，很快有人认出她，兴冲冲地打招呼：

"抓住月亮！你好，我是你的粉丝 @ 上官摘月亮！"

"还有我，我也是 @ 上官摘月亮！"

……

小伙伴们十分热情，乔鹤有点不好意思，丢了个红包，又引出一长串的“谢谢”。

群里气氛活络，有人发出来一个链接，招呼大家：“快看！”

洗过澡换上睡衣，乔鹤抱着枕头趴在床上，小腿跷起来，又白又细，左右摇晃。她一手托着下巴，一手将链接点开。

是一个帖子，源自某网络问答社区，标题是“你见过的最好看的男生长什么样”。问答下聚集了上千条回复，点赞数最高的那条回答，写的是霍听澜。

投稿人上传了好多张霍听澜学生时期的照片，说霍听澜是她的大学学长，有一次开运动会，学长是志愿者，比赛没开始，看台上就坐满了女生，全都盯着他看。校领导路过，问大家在看什么，所有人异口同声地说看霍听澜！那个场面啊……

没了节目里过分柔和的滤镜和打光，照片上的霍听澜显得更真实，也更精致，尤其是眼睛，神光内藏，灵蕴十足，罕见的漂亮。

真好看哪!

乔鹤翻了个身，手机举在眼前，忍不住笑起来。

她从投稿人发布的照片里选出最好看的一张，拿到朋友圈发了条动态：

“发出惊叹的声音——好帅好帅好帅……”

发布之前，乔鹤特意在“不给谁看”的设定里勾选了程璟川的名字，防火防盗防师哥。

发完动态，乔鹤又去看了看霍听澜的微博，顺手发了条私信：

“霍先生，我好喜欢你呀，你皮肤真好！”

直到那行字顶着蓝色的对话框飘在屏幕上，乔鹤才缓慢意识到，好像有哪里不对劲。

“霍先生，我好喜欢你呀，你屁股真好！”

？？？

！！！

完了，打错字了！

她想撤回，却点了删除，眨眼间，屏幕上一片空白。

乔鹤愣怔了将近半分钟，才想起来解释——

“霍老师，我想说的是你皮肤真好！皮肤哇！！不是屁股！！”

点击发送，几乎是在同一时间，蓝色对话框下跳出一行系统小字——

“由于对方的设置，你不能发送消息。”

嗯，霍听澜把她拉黑了。

乔鹤正手足无措，屏幕上又跳出一条新微信，是程璟川发来的——

“乔鹤，你可真有出息！”

乔鹤：？？？

你又来凑什么热闹！

她脑筋一转，意识到什么，她找到自己刚刚发布的朋友圈动态，点开权限范围，果然——

她设置的不是“不给谁看”，而是“部分朋友可见”。

她的本意是不想让程璟川看见，偏偏设置成了仅他一人可见。

乔鹤找到一个尴尬流汗的表情包，点击发送，对话框前出现一个红色感叹号。

嗯，程璟川也把她拉黑了。

（4）

乔鹤独独害怕程璟川，不是没有原因的。

她从小父母双亡，寄人篱下，胡同里一个胖成六边形的小肉墩不晓得从哪里听来的闲话，追在她身后喊她扫把星，讨人嫌、不吉利!

那时候乔鹤刚搬进程家，怯生生的，也不敢吵架，只是低着头。

小肉墩越嚷越起劲儿，惊动了正在包饺子的张念云。

张念云手都没擦，拎着擀面杖往外走，边走边说："谁欺负我闺女呢！"

这一声不高不低，隐含怒气。

小肉墩的妈坐在一旁嗑瓜子，见势头不妙，立即说："小孩子闹着玩，是培养感情！再者，孩子的事情就该让他们自己解决，大人掺和什么！"

这位也是摆明了不讲理。

"让孩子自己解决？"张念云没生气，点头说，"行！"

她转身推开小四合院的大门，喊："程璟川、云林，都给我出来!那肉墩子欺负小女孩，你们来解决一下！"

肉墩子他妈："……"

你叫谁肉墩子呢!

程璟川："……"

这语气，你直接说"开门，放狗"得了，再让云林汪几下，壮壮声势。

小肉墩刚上二年级，光长肉不长个，身高还不到一米一，程璟川比他大，云林比他高，1V2，摆明了要吃亏。

小肉墩他妈审时度势，拽着自家孩子骂骂咧咧地走了。张念云翻了个白眼，将乔鹤抱起来，一手轻轻拍着她的背，说：“好孩子，不怕，以后那小胖墩再瞎说话，就找程璟川和云林帮你出头！俩浑小子打架厉害着呢，老师天天跟我告状。”

乔鹤其实一点儿都不害怕，正琢磨该怎么收拾那小破孩，眼睛里不自觉地透出几分灵气和狡黠。她趴在张念云肩膀上，看见程璟川坐在廊下看书，日光温润，在少年周身铺开浅浅的一层。

鼻翼，睫毛，曜石似的黑眼珠。

他还小，轮廓里带着童稚的味道，脊背却挺得笔直。从脖颈到肩膀，一条完美的线。

手上的书翻过一页，他随之抬头，朝她看过来。

乔鹤只觉心口一悸，不由得缩了缩脑袋。

毫无温度的视线，像俏色极艳的南红冰飘，又如同氲着一汪寒冷的雾。

算了吧，乔鹤缩着脑袋，默默地想，这么大牌的“打手”，我可请不起。

（5）

乔鹤一贯早起，洗漱完毕，先拎着小花洒把院子里的丁香、牡丹、富贵竹浇过一遍，然后往鱼缸里撒把鱼食。之前云林失手做砸了一个鼻烟壶，程柳江让他留在家里补功课，乔鹤只能独自去看店。

她迈出院门时，看见邹小刀正蹲在树下刨沙子玩，脸上脏兮兮的，像只流浪狗。

邹小刀大名邹钺，是邻居邹奶奶的孙子，刚上二年级。

乔鹤翻了翻口袋，摸出两颗水果糖，对着邹小刀的脑门弹了过去。

小家伙反应挺灵敏，抬手接住，包装一撕，两颗糖全填进了嘴里。

两年前，邹小刀的爸爸因车祸去世，妈妈拿了赔偿火速改嫁，将邹小刀丢给双目失明的邹奶奶。

这一老一小，不至于吃不饱饭，但日子过得也确实辛苦。胡同里有几个熊孩子，欺负邹小刀没爹没妈，总抢他东西。乔鹤气得够呛，拎着熊孩子的耳朵挨个找家长。

有个家长十分不讲理，嘲讽道："两块破糖也值得你上门来闹?家里有多穷？做人太计较是不会有福报的，不然，那小崽子也不会小小年纪就死爸爸！"

乔鹤一听就炸了，拎起架子上的花瓶劈手就砸，还掀了对方家里的小茶几，烟灰缸、纸巾盒、水果盘子，乱七八糟的东西碎了一地。

一场架吵得轰轰烈烈，以乔鹤赔了对方两千块钱告终。程璟川说她头脑简单得如同单细胞生物，遇事只会用打架来解决。乔鹤心想小爷打遍枫叶胡同的时候，你还在补习班做卷子呢！

她不想跟程璟川吵架，摔门出去，看见邹小刀站在小院里的墙根下，眨着眼睛对她笑，边笑边说："薄荷，你嘴太笨了，以后尽量别跟人吵架，准输。"

乔鹤黑着脸不理他，他却走过来，伸手拽住乔鹤的衣袖，小声说："谢谢。"

如意轩位于朱雀街，紧挨着本地最大的古玩市场，上下两层，很宽敞，后面是总库，还有个设备齐全的机器房。

乔鹤踏进门厅时嘴上还咬着袋牛奶，一眼看见新来的小伙计正用日光灯照冰飘，抬手在小伙计的后脑勺上铲了记锅贴，边铲边训："日光才是多色全光，看玉要在日光下看，不是日光灯，记住了吗？”

小伙计磕头虫似的晃了一下，揉着脑袋憨憨地笑，连声说记住了记住了。

简单跟小伙计交代了几句，乔鹤换上工作服，往后面的操作间走。今天她有个大活，给之前提到的那个“莲年有余”花插做抛光。

抛光是玉雕的最后一项，容不得半点瑕疵。

前头勾线、出坯、粗雕、细雕不知耗费了多少心血，越往后越要沉住气，所以，程柳江常说，心急的人吃不了手艺饭。

花插用的料体是白玉，有俏色，整体保留了籽玉的卵石形状，剔除里芯，做镂空，莲叶蓬勃舒展，花苞半含半放，锦鲤跃水而出，金黄的俏色做鱼尾……

透且润，抓形很准，线条分布完美无瑕，一刀不多，一刀不少。

乔鹤用鹿皮手绢将花插细细擦过，越看越喜欢。

抛光机嗡鸣了大半天，粉末到处飞，乔鹤出来喝水透气，看见店里的伙计都扒着门框往外探头。她摘下手套，左右开弓，挨个抽过去，道：“上班时间看热闹！”

小伙计给乔鹤让出位置，招呼她：“鹤总，快来看，对面颜记碰上麻烦了。客人来取货，不知道哪里没谈拢，当场砸了，碎得满地都是。”

颜记也是做玉雕的，老板手艺一般，心眼儿却黑，什么上不得台面的假料劣料都敢当翡翠卖，昧着良心忽悠外行。

小伙计满脸兴奋，乔鹤跟着看了一眼。

外面正热，毒辣辣的阳光下，一辆基于奔驰S系改装的巴博斯停在颜记门口，“B”字徽章闪闪发亮。

小伙计感慨：“这车改得可真帅呀。”

乔鹤对车没兴趣，倒是看了眼车牌——438。

非常……非常好记的数字，简直印象深刻。

乔鹤正琢磨究竟是什么样的车主，能给自己挑个这么“顺口”的车牌，就看见一道人影从店里走出来，踩着满地的碎片走到车前，拉开驾驶座的车门，然后一脚油门，扬长而去。

动作太快，长什么模样没看清，只看出是个男的，穿着黑衬衫，袖子折上去，露出一截浅麦色的小臂，干练利落。

这气场，乔鹤剥开一粒开心果，有一搭没一搭地想，大概率是个帅哥!

（6）

霍听澜最近搬了新家，总觉得书房的古董架上缺点东西。他一时性起，想定制个仕女像，图他自己来描，只需找个靠谱的玉雕师傅。颜记的老板拍着胸脯说自己是行家，仰慕霍先生已久，想交他这个朋友，肯定给他最好的料和雕功。

如今回想起来，霍听澜只想把“我信你个鬼”这句话糊在颜老板的大脑门上!

仕女像大概二十厘米高，站立姿态，手持团扇，低头含羞，衣摆处落有蝴蝶。粗看上去，料和工艺都算精美，再加上颜老板一张妙嘴，将这东西形容得世间罕有。若是换了旁人，这单生意也就成了，还能交个朋友，宾主尽欢。

可颜老板时运不济，碰上的偏偏是霍听澜。

霍听澜眉目清秀，气场十足，尤其那双眼睛，像上等的元青花，莹润有光。他连放大镜都不用，探手一摸，险些当场骂娘。

开料和粗雕、脱坯都用的机器，不是手工，砂轮砣转速太快，线条边沿有细小的崩口。

崩口并不明显，可霍听澜这双手，是比放大镜更可怕的东西。

抛光也有问题，急着赶工，过渡不均，而且力度太大，留有细微的磨痕。

霍听澜手指纤长，顺着仕女像寸寸向下，忽然一顿，指尖停留在某一处，许久未动。

颜老板心里咯噔一下，暗道，坏了。

东西是他做的，他比旁人更清楚，霍听澜摸到的地方，多了一刀。

仕女像整器圆雕，发丝、五官、衣褶用的是阴刻线。阴线粗看繁多细致，但是，有两道线条重叠了。

雕东西的人或是粗心，或是想掩盖失误，在本该一刀成型的地方多补了一刀，线条断裂，走势横折，不伦不类。

门厅里一片沉寂，日光倾泻如水，落了霍听澜满身，显得瞳仁极润，尘霜不染。

颜老板心里打鼓，率先开口，谄笑着说："霍先生是行家，一眼就能看出来，这可是上好的和田籽料，纯手工的出坯和细雕，都是一等一的！你沿着这条街转三圈，从街头到街尾，保管再找不着这么好的东西！"

"颜老板是觉得我并非专攻玉器，看不出你们行里的那些小门道，"霍听澜收回手，指腹已经磨得泛红，他用拇指贴着食指搓捻了两下，轻笑着说，“连和田料和青海料都分不出来吗？青海山料磨成籽料状，再烧出些皮色来以假乱真。雕功如何暂且不提，颜老板这手蒙人的把戏，倒是练得不错。”

颜老板脸色微变：“霍先生说话，可不太好听！”

霍听澜的站姿一贯好看，他腿长，腰杆直，通身傲气，道：“我说过，只要东西做得好，价钱不是问题。料子要真，做工要细，半点瑕疵都不能有——我的话，颜老板是一句都没往心里去！”

颜老板立即道：“霍先生要是对料不满，我们可以补个差价，但是定制的物件，可没有退货一说。更何况，你可以拿图来跟实物做对比，我们完全是按霍先生的要求出的货，丁点儿不差。”

这家伙是担心他不给钱。

霍听澜一肚子刻薄随叫随到，张张嘴就能顶别人一个跟头，做节目上电视都没收敛过，面对颜老板这种做派的奸商，他却一个字都懒得多给，只是低头看了眼自己的手。

很漂亮的一双手，指腹平滑柔软，摸玉雕时太用力，磨得泛红，像是要沁出血来。

他是金缮修复师，行业里的翘楚，这双手不知道修复过多少残缺，也正因如此，他才格外见不得本该完美的物件缺了、残了。

他眼里从来不容沙子。

姓颜的还要说话，霍听澜摆摆手，说：“料按青海山料算，颜老板折算一下价钱吧。”

听到霍听澜说要给钱，颜老板才算放下心，虚情假意地表示给霍先生打个九折。

刷过卡，付清尾款，店里的伙计要把东西打包，霍听澜挥退伙计直接将仕女像从木雕小座上拿了起来，拎在手里掂了掂。

这动作有点轻佻，像在菜市场里挑西瓜，不是对待心仪物件该有的态度。

颜老板额角青筋一蹦，预感不妙。

果然，下一秒，霍听澜扬手一扔，仕女像摔出去，正落在门前的石砌台阶上。

“啪”的一声，摔得粉碎。

颜记铺子里，老板和伙计一并吓呆了。

霍听澜勾了勾唇，浮起一个冷淡的笑，说：“所谓‘珠落玉盘’，形容的便是这样的声音吧？好听！也算物有所值。”说完，再没多看一眼，踩着一地的碎玉片迈步走人。

直到门外传来汽车引擎发动的声音，小伙计才找回点神志，磕磕巴巴地说：“他……他什么意思？”

刚买到手的东西，说砸就砸？糟蹋钱玩呢！

“他的意思是，”颜老板气得发抖，咬牙道，“我们颜记的东西，只配砸碎了听响玩！他看不上！”

小伙计啧啧感叹。

颜掌柜闷了满腔火气，无处宣泄，只能在嘴上找回来，拉着脸道：“这小子的名声早就臭了，还敢摆这么大的谱儿，早晚栽进泥里爬不起来！”

小伙计机灵，跑去泡了杯降火茶端到颜老板面前，边端边打听：“姓霍的到底干了什么，这么不招人待见？”

姓颜的冷冷一笑，笑容阴寒。

（7）

颜记铺子里八卦摞了三尺高，可惜乔鹤一句没听见，这几天她是真忙，一刻没闲着。

给玉雕花插做完抛光，又去整理库存，该入柜的入柜，该挂名牌的挂名牌，又将新出的物件逐一拍照，发布在工作用的微信号上。新物件一经发布立即有客人来询价，待一一回复完，天都黑了。

手机嗡嗡一振，云林发消息问乔鹤镂雕饕餮纹该如何走刀。

他刚因为贪玩挨了骂，不敢去打扰程柳江，来向师姐讨教。

乔鹤直接弹了个视频请求过去。

视频电话很快接通，云林蹲在机器房里，满头满脸的玉屑粉末，哀求："师姐救我！"

乔鹤从角落里翻出一块边角料，调了调手机的角度和灯光，说："看好，我只教一遍。"

乔鹤下刀很稳，手腕不松不晃，横折弯绕一气呵成，刻痕深重，道道流畅，透着风骨。

手工艺者的刀如同文人的笔，底蕴来自灵魂，撇捺里藏着性情，下刀越稳的人个性越韧。技艺精湛者自然不乏傲气。乔鹤的傲，傲在内里，源自手上的功夫和日复一日的锤炼。

料体雕完，云林隔着屏幕哀号："你走刀也太快了，我的眼睛又不是八倍镜，哪看得清！"

乔鹤搁下刻刀，靠在椅背上，说："这样吧，你现在去找师母，要一面化妆镜。"

云林以为她要传授独家秘籍，当即支起耳朵："然后呢？"

"然后，你对着镜子，把'笨蛋'两个字刻在脑门上。"乔鹤说，

“蝇头小楷，刻完刷一层金粉，从此你就是金光闪闪的笨蛋，只此一家，别无分号。”

云林：“……”

云林正要发作，乔鹤这边有电话打进来，她直接切断了视频。

打电话的人叫方可期，乔鹤的闺密，大学毕业后进了广告公司做设计，左有客户催着改图，右有上司逼着交方案，日子比黄连都苦。

乔鹤给她的备注是——方·加班成狗·七。

方成狗，不是，方小七和同事在锦绣府聚餐，多喝了几杯，让乔鹤来接她。

锦绣府是一家淮扬菜餐厅，豆腐羹一绝，乔鹤越想越馋，开着她的蓝色小宝来直奔商业街。

霍听澜今天有个局，发小周奕杨做东，在锦绣府订了位置，说是要介绍几个古玩票友给他认识。

周奕杨是个富二代，早些年爱玩车，霍听澜那辆巴博斯就是托他从国外弄回来的。这厮文不成武不就，糟蹋钱的本事倒是出类拔萃，近几年又迷上了收藏，家里囤了一堆“好物件”，霍听澜只扫了一眼就想扣眼珠子。

假得五花八门，仿得千姿百态，专门用来骗傻子的。

霍听澜刚找到车位，周奕杨就打电话来催。霍听澜烦得不行，说你再催一句，我马上掉头走人。

周奕杨也不生气，嘻嘻哈哈地说霍听澜砸颜记物件儿的事在行里传开了，欣赏他的，说他风骨清傲，骂他的，说他目中无人，当然，后者的数量更多些。

霍听澜不是头一次得罪人，脊梁骨都被戳得皮实了，只是慨叹：“市场混乱，上不得台面的手艺人和料只会越来越多，这是顽疾。”

周奕杨道：“我听说有个玉雕铺子叫如意轩，师傅的手艺登峰造极，要不……”

“登峰造极？”霍听澜笑了一声，“不知道如意轩占地多少平方米，能不能容下这么大的口气和脸面，真不怕遭雷劈。”

他边说边下车，倚着车门叹了一句：“时无英雄，使竖子成名，什么阿猫阿狗都敢自称玉雕大师了。”

隔了一个车位的地方，乔鹤倒车入库的动作一顿。

谁是竖子！谁是英雄！谁是阿狗阿猫！小王八羔子，你说谁呢！

嚼舌头的那位背对着她，看不见脸，说出来的话倒是字字清晰，那叫一个尖酸刻薄。

透过后视镜，乔鹤看到那人身边停着辆巴博斯，再看一眼车牌——

哦哟，好眼熟的“438”。

正是在颜记撒野那位。

姓颜的自己没本事，被砸招牌，算他活该，但如意轩不一样。你买过如意轩的东西吗？知道如意轩用什么料，大师傅是谁吗？空口白牙，胡说八道，许愿池里缺个数硬币的王八，我看你挺合适的，去客串一下吧！

乔鹤闷了一腔火气，烧得嗓子疼，伸手到背包里，摸出一把黑色弹弓。

没人教过你讲文明懂礼貌是吧？行！姐姐今天免费教你！

(8)

锦绣府装潢雅致，正门前有个石砌的流水景观，潺潺水声盖住了弹弓迸发时的杂音，霍听澜只觉屁股一疼，像是被人掐了一下，接着腿弯一麻，险些跪在一个女客人面前，摔出一个要求婚的喜庆造型。

女客人以为碰见了醉鬼，一声尖叫，把门童和保安全招来了。

屁股上痛感鲜明，霍听澜不好当众去揉，也不能说我怀疑有鬼掐我屁股，黑着一张俊美的脸解释说最近休息不好，有点低血糖。

女客人狐疑地瞅着他。

霍听澜无奈，说："我不是想占您便宜，更不是要求婚，头晕，没站稳。"

女客人"啧"了一声，嘟囔："小白脸似的，谁敢嫁给你。"

霍听澜直接气笑了。

乔鹤一颗珠子弹屁股，一颗珠子弹腿，弹一下骂一句"438"，总算消了心头恨。等霍听澜打发走门童和保安，她早溜了。霍听澜四下看了一圈，自然什么都看不到，裹着满肚子不痛快一步踏出去，脚尖碰到什么东西。

是一颗红珊瑚珠子，骨碌碌滚出去，碰到台阶又弹了回来，表面沾了土，但润度不减，算是上等料了。

珠子磨得圆润剔透，刻有回纹，霍听澜的拇指顺着珠子上的纹路寸寸游移，半晌，忽然笑了。

刀刀见锋，好雕功!

"掐"他屁股的元凶就是这个小玩意儿吧。

拿这东西打他，是不忿他目中无人，还是故意挑衅，讽刺他有眼无“珠”？

霍听澜将那颗珠子用手帕包好，收进口袋里。

方小七的饭局尚未结束，乔鹤在前厅的休息区等她。

墙角处的小电视上正在播放第四期《古玩街》，霍听澜作为飞行嘉宾照例抢光了专家团的风头，刻薄毒舌，美貌无双，那些五花八门的藏品都不及他有看头。

有藏友带来一个青花瑞兽四方炉，说是明朝的物件。瓷是霍听澜的长项，他抬手按了按额角，缓缓一笑，说：“实话讲，四舍五入一下，这件藏品都没有我年龄大。”

霍听澜这一笑仿佛透进了晨曦，凛冬褪去，雪霁初晴，杂糅着数不尽的闪烁光辉。场内外的观众被他秒杀了一遍，女主持人都有点脸红，观众席上响起低低的惊叹声。

真好看哪！

屏幕外，乔鹤表面淡定，内心尖叫，抽出随身携带的涂鸦本，对着电视上的霍听澜描了几笔。小像堪堪画完，左手边突然冒出一个梳着麻花辫的小女孩。

小女孩大概七八岁，一脸好奇地瞅着乔鹤的涂鸦本，问她：“姐姐，这个人是谁呀？”

乔鹤厚着脸皮骗小孩，说：“这个人叫霍听澜，是我的心上人！”

小女孩点点头，认真道：“你的心上人可真好看！”

乔鹤有点脸红，她旋开笔帽，在霍听澜脑袋上加了一对尖尖的猫耳朵，然后将画稿撕下，递给小女孩，说：“送你啦，留个纪念。”

小女孩非常开心，脆生生地说：“谢谢姐姐！”

霍听澜踏进包厢时里面已经坐了不少人，大部分他都不认识。周奕杨从中引荐，说："这位是我朋友，也是行内最好的金缮修复师，霍听澜。"

有个票友带了女儿一块儿来，小女孩刚吃完冰激凌，嘴边还粘着巧克力酱，闻言突然抬头，挥着手里的小汤匙，说："我知道霍听澜是谁！她是涂鸦小姐姐的心上人，长得可好看了！"

众人皆是一愣，霍听澜一口热茶险些咽入气管里，连忙抬手挡了挡脸。

小女孩大眼睛扑闪，生怕别人不信，从随身的小包里摸出一张纸，说："我没有胡说，我有证据的，你们看——"

画纸"唰"的一声舒展开，一个头顶猫耳的霍听澜出现在众人眼前，肩膀上还有一颗小桃心。

霍听澜：？！

周奕杨：？！

一众票友：？！

不是不好看，也不是不可爱，只不过……

只不过那是霍听澜啊，怼天怼地、倜傥清傲的霍听澜，谁能把"呆萌"和"可爱"这种词用在他身上！

小女孩童音清脆："小姐姐说，画上的人就是霍听澜，也是她的心上人。我知道，心上人就是男朋友的意思，所以，霍听澜是涂鸦姐姐的男朋友！"

有理有据，严丝合缝。

周奕杨低头忍笑，小女孩的爹脸都绿了，连忙往女儿嘴里塞了块蘸满炼乳的刀切，讪笑着说小孩子乱讲话，霍先生别介意。

霍听澜没生气，笑吟吟地问能不能让他看看那幅画，小女孩点头说好哇。

白纸黑墨，落款是一个行楷写成的“鹤”字。

字不错，画也不错，都挺好看的。

小女孩后知后觉，怔怔地瞅着他：“你就是画上的那个霍听澜吗？”

霍听澜含着点笑，眉目清朗，说：“是啊，那你觉得我够不够好看，能不能给你的涂鸦小姐姐做男朋友？”

小女孩想了想，小脑袋重重一点，掷地有声：“够！”

“好。”霍听澜屈指在茶杯上轻轻一敲，笑着说，“这亲事就算是定下了！”

第二章

/
愤怒的独角兽

（9）

那天，送方可期回家时，乔鹤打了一堆喷嚏，震得脑仁生疼。她还以为自己着凉了，却不知已经背上了一桩亲事。

方可期借酒发疯，非要给自己的秃头上司发微信，祝他早日成为青青草原懒羊羊，乔鹤费了好大劲才拦住。半路又碰到卖锅巴的小贩，方可期闹着要买，一斤不行，必须十斤，不买不走，还要绕着路灯来段钢管舞。

乔鹤折腾得身心俱疲，想起先前在网上看到的段子——当我们被一些人惹恼时，先不要生气，准备陈皮一钱、甘草二两，三碗水熬成一碗，然后趁热泼到对方头上。

她现在就很想趁热泼方可期一脸！

方可期跑去买锅巴，乔鹤的小宝来停在路边挡了路，另一辆车自后面开过来，按了下喇叭，让她们挪车。

天黑路暗，乔鹤也没看清后面来的是辆什么车，她一手抱着硕大的一袋锅巴，另一只手按着方可期的脖子，让她给人家鞠了一躬，说："对不住，我朋友喝多了，等我把她弄上车，马上就挪。"

后面的车主大概有点不耐烦，又按了两下喇叭。乔鹤让鸣笛催得手忙脚乱，一不留神，后脑直接撞在车门框上，"砰"的一声，听着都疼。

乔鹤双手抱头，差点哭出来。

后面那辆车的车窗却降了下来，有人在车里说了一句："以后少吃点锅巴，不然，脑袋也容易结块。"

清清淡淡的音调，是个男的，听上去很年轻。

丢人又理亏，乔鹤没敢回头，灰头土脸地将方可期安顿好，踩着油门让出路，后面的车立即绕上来，飞速开走了。

两车交错的瞬间，乔鹤感觉到对方似乎看了她一眼。不过紧闭的车窗隔断了视线，乔鹤连对方是圆是扁都看不清，直到车子超过去，她才注意到那是辆巴博斯，车牌尾号是——

438！

是他是他又是他，那个嘴贱的小王八！

"你说谁脑袋结块呢！"耳机里，周奕杨的语气甚是不满。

额前的头发垂下来，霍听澜随手撩了一下，道："没说你，你根本就没脑子！"

周奕杨也不跟他置气，只说："秦老板那单生意，你真的不接？"

秦老板是个地产商，想修复一套紫砂的如意纹鼎壶，说是名家作品，点名要找霍听澜，声称只要活干得漂亮，佣金不是问题。

一副财大气粗的做派。

姓秦的出身贫寒，能有今日身价，全仰仗岳父资助，却在岳父去世后，火速与重病的妻子离了婚，另娶新欢。

这种卑劣的家伙，霍听澜是看不上的，直接对周奕杨说：“不接，没兴趣。”

周奕杨脑袋抽筋，突然冒出一句：“你是不是想起你妈妈了……”

没头没脑的一句话，却精准地戳中了霍听澜的逆鳞，搭在方向盘上的手隐隐有青筋显现，霍听澜握了下拳，掩住那点情绪上的波动，平静道：“别瞎想，我只是没兴趣。”

周奕杨没敢继续说话，草草断了线。

夜深了，灯火辉煌。

霍听澜降下车窗，风涌进来，带着荒芜的暑气。

他抬起一只手，在风中舒展，霓虹自指间穿行，如河流，亦如荧光，灿灿闪烁。

他没有骗周奕杨，他是真的没兴趣。

鲜活的人才会有爱恨，近几年，他已经没有那么多强烈的情绪了。

他过早地洞悉了什么是罪，也曾全力寻找救赎和向善的路，可惜……

算了，不想了。

（10）

乔鹤打电话给师母张念云，说今晚不回去了，留在方可期这里过夜。明天是周末，张念云叮嘱她不必急着去店里，放一天假，出去玩一玩。

方小七睡相不好，喝醉了更能折腾，满床乱滚。乔鹤想出个奇招，照着百度来的图片描了张定身符，贴在方可期的脑门上，边贴边念：

“天灵灵，地灵灵，定身祖师来显灵！”

这招还挺好用，方可期真的安静下来，睡成一具没知觉的“尸体”。

第二天一早，乔鹤是被手机铃声吵醒的。

响的是方可期的手机，秃头领导让她临时去加个班。方可期立即装出虚弱又沉痛的样子，哽咽道：“不好意思啊领导，我三大爷的四舅妈去世了，我正在参加葬礼。当初这位四舅奶奶一把屎一把尿地把我喂养大，养育之恩大过天哪领导……”

乔鹤：？？？

动词用得不对吧少年!

方可期一通胡扯，然后啪地挂了电话，那叫一个干净利索。

乔鹤笑得不行，瞅着方可期，说：“你爸是独生子吧，哪来的三大爷？”

方可期挥挥手：“读书人的事，能算偷吗？忽悠傻帽，能算骗吗？那叫机智！”

乔鹤叹了口气，领导夹菜你转桌，领导喝水你刹车，真是个“机智”的职场小达人。

正说着，手机又响了，方可期连号码都没看，直接哀号：“领导，我四舅奶奶……”

电话那端的人嘿嘿一笑，说：“方小七你也太客气了，我哪养得起这么大的侄孙子！”

这次打电话来的是方可期的同学，手里有两张艺术馆的票，问方可期这个设计工作者要不要去看展览，还有沙画表演。

方可期昨天喝醉了，现下正犯懒，哼哼唧唧地表示，不想去。对面的人也没多介绍，只说了一句表演沙画的是个大帅哥哦，世间罕见的那种。方可期唰地坐起来：“地址发我。”

乔鹤立即拽过被子蒙住脑袋，挣扎：“要去你自己去，别带我！”

方可期挖番薯似的把她挖出来，谆谆教导：“看帅哥是当代知性女青年的首要任务，为了人类的繁衍，为了群落的形成，怎么能不去呢？怎么可以不去！”

乔鹤：“……”

你本人就是生物群落里那个最大的不稳定因素！

方可期火速起床洗漱，顺便把乔鹤身上的T恤、牛仔裤扒下来，让她换上带有一点点蕾丝元素的白裙子。乔鹤身材比例很好，腰细，肤白，锁骨清晰精巧，描一点儿淡妆，干净可人。

乔鹤对着镜子比鬼脸，方可期找了支口红给她，说这种暖调的土橘色很漂亮，温柔显白，衬她的气质。

土橘色不在乔鹤的认知范畴里，她茫然了一瞬，愣是想象不出这是什么样的颜色。在唇上薄薄涂了一层，她才反应过来，嘀咕：“这明明是柿子黄，南红玛瑙的一种……”

方可期叼着牙刷扔过来一个美妆蛋，正砸在乔鹤的脑袋上。

沙画表演在一间私人艺术馆进行，馆内装修别致，通体中性色调，看上去很高端。方可期去停车，乔鹤在入口处等她时，被几个推销网络培训课的促销员缠住，要她扫码关注公众号，声称上了他们的课，就相当于做了真题走了捷径，500强的录取通知在向你招手！

乔鹤从小成绩吊车尾，听见“上课”两个字就牙疼，她拽回被扯住的衣袖，道：“招手就是欢迎的意思吗？万一人家 500 强是让你哪儿凉快哪儿待着呢？”

舌灿莲花的促销员愣在那里。

这话说得，还真没法接。

说完，乔鹤转身要走，隐约听见立柱后传来一声轻笑，不等她回头去看，方可期匆匆跑过来，拽着她去检票了。

霍听澜站在立柱后，刚点上一根烟，就听到那句“哪儿凉快哪儿待着”，他笑得手抖，烟和打火机一并掉进了垃圾桶。艺术馆的老板赵立森重新递给他一根，边递边说：“你最近是不是状态不好？”

霍听澜没作声，透过立柱间的缝隙，看到一道白色背影。

长发，腰很细，衣袖下一截雪白的腕，肩膀线条清晰。

是刚刚说话的那个女孩。

赵立森不耐烦，在霍听澜鞋跟上踢了一下，道：“我问你话呢！”

“康建辉的忌日要到了，”霍听澜收回目光，“每年这个时候我都觉得不舒服，失眠，多梦，中邪了似的。”

赵立森低声骂街：“姓康的真是个祸害……”

“死者为大，”霍听澜看他一眼，“勿言是非。”

赵立森叹气。

霍听澜这个人，其实很矛盾，看上去冰冷桀骜，风骨清隽，皮肉下却藏着近乎纯挚的善。

执拗，坚韧，永远做不到得过且过。

赵立森转身要走，又想起什么，凑到霍听澜耳边，小声说：“我听到消息，康盏好像回国了，你最好做点准备，她肯定要来找你的。”

四年前闹成那样，怎么可能不恨不怨。

霍听澜点了点头，看上去有点漫不经心。

（11）

今天的沙画表演是半公开的，在小展厅进行，VIP 顾客才能入场。方可期拿到的刚好是贵宾票，带着乔鹤直奔小展厅。

小厅里参观者不多，交谈和脚步都很轻。乔鹤走进去，一眼就看到摆在水晶玻璃展柜中的龙泉碗，只觉呼吸一顿，眼珠都转不开了。

那只碗本是残器，被修复过，金色的修复漆痕与豆青的釉面完美相融。裂冰纹蜿蜒似河，漆痕灿金的颜色如同辉光，暮春雨起，风声清润，整件器物未着一笔描绘，却生出一股水墨神韵。

微光穿过水晶玻璃的展柜，也穿过千年岁月，将釉面悄然照亮，于是，破碎变成另外一种完美，连伤痕都不再丑陋，反而透出一股淡淡的妖娆味道。

难以形容的漂亮。

乔鹤看得呆住，好半天才想起来去找解说牌，上面有器物的名称和修复者的名字。她想知道是什么人有这样厉害的技艺，让残器新生，让枯骨化蝶。

“霍听澜——”方可期指着解说牌上的名字，扭头问乔鹤，“这名字有点耳熟，好像在哪里听过，你有印象吗？”

居然是他……

乔鹤没作声，心里却想着，何止有印象，简直……

四周忽然涌起一阵小小的骚动，乔鹤扭头看过去，展厅中间的空地上多出一个黑色台子，一道修长的身影站在台子旁边，投影适时亮起，映出沙画台的台面和那人搭在边沿处的手。

明与暗凌乱交织，那人的五官有点模糊，乔鹤却毫不费力地认出了他是谁。

她不禁心跳一颤。

霍听澜偏爱黑衬衫，他天生背直，腰线精窄，腿很长，无论穿什么都很有味道。一出场，人群里就响起低低的惊叹。方可期更夸张，用手机下载了一个手持弹幕 APP，把“先生好帅”四个字打在了屏幕上，超大字体呈荧光色，滚动播出。

乔鹤扶额，强行没收了方可期的手机，让她安生看表演，少弄幺蛾子。

现场没有主持人，霍听澜也不是一个会热场的，他连自我介绍都没有，只是面对众人欠了欠身，然后从盒子里抓起一把原色沙，直接开始。

音乐变得很轻，节奏缓慢且柔和，细沙轻轻落在打着照灯的台面上，霍听澜低着头，指尖抵在上面，一抹，是晴空远山，再一抹，繁花万顷。

展厅里一片掌声，所有人都看着投影，还有人拿出手机开始拍照和录制视频。

方可期扯了扯乔鹤的衣袖，小声问：“这人是谁呀？画得好棒。”

乔鹤同样压低声音，向方可期介绍：“他就是霍听澜，刚刚那个龙泉碗也是他修复的，很有名的金缮师。”

方可期瞪大眼睛，一脸惊讶。

乔鹤心里忽然涌起一种隐秘的骄傲，她比方可期先认识霍听澜，千万人中，她距他，好像更近一些。

音乐仍在继续，沙台上的画面已经从自然风光变成了传说故事，讲的正是《陶业记事》里“美人祭”那一章。

美人祭又称祭红，瓷器的一种，据传是美人血染红的，以明代所产最为珍贵。

霍听澜抓形极准确，尤其在描绘瓷器时，寥寥数笔，出现一只莲花碗，再一抹，是窄底宽腹的美人瓶。

展厅里没人说话，所有人都看得入了迷，乔鹤隐隐感觉到，霍听澜对瓷似乎有着近乎纯挚的热爱。

这热爱给了他指引，也给了他清高和傲骨，仅凭一双手，就能修正残器，度尽缺憾。

就在这时，乔鹤余光瞄到有人往前走了几步，接着，她听到一个带着讽刺意味的声音：“这么大的排场，我当是谁呢，原来是大名鼎鼎的霍听澜霍先生。我听说为了一只高足杯，霍先生害死了制瓷客康建辉，不知道是不是真的？霍先生要不要解释一下？”

这话一出，人群里响起轻微的议论声，有人惊讶地掩住嘴巴。

乔鹤转过头，说话的是个男人，很年轻，中等身量，他推了推鼻梁上的银框眼镜，笑吟吟地看向沙画台后的霍听澜。

霍听澜面色沉静，像是没听到，连余光都没动一下，专注地描绘着少女以鲜血成就“美人祭”的故事。

优渥家境养出来的小公子，即便不言不语，气度也是清贵华丽的，将银框眼镜男不合时宜的插言衬托得异常突兀。

不上台面，不礼貌。

银框眼镜男也品出了些滋味，霍听澜哪里是不理他，分明是无视他。

无用的人，无视最好。

银框眼镜男不得不再次开口：“我还听说制瓷客康建辉曾……”

“你有证据吗？”

清清淡淡的女声，打断了银框眼镜男的话音。

乔鹤唇形饱满，唇釉泛着柔柔微光，她看着那个人，反问了一句：“你这样当众质问，是亲眼所见，还是有确凿的证据？”

那人噎了一下，乔鹤继续说：“你一口一个听说，想必自己也搞不清楚那些事究竟有几分真几分假，真假都搞不清，也敢当众搬弄是非？你知道什么叫道听途说、以讹传讹、耳食之言吗？”

三个成语排成排，糊了银框眼镜男一脸。

那人到底年轻，缺了份心机，被人一激就忍不住拔高音调，反驳道：“那你知道什么叫无风不起浪吗？”

“没有风，也是会有浪的，比如潮汐现象。”乔鹤笑了笑，眼角微翘，勾起一个狐狸似的小表情，“你初中的时候是不是没上过地理课？还是没去过海边？”

霍听澜的表演恰在此时结束，掌声和笑声同时响起来。

几个工作人员上台帮他收拾。

服务生走到银框眼镜男身边，指着出口处做了个“这边请”的动作，看样子是要他提前离场。

银框眼镜男面露不忿，倒也没再争执，撞开服务生的肩膀转身走了。

人群陆续散去，方可期的激动劲儿还没过，挽着乔鹤的手臂说：

“我的薄荷真是太帅了！”

乔鹤扭头看了一眼，霍听澜还没走，正跟一个老板模样的人低声交谈。

霍听澜似有所觉，迎着乔鹤的目光朝她点了点头。

投影已经关掉，没了乱七八糟的光，霍听澜的五官完全显露出来。

眉骨很高，眼尾的线条弯折如桃花，透着新雪般的凛冽气息。

乔鹤按了按胸口，心跳好像忽然快了一拍。

(12)

“他就这么走了？”眼看着霍听澜跟随那位老板模样的人进了电梯，方可期低声抱怨，“连谢谢都不说一声吗？”

乔鹤倒是想得开，笑着说：“艺术家嘛，太热情就不酷了！”

两个人边说话边朝外走，快要走到门口时，乔鹤听到身后传来一阵脚步声——

“两位女士，请等一下。”

乔鹤和方可期一并回过头，一个穿着服务生制服的女孩快步走过来，将一个小袋子递到乔鹤面前，微笑着说：“这是霍先生让我转交给您的。”

浅蓝色的礼品袋，没有标志。

乔鹤解开封口处的丝带看了一眼，这是——

“巴达兽？《数码宝贝》里阿武的搭档，能进化成天使兽，童年回忆啊！”方可期看着乔鹤手心里的小玩意儿，有点惊讶，“真没看出来，那个霍什么澜还挺有童心。”

乔鹤也有点蒙。

软陶做的小玩意儿，通体橘黄，肚皮是白色的，大眼睛，还有一对翅膀似的大耳朵。

乔鹤沉默了一会儿，忽然说：“你知道巴达兽的技能是什么吗？”

方可期摇头。

乔鹤深吸一口气：“巴达兽的技能是空气炮和羽翼耳光！姓霍的究竟是在感谢我，还是在讽刺我？！”

方可期怔了一秒，然后大笑起来。

“你要真想感谢人家，送点什么不行，非要送颗土豆！黄了吧唧的。”

办公室里，赵立森双脚架在桌面上，手里转着一支钢笔。

霍听澜喝了口茶：“我不想跟没文化的人聊天。”

赵立森也不跟霍听澜置气，说今天的表演效果很好，以后霍听澜要是做腻了金缮，可以考虑出来卖脸，那群大姑娘能把他活吞了。话音一拐，他又说起那个挑事的银框眼镜男，准是康盏安排来恶心霍听澜的，感慨说，那娘们儿就是个疯子！

霍听澜不置可否：“我身边又不是只有她一个疯子，再多一个，也没什么大不了。”

赵立森叹了口气。

(13)

离开艺术馆，方可期说想吃冰激凌，乔鹤用手机查了一下，刚好附近就有冷饮店，两个人步行过去，没想到冰激凌没吃到，反而被泼了一脸狗血。

方可期大学时暗恋过一个英俊学长，可惜学长是个人渣，不仅使唤方可期帮他排队买饭、打印资料，还让方可期送他很贵的运动鞋和游戏皮肤，一边说我最近不想谈恋爱，一边又说我觉得我们很投缘，也许会有更多发展。

一张一弛，把方可期这傻孩子忽悠得团团转。

一天深夜，学长忽然打电话来，跟方可期说很想见她。方可期血液里多巴胺浓度超标，脑袋一热冒着大雨赶过去，却看见学长拎着酒瓶向朋友炫耀说："你们看吧，我让她来她就一定会来，比宠物狗都听话！"

一阵哄笑。

方可期心火上涌，迈步过去想要掀了这群人的饭桌，给自己找回点颜面。万万没想到那桌子沉得要命，她掀了三下，愣是没掀动，徒增笑柄。

事后方可期埋在乔鹤怀里哭了一场，然后将学长拉黑，双方自此断了联系，没想到会在冷饮店碰见。

倒霉他妈给倒霉开门——倒霉到家了！

学长还是那副油头粉面的人渣样，带着点炫耀意味地向身边的女伴介绍，说："这是方可期，我本科时的学妹，追求过我，追得轰轰烈烈，不管不顾，半个院系都知道。不过，当时我一心扑在学业上，就拒绝了。学妹还哭鼻子呢，非常单纯可爱。"

乔鹤和方可期听得同时嘴角抽搐。

学长还要继续介绍，乔鹤直接打断他的话，说："有一份礼物方可期一直没找到机会送给学长，既然今日有缘重逢，不如就现在送吧。"

方可期一愣，学长面露喜色。

乔鹤笑吟吟地说："这份礼物叫'滚蛋吧，独角兽'！"

说完，乔鹤举起手里的甜筒，啪地戳在了学长的脑门上。

乔鹤是做玉雕的，手劲不小，这一下戳得又快又狠，甜筒直接立在了学长的脑门上，蛋卷尖端朝前，别说，还真挺像独角兽的。

学长惊叫一声，乔鹤拽着方可期就要跑，却被学长身边的女生拦住，混乱间，忽然响起一个低沉的声音——

“你们在干什么？！”

只听声音乔鹤就知道说话的人是谁，顿时心口发凉。她朝方可期使了个眼色，示意，准备给我收尸吧，我的好朋友。

(14)

程璟川穿着纯色T恤和牛仔长裤，腿形笔直，挺拔清隽。

不等乔鹤出声，学长和他的女伴先开口，齐齐喊了一声：“大师兄。”

乔鹤脑袋里“嗡”的一声。

万万没想到，这两人居然是程璟川的同门。

程璟川是Z大的在读博士生，他成绩优异，脾气也硬，读研的时候就被系主任看上，收在门下，课题的日常动向都由他监督整理，光环护体，同门的师弟妹们对他也是又敬又怕。

乔鹤开玩笑说程璟川在科室的地位相当于当年的华山派首徒，风头无两。

云林猴精猴精的，说：“这个称呼对璟川哥没什么影响，对他的导师倒是不太友好。”

乔鹤一怔，随即恍然。

华山首徒他师父是谁？大名鼎鼎的岳不群哪！

的确不太友好。

为这事，程璟川足足一礼拜没给乔鹤好脸色。

乔鹤走神的空当，学长已经擦掉了脑门上的狼藉，他正想跟程璟川说碰见了俩疯子，却发现程璟川根本没看他，而是一直盯着那个用甜筒戳他的白裙女孩，目光深邃。

学长人品不行，脑袋倒是好使，果断咽下了“疯子”两个字。

他身边那个女生就没有这么好的眼力见儿了，手一伸，直指乔鹤的鼻梁，向程璟川控诉：“这女人脑子有病，好端端突然拿甜筒砸人，也不知道家里人是怎么教育的。”

“不是薄荷的错，”方可期小声解释，“她是为了替我抱不平才……”

“我妹妹脑子没有任何问题，”程璟川打断方可期的话，看向那一男一女，“她不会无缘无故动手，我相信事出有因。”

这话一出，几个当事人全愣了。

乔鹤愣怔的原因在于程璟川居然会帮她说话，学长则震惊于这两人居然是兄妹。

这样一来，他先前干的那些破事岂不是要藏不住了？

学长心思急转，立即摆出一张笑脸，插科打诨说：“都是误会！不打不相识，以后就是朋友了，欢迎两位小妹妹来Z大玩，我请你们吃好吃的！”

学长翻脸像翻书，眼看着要被他糊弄过去，乔鹤火冒三丈，说：“我才不稀罕跟你做朋友！是谁跟方可期说要多做几份兼职，这样才有钱给你买礼物？又是谁说女孩子必须瘦到八十斤，不然不适合做你女朋友？睁开你眉毛下面那俩‘下水道’好好看，方可期身高一米六八，你让她瘦到八十斤？你直接和木乃伊谈恋爱吧，个个都是骨感美！”

学长被骂得狗血淋头，嗫嚅：“这都是误会……”

“误会个锤子！”乔鹤都快气成河豚了，“你打碎了室友的香水，自己不赔，却让方可期去买一瓶来赔，她吃了两个星期泡面才攒够钱！人要脸树要皮，你是植物人吗，没脸又没皮！你不肯给方可期一个确切的名分，却一直享受她的付出和爱慕，凭什么呀！凭你脸皮厚，还是凭你不要脸！我应该用热水泼你，而不是用甜筒砸你，那支甜筒十几块，我一口都没吃到！”

不提甜筒还好，一提，乔鹤更生气了，恨不得踹那浑蛋几脚。

程璟川立即将她拦住。

周围聚集了好几个吃瓜群众，程璟川不喜欢被人窥探，窃窃私语声更是让他一阵心烦，他将乔鹤拉到身边，说：“这么多人看着呢，别太过火，你也收敛点。”

语气里带着训斥的味道，乔鹤哽了一下，脸上浮起几分委屈。

犯错的又不是她，凭什么就骂她一个！

乔鹤字字清脆，学长的里子面子被扒了个精光，垂着脑袋趁乱溜了。另外一个女同学却没走，有些好玩地看着乔鹤，对程璟川说：“师兄，这是你亲妹妹吗？真可爱呀。”

奶凶奶凶的，脾气急，还护短，特别像曼赤肯短腿猫。

“亲妹妹，”乔鹤余怒未消，鼓着脸颊说，“异父异母的亲妹妹，特别亲！”

女同学一愣。

程璟川在乔鹤的脑袋上拍了一下，说：“少胡说。她叫乔鹤，跟着我爸学习玉雕，是我爸的徒弟。”

女同学点点头：“原来是小师妹。”

乔鹤忽然想到那个华山派收徒的比喻——

令狐大师兄和灵珊小师妹。

……

当她没说过!

(15)

程璟川是开车来的，原想先送女同学回学校，女同学婉言谢绝，分别前还邀请乔鹤来Z大找她玩，她说她很喜欢乔鹤的性格。

乔鹤经不得夸，双手垫在下颌摆了个太阳花的造型，对方可期说：“以后请叫我‘乔·人见人爱·鹤’！”

程璟川一看乔鹤自恋就牙疼，抬手在她后脑上铲了一下。乔鹤还在记仇，摆了个超凶的表情，说：“公共场合，不要动手动脚的，我又不是你亲妹妹！”

乔鹤赌气的样子格外好玩，眼睛圆圆的，脸颊也是圆的，又甜又可爱。

程璟川勾了一下嘴角，脸上竟然浮起一个漂亮的酒窝。

方可期和程璟川接触不多，印象里，这就是一个已经封神的冷面学霸，猛然见到他露出酒窝的样子，几乎有点不敢相信自己的眼睛。随即她意识到什么，对乔鹤说：“薄荷，你跟璟川哥去吃晚饭吧，我胃口不太好，想先回去休息。”

不等乔鹤说话，方可期直接将她塞进了程璟川的副驾驶座，顺手关紧车门。

乔鹤降下车窗玻璃，探出脑袋对方可期说：“方小七，我警告你，回家之后不许哭！不许为那个浑蛋掉眼泪！不然……不然我的甜筒就白牺牲了！”

必须让甜筒牺牲得有尊严有意义！毕竟那是一支身价两位数的甜筒！两位数！

方可期笑着说好。

天黑了，车窗外灯火如昼。

程璟川只在车子发动时问了一句想吃什么，就再未开口。

乔鹤叹息着想，高冷人设真是稳立不倒哇。

车流穿梭，有光影落在程璟川脸上，时明时暗，睫毛隐匿其中，黑漆漆的，如同雨林。

看着程璟川的侧脸，乔鹤有点走神。

虽然在一座四合院里长大，但她和程璟川单独相处的机会并不多，大多数时间她都把自己关在机器房里练手艺，中途休息，也是跟云林一块儿玩。毕竟同类才能惺惺相惜，学渣与学渣更能友好相处。

她和程璟川之间始终隔着距离，不是兄妹，也不是朋友，泛泛之交，点到即止。

看得久了，程璟川似有察觉，转弯的间隙扭头瞄了她一眼。

乔鹤闪躲不及，目光与他撞在一处。

四目相对，云动风轻，一时间谁都没有将目光移开。

程璟川的瞳仁像琉璃色的雪，薄凉、剔透，干干净净。

乔鹤忽然明白，胡同里那些与她年龄相仿的女孩，为什么一见程璟川就脸颊泛红了。

两车交错，鸣笛声骤然响起。

乔鹤惊了一下，移开视线看向另一侧车窗，心里暗骂自己没出息，看到霍听澜觉得好看，看到程璟川也觉得……

挺好看的！

车厢里没开音乐，静悄悄的。

乔鹤渐渐困倦，半垂着头，闭着眼睛歪在靠椅上，隐约听见程璟川接了个电话，反复提到什么戒指……

乔鹤瞬间清醒，支起身子，眼神晶亮地瞅着程璟川：“你谈恋爱了？在挑戒指？要求婚吗？怎么都不跟家里人说呀！”

这雀跃的样子，若是有尾巴，只怕早就摇起来了。

程璟川没理她，继续对电话另一端的人说：“电介质的问题你要跟刘老师详谈，这是课题的重要阶段，马虎不得。”

这一次他故意把“介质”两个字咬得很重。

介质啊……不是那个戒指……

乔鹤讪讪地摸了摸鼻子。

“你很想看到我向别人求婚吗？”

挂断电话后，程璟川突然开口，声音低沉。

这问题听起来很怪，乔鹤不知道该如何回答，索性倒在座椅上装睡。

程璟川也没追问，一直到进了餐厅点好餐，两个人都没说上一句话，传菜的服务员都多看了他们几眼。

乔鹤忍无可忍，问服务员能不能给她一个轻松熊，摆在对面的空位上，她实在不想看某人那张臭脸了。

程璟川安静地喝汤，根本不理她，一顿饭吃得极度安静。

走出餐厅时，程璟川忽然盯着乔鹤看了几眼，她以为他魔怔了，吓得顺拐。直到服务员提醒，她才知道自己脸上粘了酱料。

乔鹤：“……”

说句话能累着你吗？浑蛋！

程璟川把乔鹤送到了胡同口，他没下车，也没进去跟家中二老打声招呼。乔鹤正要进家门，又退了回来，敲了敲车窗，说：“你打算让我在微信黑名单里躺多久？”

程璟川单手搭着方向盘，半晌，忽然说：“你先道歉。”

乔鹤下意识地道：“对不起。”

话音落地才反应过来——她做错了什么要向他道歉？！

程璟川脸上再度浮起酒窝的痕迹，清清浅浅。他不等乔鹤反驳，一脚油门加速走人，身后烟尘蒸腾，喷了乔姓小朋友一脸。

第三章

/
乔鹤是世界上最最最最可爱的人

(16)

乔鹤在程璟川面前处处吃瘪，气得睡不着，跑去机器房磨珠子。

云林起夜，见机器房亮着灯，伸头一看险些吓晕了，磕磕巴巴地问："乔鹤，你梦游呢？"

乔鹤抄起一块红白废料砸过去："叫师姐！没大没小！"

云林连忙缩头躲避，嘴里哼唱："山下的女人是老虎，见到了千万要躲开……"

乔鹤在机器房里耗到半夜，第二天依然早早就醒了，黑眼圈又深又重。

洗漱完，乔鹤往影壁前的小水池里撒了把喂鱼的饵料。她没胃口，买了些早点给邻居邹奶奶。邹小刀正蹲在院子的葡萄架下刷牙，偏头见乔鹤走进来也没作声。乔鹤一手提着包子、豆浆，一手敲邹小刀的脑袋："看见人了不知道打招呼？礼貌就饭吃了？"

邹小刀一嘴牙膏沫，哼哼唧唧地说了声："早！"

乔鹤往前走了两步，又退了回来，勾着邹小刀的下巴，问："你这脸怎么回事？”

嘴角处一块明显的瘀青。

邹小刀脑袋一甩挣脱乔鹤的手，说：“男人的事，小丫头不要随便打听！”

乔鹤“哟”了一声，气笑了，戳着邹小刀的脑袋说：“行，纯爷们儿，以后谁找我这个小丫头帮忙开家长会，谁是小狗！小土狗！”

送完早点，乔鹤直接开车去了店里。半路接到方可期的电话，问她昨天跟程璟川相处得如何，烛光晚餐星夜漫步，气氛一定很好。

乔鹤冷笑一声，直接断了线。

单是听见“程璟川”三个字，她都觉得心头冒火！

工作日，如意轩门可罗雀。

玉雕这行当一贯如此，平日不开张，开张吃半年。乔鹤前些日子卖了一个“莲年有余”花插，上个月底又出了两只翡翠镯子和一尊玉山子，账面漂漂亮亮，可以休息几天。

茶水喝完一壶，开心果嗑了两盘，乔鹤在小伙计第四次偷瞄她时，将人叫了过来，敲着柜台玻璃道：“有话直说。”

小伙计传给乔鹤一个微博链接，小声说：“鹤总，这个人是不是你呀？”

乔鹤将链接点开，跳出一个视频。

视频是用手机拍的，画面有些模糊，镜头穿过晃动的人影对焦在一个白裙女孩身上，女孩似乎在发脾气，声音清脆，字字清晰——

“你直接和木乃伊谈恋爱吧，个个都是骨感美！”

“人要脸树要皮，你是植物人吗，没脸又没皮！”

“我应该用热水泼你，而不是用甜筒砸你，那支甜筒十几块，我一口都没吃到！”

……

“是那个女孩子吧？”赵立森的声音自耳机里传出来，边笑边说，“在展厅碰见的那个，衣服、身形，一模一样，我应该没认错。这小姑娘战斗力很强啊，走到哪儿都能吵一架！”

视频不到四十秒，霍听澜拖着进度条看了两遍，也笑起来。

真是她。

身形小巧，腰很细，肤色雪白，长发垂过肩膀。单看样貌，是个娴静温柔的女孩子，甜美乖巧，谁能想到吵起架来居然那么有劲儿。

人形巴达兽，空气炮赛级选手。

霍听澜单手撑着额角，再一次笑起来。

视频的发布者是个以幽默搞笑为主的自媒体，文案中标注视频来自网友投稿，同时，还带了个话题——# 教训渣男的小姐姐 #。

视频上传不到半小时，就收获了近七百余次转发，话题阅读量破千万。

方可期率先发来消息，然后是各路朋友，排着队庆贺小掌柜喜提热搜，还有个朋友问她嘴上是不是也做过抛光，那叫一个清脆雪亮。

乔鹤恼羞成怒，把最后一个朋友拉黑了。

接着又有电话打进来，乔鹤正要挂断，瞄了眼号码，是云林。

程柳江夫妇外出探望老友，云林仗着家里没大人，偷跑出去疯玩，吃饭时偶遇暗恋女神，而女神就坐在他隔壁。

毛头小子在女神面前难免紧张，失手打翻了杧果汁，艳黄的液体将休闲裤染得一塌糊涂。

云林在电话里哭号："师姐救我，这要是让女神看见，肯定误会我尿裤子了，小爷丢不起那个人。"

乔鹤抛起一粒开心果，仰头张嘴去接，边吃边说："餐厅人多，你有大把的机会可以偷偷溜走，不一定会被看见。"

云林挣扎："我绝对不能让女神看见我尿裤子，不是，看见我狼狈的样子！这会影响到我们日后的幸福生活！"

乔鹤："……"

幻想过度也是重病，得吃药。

(17)

云林撒泼打滚，哭求师姐帮忙，给他送套衣服来。

乔鹤拗不过他，说："起步价两百元，超出三公里，每公里加收五十块钱。"

云林直接微信转账，哀求："师姐快点来，我已经在卫生间蹲了十分钟了，再蹲下去，保洁阿姨肯定以为我在吃屎！"

乔鹤拿到驾照不久，水平稀松，尤其倒车入库，第一次练习时直接完全出库，都快倒进另一个库里。教练摇头叹息，说："要不，你考虑一下买辆自行车吧，那个重量轻，可以直接抬进库里。"

乔鹤万分羞愧。

拿到驾照那天，教练还不忘真诚叮嘱："鹤总，听我一句劝，以后无论走到哪，看见二十万以上的车都要离远点，越远越好，咱这家庭，赔不起呀！"

乔鹤：……我谢谢你！

正是饭点，餐厅附近车位紧张，乔鹤好不容易找到一个，地上还没划线，再仔细一看，左边巴博斯，右边奥迪。

嗯，哪一辆都不止二十万，刮一下，一个冰飘坠子就没了。

乔鹤手心冒汗，屏住呼吸进进出出试了好几次，其间下来看了三次地形。眼见胜利在望，云林的电话恰在此时打进来，她一时分神油门踩狠了，“咣”的一声，小宝来擦到了巴博斯的“脑袋”。

刮擦的范围虽然不大，但是露了底漆。

好好的一辆车，斑秃了。

乔鹤摸着巴博斯上的擦痕，欲哭无泪。

她这车落地价才九万多，都不够人家空运一桶车漆的。

完了完了，捅娄子了。

云林催得急，乔鹤又没找到车主的联系方式，只能先写张字条，压在巴博斯的风挡玻璃上，这时候她才想起来看一眼对方的车牌。

不看不知道，一看真奇妙——尾号 438。

那个在停车场嘲讽如意轩被她拿弹弓打了屁股和腿弯的家伙，那个笑话她锅巴吃多了脑袋也跟着结块的家伙，那个把颜记的玉雕砸碎了听响玩儿的家伙……

世界真小哇，“条条大路通冤家”。

(18)

接到向栀的电话时，霍听澜刚洗过澡，头发还湿着。他赤脚走进客厅，小猫立即跑过来，顺着裤子一路爬上肩膀，用头顶的毛蹭他的耳朵。

霍听澜觉得痒，笑了一声，向栀立即说："心情这么好哇，不如出来吃个饭吧。"

向栀的妈妈和霍听澜的妈妈是手帕交，他们两个从小就认识，向栀主动开口，霍听澜没有拒绝。

向栀在高校做助教，走出校门一眼看到霍听澜的车，十分高兴，边上车边说："你好久没来接我下班了。"

"总来接你，会让别人误会我是你男朋友，"霍听澜戴着墨镜，眉眼藏在暗处，笑着说，"对你影响不好。"

向栀抿了抿唇，脸上的笑容忽然淡了一些。

高峰期，餐厅里食客很多，邻桌的一个年轻男人盯着向栀看了好几眼，还撞翻了一杯杧果汁。那人起身进了卫生间，霍听澜觉得奇怪，问向栀："你们认识？"

向栀摇头表示没印象，霍听澜笑了一下，调侃说漂亮女孩总是容易让人分心。

这并不是一句走心的夸赞，若是别人来说，向栀一定觉得油腻厌烦，但霍听澜不一样，他无意间的一句话，哪怕一个眼神，都能让人心跳发软。

向栀是物理系助教，在专业上和霍听澜没什么共同语言，只能拣些小时候的趣事来聊，其间提到霍听澜的母亲林成溪。向栀问霍听澜下周有没有时间，她想去医院看看阿姨。

霍听澜淡淡一笑，推拒说："她早就不认人了，看也是白看。"

向栀想握一握霍听澜的手，以示安慰，霍听澜直接躲开了，说："我不喜欢肢体接触。"

话音未落，就听“嘭”的一声，有人撞在了餐厅的玻璃门上。不等霍听澜转身去看，一个颇为耳熟的声音热热闹闹地传了过来：“麻烦你把这个袋子送进男卫生间……”

霍听澜呛了一下。

(19)

刮了人家的车，乔鹤生怕被车主当场逮住，夹着尾巴往餐厅跑，结果跑过了头，迎面撞在玻璃门上，险些把鼻子拍扁。门口的服务生吓了一跳，立即迎过来，问她需不需要帮助。

乔鹤捂着鼻子连连点头，瓮声说：“我需要帮助——麻烦你把这个袋子送进男卫生间，”边说边竖起两根手指，“左手边第二个位置，有个小帅哥正等着换衣服呢。”

服务生第一次听到这种要求，人都傻了。乔鹤也觉得丢人，扔下衣服和位置信息转身就走，一分钟都不想多待。

乔鹤走得太快，没看到她心心念念的男神就坐在距她不足两米远的地方，正饶有兴味地看着她，而坐在她男神对面的则是云林的暗恋女神。

所以说，世界上大概真的有魔法，有故事的人总会在意想不到的地方一一碰面。

霍听澜目光一路追随着乔鹤的身影，直到彻底看不见，才收回视线，笑着对向栀说：“之前我做沙画表演时在现场见过她，很有意思的一个小女孩。”

他本想说很有意思的一只巴达兽，犹豫一下，还是咽了。

向栀笑了笑，端起面前的杯子与他轻轻一碰。

吃过饭，霍听澜去停车场取车，向栀在餐厅门前等他。

餐厅距停车的地方有一小段距离，霍听澜故意走得很慢。

太累了，每次跟向栀单独吃饭，他都觉得累。

明里暗里不知拒绝过多少次，向栀还是不肯死心，这份执着让霍听澜无奈，也让他疲惫。

他这个人天生没什么耐心，也没有烟火气，凉薄的味道从骨子里透出来，有多礼貌，就有多疏离。

他不喜欢被人触碰，也不喜欢和人有太深的纠缠。他记得康盏曾送给他一句话。她说："霍听澜，你这样的人，只适合冰冷地活着，不配得到任何的爱。"

一字一句，穿心蚀骨。

胡思乱想着走到车前，霍听澜正要去开车门，不由得愣了愣——

谁把他车刮了？

雨刷器下压着张字条，上面留有联系方式。霍听澜没急着打电话，根据车身擦刮点的高度，对应着看了一下停在他旁边的两辆车的车身，很快就找到了肇事车——那辆蓝色宝来。

小宝来蹭巴博斯，霍听澜取下贴在风挡上的字条，心道，真是勇气可嘉呀。

不过，字条上这笔行楷写得倒是不错，挺漂亮。

餐厅附近的甜品店搞促销，甜筒第二支半价，乔鹤一手一个，边吃边往停车的地方走。快到近前，余光瞄到她蹭花的那辆巴博斯前似乎站着一个人，她心头一惊，连那人是男是女都没敢多看，转身藏到了一辆厢式小货车后头。

——坏了坏了，千躲万躲还是没躲过，苦主来了。

（20）

乔鹤刚藏好身形手机就响了，是一个本地的陌生号码。她心惊胆战地点下接听，对面传来一道男声：“你是宝来的车主吧？”

清清爽爽的声音，听上去年纪很轻，还带着笑意。

乔鹤有点紧张，咬了一大口冰激凌，原是想让自己冷静冷静，没想到反而把自己冰得哆嗦，脱口而出：“对不起，我不该吃甜筒！”

原来是个小女孩，难怪这么毛躁。

霍听澜叹了口气，半开玩笑地说：“小宝来蹭巴博斯，感觉怎么样，刺激吧？”

对面的人也叹了口气，甚为忧虑地说：“我应该蹭旁边那辆奥迪的，还便宜点。”

奥迪车主：？？？

霍听澜：？？？

你就不能不蹭车吗？什么毛病！

小宝来的车主看上去像缺根筋，但态度挺好，客客气气地道歉认错，解释说自己拿到驾照不久，倒车入库练得不行，以后一定加倍小心，还表示会赔付相关费用。

知错能改，善莫大焉。霍听澜也没兴趣为难小孩，只说：“钱不用你赔，以后小心点吧。”

“438”嘴虽然刻薄，性格倒是还行。

乔鹤对这人稍有改观，但她也有自己的原则，坚持道：“祸是我闯的，理应我来善后，钱还是要赔的。”

就像当初我用弹弓打你屁股，一点儿都没手软。

性格还挺倔，霍听澜笑了笑，说：“行，你的联系方式我留着，等补好了漆，我发账单给你。”

霍听澜正要挂断，对面的人忽然叫了他一声，迟疑着说：“先生，我能不能问一下，您这车改装费是多少？”

霍听澜说了价格。

对面的人幽幽一叹，说：“行吧，经此一役，我也算是参与过百万级的大项目，胸前的红领巾更鲜艳了。”

霍听澜有点无语，也不知该说这孩子心大，还是说她脑回路清奇。

左侧车轮下似乎掉了个东西，挂断电话后，霍听澜蹲下身去摸了摸。

居然是个钱夹，白色的，里面有一点儿现金和几张银行卡。没有身份证，但是有一张拍立得的照片。

照片上，女孩子举着小蛋糕笑得很甜，眼睛里映着温柔烛光和亮晶晶的小星星。

嘴唇水润饱满，带着旺盛的元气和生命力，像一只灵动又漂亮的小狐狸。

霍听澜愣怔一瞬，接着，又笑了。

刮花我车子的就是你吧，难怪在餐厅里跑得那么快!

将照片翻过一面，背后有黑色水笔写的字迹——

乔鹤是世界上最最最最可爱的人！！

照片上的字和刮车字条上的字迹一模一样，都是行楷，整齐潇洒。

乔鹤——鹤——

行楷写成的“鹤”字。

……

小姐姐说，画上的人就是霍听澜，也是她的心上人。

心上人就是男朋友的意思，所以，霍听澜是涂鸦姐姐的男朋友！

……

指尖抵着那个“鹤”字轻轻一敲，霍听澜挑了挑眉，心想，在锦绣府看到的那张画像，也是你画的吧？

三处字迹一模一样！

这破坏我名声，误导小朋友，巴达兽，你罪名可真是不少！

（21）

乔鹤回到店里时已经过了三点半，她前脚刚进门，后脚云林就找了上来，责怪她动作太慢，等他换好衣服从卫生间出来，女神已经结账走人，白白失去一个惊艳亮相的机会。

乔鹤听得火冒三丈，指着云林的鼻尖说：“你过来！”

云林见势不妙，转身就跑。乔鹤也不追，打开抽屉摸出一把黑色弹弓。桌角处的盘子里装着些细碎的废料，乔鹤抓了一把，然后拉紧弹弓上的皮筋。

云林隐约听见“嗖”的一声，接着屁股一疼，乔鹤用边角料打中了他。

这个位置着实有点尴尬，云林红着脸大声道：“乔鹤，我也是有脾气的！别以为我不敢还手！”

云林这一嗓子把左邻右舍的店主、买家都喊了出来，伸长脖子瞧热闹。

乔鹤打弹弓的样子很好看，她腰细，肩线削直，跨立时下巴微微上挑，骄傲又灵动。

她将弹弓张满，慢吞吞地说：“你不仅有脾气，还有点不要脸！为了帮你，小宝来的‘屁股’都蹭花了，你还敢怪我？知不知道什么叫结草衔环、感恩报德？”

话音未落，乔鹤猝然松手，边角料又一次打在云林的屁股上。

上次打的是左边，这次是右边，一次更比一次疼。

二楼的一位店主带头喊了声好，还有人跟风鼓掌，这气氛好像在看马戏团表演。

云林头都没敢回，跳上一辆停在路边的出租车，火速跑了。

邻居笑着吹了声口哨，说：“鹤总好功夫！”

乔鹤反拿着弹弓抱拳一揖，客气道：“见笑见笑。”

回到店里时，小伙计已经机敏地泡好了茶，小叶苦丁，去火的。

乔鹤大仇得报，愉快地瘫在椅子上喝茶刷微博。

特别关注里有新消息，霍听澜三个小时前发布了一条文字动态：

@Crux_H：流年不利，出门刮车。

乔鹤之前手误错发私信，她的微博大号被霍听澜拉黑了，只能开个小号偷偷关注。她一边想着今天是什么日子啊，怎么大家都刮车，一边点开评论，回复：

“希望刮先生车的人今天丢钱夹！”

十分钟后，霍听澜给这条评论点了个赞。

得到正主回应，乔鹤心情大好，又多吃了一盘开心果。小伙计从外面跑进来，找她要一张票据。

乔鹤起身去找钱夹，店里、车里找了一圈，都没找到。

她愕然——我钱夹好像丢了……

（22）

钱夹里现金不多，比较麻烦的是有几张银行卡，好在身份证没丢，乔鹤在手机上设置了一个备忘录，提醒自己明天去银行挂失。

坏话果然不能随便说，这么快就应验在自己身上了。

晚上关店回家，师母张念云已经备好了晚饭，三菜一汤，还有一碟枣泥核桃糕。饭菜刚出锅，热腾腾的，满屋子香气。乔鹤忙了一天，又累又饿，手也没洗，直接掰点心吃。

云林下午当众挨了乔鹤两记弹弓，这会儿气还没消，拿着碗筷自厨房出来，刚好看见这一幕，讽刺道：“饿死鬼！别用脏爪子碰师母做的点心！”

乔鹤伸手在云林的后脑勺上铲了一下，边铲边说：“这是脏爪子吗？这是轻巧灵敏、举世无双的好爪子！”

云林正要还嘴，余光瞥见程柳江的身影，将话咽了回去，憋得头顶几乎冒出青烟来。

饭桌上，乔鹤照例向师父汇报店里的情况。库房里有一块冰糖玛瑙，她看了下纹路和透度，雕笔洗最好，剩下的碎料，挑挑选选，能磨出一套首饰。不过，她笔洗做得不多，怕掉链子，需要师父给掌掌眼。还有客人下了定，要大师傅做一套六方小田黄的章子，料已经选好，就等大师傅下刀了。

如意轩一直遵循老规矩，论资排辈，称得上“大师傅”的，只有程柳江一个。近几年乔鹤也有了些名声，“小掌柜”的名头渐渐响亮。

程柳江抿了一口葡萄酒，转头训斥云林，说：“要你精进技能，你总是当耳旁风，程璟川已经够不济，难道你要比他还不济？”

少年人面子薄，听见这话登时有些挂不住，不等云林开口，门外忽然传来冷冷的一句：“我如何不济，还请大师傅说得明白些！”

乔鹤一筷子莴笋卡在半空，心里“咯噔”一声。

坏了，背后嚼舌头被正主听见了。

程璟川身形挺拔，下颌线锋利紧削，带着极强的侵略性。

程柳江端坐正位，也不跟他硬碰，只说：“不要一回家就沾着满身火气。想吃饭，自己拿碗筷；不吃，就去外头凉快。”

“这股火气是谁先挑起来的？”程璟川寸步不让，“背后有话说，当着我的面，怎么又不敢说了？这可不是大师傅该有的做派！”

不等其他人出声，云林压着嗓子横插一句：“都怪乔鹤在师父面前显摆邀功，才引出这场是非的！”

轻飘飘的一句话，屋子里却静了一瞬。

程璟川扭头瞥了云林一眼，周身的火气忽然散了。他轻轻一笑，似嘲讽又似不屑，对程柳江说：“这就是你一手带出来的徒弟？彼此攻讦、内讧内耗的好徒弟？”

扔下这一句，他转身出了客厅。

程璟川这一走，屋子越发寂静，似乎能听见月光筛落的声音。

云林脸色发白，嗫嚅着：“我不是那个意思。”

乔鹤叹了口气，抬手给云林夹了点菜，只当是给他台阶下，说：

“小师弟可能误会了，我不是显摆，只是例行汇报。以后，我会注意一点儿，不在吃饭的时候聊公事，好不好？”

台阶近在眼前，云林却不肯领情，一双拳头在桌下握得死紧，扭头看向程柳江，想让师父给他做主。

大师傅正襟危坐，眼神严肃，沉声道：“给你师姐道歉！”

眼下这情形，只要一句“对不起”，就能全部揭过，偏偏少年人性子倔，不甘低头服软。云林将筷子一摔，陡然高声：“我哪句话说得不对？凭什么向你道歉！乔鹤，你就是坏！巴不得师父和璟川哥父子失和，这样如意轩就会成为你一个人的，师父年纪大了，心力不济，到时候是假公济私，还是虚报账目，还不是你一个人说了算！”

乔鹤几乎被骂蒙了，半晌才找回神志，喃喃：“在小师弟眼里，我就是这样一个人！”

“你是什么样的人你心里清楚！”云林只图一时痛快，越发不管不顾，“乔鹤，你若不是心肠太坏，你妈也不会不要你！你活该被抛下！活该没人要！”

你妈妈不要你！

她不要你！

乔鹤，你被抛下了……

再也没有亲人……

呼吸似乎停滞了，乔鹤有一瞬的失神，衣袖不小心扫落桌上的杯碗。

“啪”的一声，满地狼藉。

程柳江结满厚茧的大手重重落在桌面上，重重一拍，满座皆惊。

老头儿火气太盛，想说话，却呛住，咳得青筋绷起，几乎呕出血来。

云林吓得脸色苍白，连连后退，最后，干脆低头跑了。

乔鹤回过神，她顾不得跟云林置气，倒了热水来喂程柳江吃药，又抚着胸口帮他顺气。

一顿饭吃得鸡飞狗跳。

好一会儿程柳江才缓过来，脸上没有丁点血色。

乔鹤将他扶进卧室安置好，趴在床边握了握师父的手，小声说：“您放心，我是大人了，不会跟小孩子计较。”

张念云摸着乔鹤的头发，说：“别听云林那小豆丁乱嚼舌根，师娘也是娘，我这个当妈的可从来没说过不要闺女的混账话！”

乔鹤贴着师母的掌心蹭了蹭，她发丝很软，睫毛低垂的样子干净又乖巧。

（23）

程柳江睡下后，乔鹤跟张念云商量，她先去方可期那里住几天，省得再跟云林吵起来，惹师父心烦。

张念云点头说，这样也好，不过，云林在家里也别想过得舒服，她已经准备好了鸡毛掸子，小猴崽子无法无天，是时候揍一顿了。

去方可期那里时，乔鹤没开车，沿着小路走了一会儿。

转过街角，她在长椅上坐下来，很轻地叹了口气。

夜深了，街灯昏黄，旁边的灌木丛簌簌一响，跳出一只流浪猫，毛色脏脏的，喵呜喵呜，叫个不停，像是饿了。

乔鹤翻了翻背包，说：“相遇即是缘，看在咱俩有缘的分上，请你吃法式大餐吧。”

然后，她从包里拿出一个法式软面包。

小猫：……喵喵喵!

手机铃声骤然响起，乔鹤看了眼来电显示，犹豫了一会儿才点下接听。姑姑的声音自听筒里传出来，张口就是：“乔鹤，你什么时候给你妹妹打钱？”

乔鹤心火冒头，说：“等她过继到我名下管我叫妈的时候！”

这话一出，无异于扔了颗雷，姑姑登时就炸了，嚷道：“乔鹤，你什么意思？谁教你这么跟长辈说话的？你爸肺癌住院的时候，是谁借钱给你们买药治病的？翻脸不认人，你还有没有良心？”

“我不仅有良心，还有记忆。”信号灯变换，车流带起细微的风，乔鹤拢了拢衣襟，“你在我爸爸的葬礼上大闹，让我妈必须拿出钱来还给你，还要带附带利息，一分都不能少。你说我爸死了，我跟我妈就是外人，你没有必要再帮我们。我妈妈拿不出钱，你就搬走了我家里的电视和冰箱。姑姑，虽然当时我只有七岁，但是我都记着呢。”

电话那端的女人作劲儿上来，扯着嗓门大声道：“那是大人的事，小孩子懂什么！你姑父病着，妹妹考上大学需要生活费，你是她姐姐，我当初还收养过你，给你饭吃，给你衣服穿，你难道不该报答我们？你肚子里的心肠是铁打的吗？怎么这么坏……”

不等姑姑把话说完，乔鹤直接挂了电话，然后把那一家人的号码全拖进了黑名单。

真是热闹，只一个晚上，就有两个人说她坏。

乔鹤，你是有多坏呀，她有些自嘲地想，坏到他们都不喜欢你。

就像云林说的，你活该被抛下，活该没人要。

眼眶有些发酸，乔鹤蒙住眼睛，对自己说，不能哭不能哭，眼泪是珍珠，哭多了会变猪。

她才不要哭呢，她要一直开开心心的，做世界上最可爱的乔鹤！

手机又一次响起来，乔鹤正要挂断，却看见屏幕上跳着“债主”两个字。

是438，巴博斯的车主。

乔鹤稳了稳情绪，点下接听，问对方：“车漆补好了吗？多少钱？我转给你。”

“好重的鼻音哪，”那头的人一声轻笑，“你是不是哭了？丢了钱夹，吓得哭鼻子？”

乔鹤一愣：“你怎么知道我钱夹丢了？”话音未落，她猛地反应过来，“你捡到了？”

“乔鹤，对吗？”那人依然在笑，声音十分好听，“是世界上最最最可爱的人？”

她写在自拍照上的话，居然被看见了。

乔鹤有点脸红：“是我，能麻烦你把钱夹快递给我吗？我会支付感谢费。”

“感谢费倒不必，”电话那端的人说，“告诉我你为什么哭，我就把钱夹还你。”

乔鹤：？？？

好奇心要不要这么重啊，债主同志！

霍听澜今晚没有应酬，早早洗漱完毕，坐在露台的藤椅上给自己倒了杯茶，边撸猫边逗小女孩。

他其实没有什么好奇心，只是有点意外，巴达兽居然也会被气哭。

电话那边的人犹豫了一瞬，然后无比敷衍地说：“跟我弟弟吵架了，内部矛盾，不劳费心。”

潜台词是，要你多事！

（24）

乔鹤推测这位身价不菲的债主大概心情不错，被她不冷不热地怼了一句也没生气，笑着说：“那真是巧了，我跟我弟弟从来不吵架。”

不等乔鹤吐槽，那人又慢吞吞地补了一句：“我们两个同父异母，话都不说，没架可吵。”

“那你小时候有没有偷偷往弟弟的牛奶瓶里兑热水？”长椅太硬，坐久了屁股疼，乔鹤蹲在地上，抱着自己的膝盖，“让他喝不到味道香浓的牛奶，只能喝稀释的，气哭他！”

对面的人似乎叹了口气，说：“我小时候没你聪明，想不到这么妙的好主意！”

乔鹤沉默片刻，幽幽地说：“债主同志，你似乎在讽刺我？”

话音一落，两个人同时笑起来。

债主的声音很好听，笑声也是，清清淡淡的，乔鹤觉得心情放松了不少。她抬头看了眼天空，忽然说：“债主，快把窗子打开，我请你看星星。”

霍听澜坐在露台上，随着乔鹤的话音抬起头，刹那间，晚风自发间吹过，带着柑橘调的香气，漫天星辉落进他眼中，盛大、璀璨，熠熠如海。

难以形容的漂亮……

若不是乔鹤提醒，他都没有注意到，今晚的夜色居然这么好看。

许是星光繁盛的景象太过震撼，一时间，两个人都没说话，听筒里传来微弱的呼吸声，分不清究竟是谁的，轻而和缓，如同蝴蝶在震颤漂亮的翅膀。

霍听澜想起波德莱尔的一句诗——

你究竟来自深渊，还是降自星空?

真是个有意思的问题。

“多漂亮啊！”沉默半晌，霍听澜听见电话那边的人说，“看在星星的分上，也要开心一点儿。人在不开心的时候，会失去很多，包括好运气。”

这是在给自己鼓劲吗?霍听澜有些好笑地想，还是个小女孩呢，没长大，没烦恼，偶尔闹脾气不开心，也会很快就会过去。

两个人又简单聊了几句，霍听澜答应乔鹤会把钱夹快递给她。

乔鹤想着最近几天她都住在方可期那儿，索性留了方可期的地址。

两个人互道晚安之后各自收了线，乔鹤才想起来，她都没问过对方姓什么，一直叫人家债主来着。

到了方可期家，见到闺密自然要开启吐槽模式，乔鹤刚说了个开头，方可期就炸了，面膜一揭，拎起充气狼牙棒气势汹汹地说：“姓云的吃了豹子胆，敢这样欺负我家薄荷！还有程璟川那个狗东西，不能劝架净添乱，两个大男人联起手来欺负一个小女孩！反了他们！”

乔鹤原本包了一肚子委屈，听了方可期的话又忍不住想笑。她在沙发上打了个滚，说：“算了算了，我们小仙女是不能跟凡人计较的。

要不要吃宵夜？我请。”

方可期气儿还没消，一脸严肃地说：“少放辣椒少放盐，仙女不能吃太咸。”

乔鹤笑着点头：“好的！”

等外卖的间隙，乔鹤打开电视看《古玩街》的重播。这一期霍听澜穿了套三件式复古西装，身材比例极为抢眼。他声音清朗，浅笑着向场内外观众解释何为窑变。

“窑变者，乃烧窑时，火候不均。偶然釉汁变色之故。窑变先后所制，亦有不同。若康熙末年……”

霍听澜引用的这一段出自《引流斋说瓷》，他气质沉稳，语速也不疾不徐，听起来十分舒服。乔鹤忽然有些跑神，莫名觉得“438”在电话里的声音跟电视上的霍听澜十分相像。

（25）

一天后，乔鹤从快递小哥那里拿回了钱夹，东西都在，完好无损。她看了下塑封上的快递单，寄件地址是一个挺高档的住宅区，姓名栏里则填着两个大字——债主！

乔鹤：“……”

难怪快递小哥面色有异。

人家好心还钱夹给她，还倒贴了快递费，总不能欠着人情不还。乔鹤从自己的库藏里找出一颗樱桃红的玛瑙回纹珠，先将珠子两端打磨钻通，用鹿皮手帕擦净后，穿上手编的结绳，再配上几颗银饰和碎蜜蜡，接口处留一个活结，一根坠着玛瑙珠子的手绳就做成了。

乔鹤将手绳装好，按照快递单上的地址原路寄了回去，收件人一栏里写的则是记忆犹新的三个数字——438，算是她补上的谢礼。

最近客人寥寥，乔鹤乐得清闲，在门厅的圆桌上铺好宣纸，研墨练字，一笔行楷写得规整又漂亮。

先前被“438”打过脸的颜记老板来串门，手上一个紫陶的小茶壶，吸溜一口茶水提一句意见，说小掌柜这笔字的确好看，但行楷介于两种字体之间，风格杂糅，远不及隶书方劲古朴，不上台面。

乔鹤本就不待见这位颜老板，听见这话气得只想上脚踹他——你才不上台面呢，你们全家都不上台面！

店里的小伙计机灵地另铺了一张宣纸，乔鹤蘸墨提笔，当着颜老板的面写出一手隶书，还是魏隶，横长直短，蚕头燕尾，非常漂亮。

一篇字写完，乔鹤甩着泛酸的腕子看向颜老板，挑眉道：“这笔隶书颜老板看着如何？”

颜老板伸手在宣纸上轻轻一点，笑着说：“字是好字，但不能细看，不然还是不伦不类，比如‘君童龄好学’中的这个‘龄’字，就很别扭。”

乔鹤叹了口气：“颜老板，虽然看上去长得很像，但那个字真的不是‘龄’，它念‘龀’—ch-en-chen！麻烦您回家多看两本书再来提意见吧！”

小伙计在一旁捂嘴偷笑，颜老板里子面子折了个干净，灰溜溜地走了。

前脚刚送走颜老板，后脚就迎来了方可期，乔鹤感慨：“我这祖传的玉雕铺子大概真的寿命将近，整整一上午，没来一个正经人。”

方可期也不生气，敲着柜台说：“姐姐今天可是来送礼的，大大的好礼！”

乔鹤剥了颗牛轧糖塞进她嘴里，边塞边说：“多好的礼？把霍听澜捆起来扔我屋里？”

方可期嘿嘿一笑，拿出两个大信封：“《古玩街》栏目的入场券，算不算好？”

乔鹤怔了一下。

《古玩街》是录播节目，现场观众部分是群演，部分是从本地高校招来的学生团体，节目组还会留一些免费入场券送给广告商。

方可期有个朋友在电视台实习，送了她两张赠票。

她对乔鹤说：“怎么样，想不想去节目现场见一见你的霍先生？活生生的霍先生！”

乔鹤扑过去在方可期脸上狠亲了一口，说：“我要把你的备注改成‘方·多啦A·七’，你就是我身边的人形小叮当！”

节目录制时间在下个月，乔鹤拿出纸笔说要给自己制订个减肥计划，争取三天瘦十斤，漂漂亮亮地去见霍听澜。

方可期十分无语，夺过乔鹤手里的纸笔说：“减什么肥，也不看看自己现在才几斤沉！走走走，吃火锅，涮个毛肚庆祝一下即将面见偶像！”

乔鹤从善如流，点头表示：“哆啦A七，你说得很对。”

心情不好的时候吃火锅，心情好的时候呢？那就多吃几顿哪！

（26）

晚高峰，地铁上到处都是人，乔鹤和方可期被挤散了。停靠两站后，车厢里略微宽松了些，方可期穿过人群跑到乔鹤身边，红着脸小声说：“刚刚停车我没站稳，倒在人家怀里了。”

乔鹤摸摸她的头：“撞疼了没？”

方可期脸色更红，竖起手指朝身后指了指：“就是穿白T恤和工装裤的那个，戴着耳机、棒球帽，还有口罩……”

乔鹤伸长脖子，一眼就看到了目标——很干净的男生，高高瘦瘦，拉着手环站在那里，非常显眼。

“我不仅撞了人家，”方可期都快哭了，捂着眼睛小声说，“偷拍还被发现了。”

乔鹤：？？？

白T恤男生站在方可期左手边，大概感冒了，戴着一次性口罩，气质清隽，干干净净。

应该是个很清秀的男生，方可期偷偷想着。她松开扶手杆想偷拍张照片发给乔鹤看，按下快门的瞬间地铁刚好进站。车厢一阵动荡，方可期踉跄着摔出去，正落在白T恤男生怀里。她举着手机的那只手直接怼到了人家眼皮底下，屏幕滑到相册界面，偷拍的照片端端正正地摆在上面。

方可期默默收回搭在人家胸口上的“爪子”，拉高衣领藏住脸，尴尬得恨不能原地升仙。

男生的表情被口罩挡住，只有眼睛露在外面。他似乎是在笑，眼形微微一弯，指了指方可期的手机：“你在拍我吗？”

声音有点哑，果然是感冒了。

方可期尴尬地解释：“我……我没有恶意，就是觉得你挺好看……”

男生仔细地看了看：“跑焦了，拍得好模糊。”

方可期的耳朵都红透了。

男生拉下口罩，两个人有身高差，他微微俯身，说：“重新拍一张吧，高清的那种。”

方可期有点发蒙。

男生笑了笑：“你觉得我好看，是我的荣幸。”

不只是耳朵，方可期整个人都要红透了。

摄像头框出方寸画面，透过屏幕，方可期终于看清男生的脸。

很干净的相貌，眉眼似水墨，清秀明朗，笑容里仿佛揉进晨曦时的雾霭，又像是藏着流云与风，温和、剔透，饱含朝气。

这就是书上说的少年感吧。

可真好看。

咔嚓!

清脆的快门声，照片自动保存进相册。

男生拉起口罩重新戴上，方可期再不敢看他，挤过人群跑到乔鹤身边。

（27）

吃火锅时，方可期一直心不在焉，总想拿出手机来点两下。可她不看微信也不刷微博，而是戳相册，少年眉眼似水墨，目光透过屏幕递出来，带着薄薄的笑意。

温和明秀，流云清风。

方可期手腕一抖，刚夹起来的萝卜咚地掉回红汤里，汤汁险些溅到乔鹤脸上。

乔鹤无奈，敲碗提醒："吃饭要专心。"

方可期索性搁下筷子，握着乔鹤的手，信誓旦旦地说："薄荷，我们一定要好好努力，升职加薪。这样，心上人结婚的时候，还能多出点份子钱，撑撑场面。"

乔鹤刚想说你能不能有点出息，转念想到霍听澜即便结婚也不会送请柬给她，她根本连随礼金的机会都没有，瞬间觉得，这世界上的事儿呀，真是——

没有最惨，只有更惨。

吃过饭，时间还挺早，两个人打车回家，进了小区绕过人工湖，迎面碰见一个抱着棋盘的老大爷，笑眯眯地朝方可期招手："丫头，下班了？杀一盘？"

方可期她爸是象棋队的职业教练，这丫头虽然没什么慧根，但从小耳濡目染，兴趣还是有一些的。她平日无聊，就爱跑到楼下凉亭里围观大爷们儿的业余表演赛，也曾亲自下场对弈，杀退了一票技术不行瘾来凑的小老头儿，在小区的中老年阶层里颇有声望。

上门踢馆的大爷姓江，技术水平还停留在"马走日，象走田，车走直路炮翻山"的入门阶段，说白了，臭棋篓子一个。尽管方可期频频让招，还是连赢三盘。围观群众丝毫不懂什么叫观棋不语，笑着说，老江啊，你这水平也太次了，让孙子辈的小姑娘杀得片甲不留！

一来二去，江老爷子被挤对急了，蹙着眉头对方可期说："你别走，我孙子今天在家，他可是拿过全国冠军的专业棋手，我让我孙子来给我报仇！你千万别走！"

乔鹤悄悄拽了拽方可期的衣袖，眼神示意她别太过火，万一把老爷子气出个好歹——你下半年的工资就保不住了。

方可期原本心存愧疚，后悔没多让几步棋，转头听到老爷子说有外援，又被勾起了斗志，有些好笑地想，不管你孙子是哪个坑里长出来的葱，都有可能是我爸训练过的学生，我倒要看看是哪一位专业棋手！

江老爷子拿出手机现场连线，对电话那端的人说："乖孙，有个黄毛丫头欺负你爷爷！"

听见这话，方可期险些当场掀了棋盘——

冤有头债有主，和谐世界，朗朗乾坤，怎么还带告黑状的！谁欺负你了！

江姓孙子，不是，江姓棋手来得很快，穿着运动裤、白T恤，额发散下来，略略盖过眉毛，一双眼睛深邃清朗，仿佛漫天星辉都落在里面，干净耀眼，灼灼有光。

方可期一愣——这……这也太巧了吧！

乔鹤再次拽了拽她的衣袖，小声说："这人看着好眼熟哇……"

男生跑到江老爷子身边，有些喘，一眼看到石桌上的棋盘，无奈道："爷爷，跟您说过多少次了，我是学围棋的，不是象棋！"

说着，男生转动目光，看向坐在对面的方可期，主动伸出手："你好，我叫江枕，枕戈待旦的枕。"

话音落地，乔鹤短路的记忆忽然畅通，脱口而出："我想起来了，刚刚在地铁上……"

方可期目不斜视，脚下杀招暗生，鞋尖对着乔鹤的小腿踹过去。

乔鹤这一脚挨得结结实实，疼得险些咬舌头，剩下的半句话自然也咽回了肚子里。

可是，已经晚了。

江枕看了方可期一眼，忽然笑起来，似云月撞破山间雾霭，刹那间，整个世界都亮了。

方可期棋也不下了，拽着乔鹤落荒而逃。

（28）

一直到进了家门，方可期的心跳都没能平复下来。她握着乔鹤的手，让掌心贴向自己的胸口，磕磕绊绊地说："薄荷，你摸，它为什么跳得那么快？我是不是病了？"

乔鹤虽然不曾正经谈过恋爱，理论知识倒是丰富，点着方可期的鼻尖说："小仙女，你不是病了，是心动了！"

风吹过洞开的窗，檐下铃铛轻响，叮咚叮咚，每一下都是心动的声音。

方可期背靠着门板，试图回忆起这一天她都做了什么，见过什么人，可唯一清晰记得的，只有江枕的那句"我的荣幸"，还有他眼睛里星辉般的笑意。

这世界急速褪色，只余他眸中点漆似的黑，坠在心头，化为朱砂。

还记得，上学时在小说里反复读到的那句话吗——

谦谦君子，我心悦之。

乔鹤去洗澡了，方可期从冰箱里拿出瓶冰水，一口气喝下大半瓶，才勉强冷静下来。

江枕，枕戈待旦的枕。

方可期心血来潮，点开 APP 输入那个名字，相关页面很快跳出来——

江枕，二十一岁，职业围棋选手，现效力于拓尔战队。五岁学棋，十岁获少年组冠军，十九岁直升九段。《围棋日报》主编称其为天赋型选手，棋风冷静沉稳，兼具霸气。

才二十一岁——方可期趴在餐桌上，看着鱼缸里甩尾巴的小金鱼，默默叹了口气——比她小三岁呢，已经这么厉害了。

优秀又好看，很难不心动啊。

那天晚上方可期做了一宿乱七八糟的梦，黑白配色的棋子雨点似的落下来，她像一条半熟鳗鱼，在画满方块格的棋盘上翻来覆去。

睡眠不足的结果就是上班迟到，被人事经理抓了个正着，方可期躲在茶水间叼着奶茶吸管给乔鹤发微信。

方小七：仙女方本月第五次喜提迟到，扣除工资五十元整，赠送总监谈话一次。

薄荷薄荷：就算大雨让整座城市倾倒，人事照样盯着打卡机抓迟到。

方可期回了一个熊猫人点赞的表情包。

知道江老头儿就是江枕的亲爷爷后，方可期再不敢往小区广场那边凑，上下班看见抱着棋盘的都想绕路走，心理阴影铺开了能当地毯使。

她甚至想去某问答论坛上开个求助帖——得罪了男神的亲爷爷后，我还有机会当他孙媳妇吗?

这个问题自我幻想的成分太高，方可期默默把它放进了存稿箱，无颜发布。

很快，方可期就没心思琢磨“男神和他的爷爷以及象棋”的辩证关系了，设计部接了个活，给罐装茶做新包装。方可期扎起丸子头，开始没完没了地加班。

方可期忙，乔鹤也忙，她之前同程柳江商量要用芙蓉石做个圆雕的松鹤延年。那是块成色极佳的蜡烛红，青白的底色上铺着红蜡似的色块，浅处青白如月，艳处浓丽胜丹，似天然的美人，娇艳多姿。程柳江嫌“松鹤延年”太老气，显不出蜡烛红的颜色和润感。

程柳江提醒乔鹤，雕刻一行，要懂得“返璞归真”，最大限度突出料体本身的优点和特性，不要一味地卖弄手艺，冷冰冰的炫技是没有意义的。

乔鹤琢磨了三天也没找到灵感，愁得一把一把地掉头发。

临近中午，张念云打电话来说家里煮了牛腩煲和蒜香排骨，让乔鹤早些回来，趁热吃。

乔鹤随口问起程璟川，张念云叹气说：“璟川不回来，忙呢。”

乔鹤心疼一腔慈母心，主动说她可以给程璟川送去，有车，很方便，而且师哥天天吃学校食堂，想必也腻了。

张念云很高兴，连连说好。

牛腩煲用保温桶装着，另一个饭盒里是排骨和虾饺，张念云还用胖大海和蜂蜜调了杯茶，让乔鹤一并带去。她说程璟川最近在给本科生代课，话讲多了容易嗓子疼，胖大海润喉清肺，多喝点，对身体好。

乔鹤看在眼里，暗暗羡慕——

有妈妈在身边，真好哇。

第四章

/

嘿，抓到你了，小家伙

（29）

乔鹤去宿舍楼外等程璟川，半路碰见收拾人渣学长时认识的那个女同学。女生性格极好，很热情地跟乔鹤打招呼，叫乔鹤小妹妹。

女生告诉乔鹤程璟川还在上课，并把教室的门牌号码给了乔鹤，还主动带路，让乔鹤去教学楼里等，说外面又热又晒，很伤皮肤。

乔鹤不好拒绝，也就跟着去了。

程璟川上课的教室在三楼，走廊里人很少，地砖反射出微弱的光线，偶尔能听见很轻的说话声。

乔鹤从没见过程璟川执教的样子，有点好奇，将保温桶搁在窗台上，放轻了脚步走到教室的后门，透过玻璃窗向里面看。

阳光落进来，程璟川穿着深色西裤和白衬衫，腿直，腰细，衣袖折上去，露出一块机械腕表。小指末端有细细的尾戒，骨节精致。

乔鹤琢磨着，Z大要是有最帅讲师排行榜，程璟川应该能进前三。

这家伙脾气虽然烂，嘴巴也毒，卖相……不是，长相还是过得去的。

课程临近尾声，程璟川跟学生闲聊，有个女生抱怨说物理太枯燥，一点儿不浪漫。

程璟川站在阳光里，眉眼间映着浅金色的光。他笑了一下，说：“不是物理枯燥，而是你们没有真正了解它，喜欢它。物理学教会我们的不是停滞，而是探寻，探寻宇宙，探寻地心，探寻不可见的暗物质，探寻物体间的吸引力，也是在探寻你为什么总能吸引我——这难道不浪漫？”

话音落下，教室里一片掌声，甚至有人尖叫着吹了声口哨。

程璟川伸出手，掌心朝下压了压，示意学生们保持安静，继续说：“在物理的世界里，是没有绝对静止的，变化发生在每一个瞬间，就是此刻，就是现在。所以，更要加倍珍惜，珍惜那些你还能拥抱的人。但是，也正因为一切事物都是运动的、变化的，也就没有了永恒的分别。即便我们消散成了原子，甚至夸克，终有一天，也会在某片星云之中再度重逢——这算不算是浪漫？”

一屋子学生又是尖叫又是鼓掌，气氛热烈得一塌糊涂，还有人拿出手机疯狂拍照。

坐在第一排的一个女生举了举手，大着胆子问：“老师，你结婚了吗？”

程璟川很轻地笑了一下，摇头说：“还没。”

立即有人跟上：“那有女朋友吗？或者喜欢的人？”

对于这个问题，不止教室里的小女孩，教室外的乔鹤也很好奇。

她怕听不清楚，又向前凑了凑，却万万没想到眼前的门板根本没关紧，是虚掩着的，于是，一不留神——

“咣”的一声，乔鹤直接撞开门板摔了进去。

……

五十多双眼睛，五十多支花，五十多个兄弟姐妹一起，哈哈哈。

（30）

教室后排没有桌子，只放了点打扫卫生的杂物。乔鹤这一跤摔得结结实实，整个人趴在地上，浑身都疼。

哄笑声几乎能掀翻房顶，乔鹤拽过散在一旁的传单挡住脸，倒退着往门外移动，边移边嘀咕："看不见我看不见我，你们什么都看不见！"

程璟川也被吓了一跳，他站得远，乔鹤又弓着腰，一时没看清，疑惑道："这位同学是迟到了吗？"

一个男生笑着说："老师，这人不是我们班的，不过在后门外站了半天，探头探脑的，可能要找人吧。"

乔鹤连忙摆手，示意，不找人，我就是路过。

"也可能是来看老师上课的，"另一个女生笑着调侃，"毕竟，程老师全校最帅！"

周围立即响起暧昧的起哄声，乔鹤终于忍不住了，开口反驳："不是不是真不是！"

这一开口，程璟川想认不出乔鹤都难，晃了晃手中的翻页笔，无奈道："去办公室等我。"

乔鹤吸了吸鼻子，委屈地应了一声。

午休时间，办公室很空，几张桌子，一个大书柜，还有沙发和小茶几，角落里一盆绿植，打理得整齐干净。墙上挂着字幅，已经退休的老院长题的，苍劲有力的八个字——博学笃志，切问近思。

程璟川用一次性纸杯接了半杯温水，乔鹤以为是给她倒的，正好她也渴了，连忙伸出手，说：“谢谢师哥。”

程璟川看都没看她，将纸杯抵在自己唇边，仰头喝尽。

乔鹤鼓起脸颊——小气鬼！讨厌！

程璟川将乔鹤那点小表情看得一清二楚，也不生气，问她跑来学校干什么。

乔鹤解释说师母做了牛腩煲和排骨，担心他天天吃食堂胃口不好，特意让她送来。

程璟川叹气：“送饭送到拆门板，你也算独一无二了。”

乔鹤也知道自己今天有点丢人，从背包里摸出一个花青种的翡翠平安扣，挂在电脑后的隔板上，谄笑着说：“别生气，别生气，送你一个小礼物，就当是我向你赔礼。”

平安扣是乔鹤练手时雕的，油青色，掺有丝状飘花，她绕着飘花细密地刻了些纹样，成品繁复瑰丽，比寻常的平安扣要好看许多。

讲台下的程璟川没了言笑晏晏的为人师长的风度，骨子里的凉薄与倨傲便显露出来。他半靠着椅背，目光绕过平安扣，落在乔鹤的腕上。

乔鹤被他看得浑身不自在，低头睨了一眼，才发现手腕上蹭掉了一小块皮，有点渗血，大概是摔倒时刮伤的。

乔鹤习惯性吹了吹，程璟川一巴掌拍在她脑门上，语气不佳：“吹什么！二氧化碳能消毒？还是口水能止痛？”

说着，他一手握着乔鹤的手臂，将乔鹤拽到近前，一手拉开办公桌的抽屉，拿出一包碘酒棉棒。

夏季衣服单薄，程璟川的掌心紧贴着乔鹤的小臂，热意灼灼，暖得近乎烫人。乔鹤觉得不自在，微微挣了挣。

程璟川拿着棉棒瞄她一眼，低声问：“怕疼？”

程璟川一直是枫叶胡同里的高岭之花，他长得好，成绩也好，天生的疏离感，清冷自持。如今挑着眉眼静静地看过来，又无端生出几分风情。

就像……

就像冰种翡翠染上了桃花色，浓丽是他，淡漠是他，引人遐思也是他。

身后传来脚步声，接着，响起一个带着笑意的女音：“程老师，还没去吃饭哪？”

乔鹤怕引起误会，再度想要将手臂抽回来，却被程璟川牢牢握住。

她站，他坐，视线上有落差。

程璟川抬起头，露出锋锐的下颌弧线和藏在眼睛里的暗色的光。乔鹤被那样的目光慑住，雪白的腕子乖乖搁在程璟川掌心里，不敢再动。

她从小就怕这个名义上的师哥，这么多年了，一点儿长进都没有。

程璟川似是很满意乔鹤不再挣扎，“嗯”了一声，回答那个女老师，说：“朋友蹭伤了手，我帮她涂点药。”

“伤得严不严重啊？”脚步声由远及近，女老师走到办公桌前，探头看了看，“我这里有创可贴和纱布，需要的话，可以拿去用。”

女老师声音绵软，甜甜的，格外好听。乔鹤歪着脑袋看了她一眼，登时一怔。

居然是向栀，云林一见倾心、再见难忘的暗恋女神。

向栀察觉到乔鹤的视线，礼貌地笑了笑。她正要说话，目光像是被什么东西吸引了，落向乔鹤身后，脸上的笑容也明艳起来，朗声打招呼：“听澜，你来啦！”

这一声“听澜”近在耳边，乔鹤还来不及搞清楚向栀说的“ting”是哪个“ting”，“lan”又是哪个“lan”，就听到一个熟悉的、在电视上听过无数次的声音，自背后传来——

“吃饭半小时，堵车一整天。下次约我，能不能别让我到学校来，这附近真的太堵了！”

（31）

霍听澜最近在修复一个清代的斗彩瓷碗，那碗碎得乱七八糟，修复起来难度很大。他把自己关在书房里，整整三天没有出门，饭也没有吃几口，书籍资料到处乱堆，保洁按时来打扫卫生，还以为家里遭了贼。

霍听澜很小的时候就开始独居，为了方便工作，他买了一栋复式住宅，一层用来生活，二楼整体打通，只留承重墙，当作工作间。

保洁只负责打扫一层的居住部分，二楼贵重东西太多，霍听澜很少允许外人进入。

九点过五分，霍听澜眯着一双熬红的眼睛出来找水喝，耳朵后还别着一个脏兮兮的小毛刷，那样子就像一个走火入魔的落魄艺术家。

冰箱里空空荡荡，别说果汁或者牛奶，连矿泉水都没有。他正要打电话给楼下的便利店，让他们随便送点喝的上来，门铃响了。

门外站着一个年轻女孩，工作服上印着甜品店的标志，手上提着一个大大的外送袋。

“打扰了，这是您的外卖，”女孩笑着说，“祝您用餐愉快。”

休息不好，脑袋僵得厉害，霍听澜的确想不起自己有没有叫过外卖，但可以确定的是，他不爱吃甜的，几乎一口不碰。

所以，女孩提在手里的东西，不是他叫的。

送外卖的女孩见霍听澜不肯收，还以为自己搞错了地址。她拿出单据核对了一下，门牌和楼层数都没有问题。

“应该是您的朋友为您准备的小惊喜吧。”女孩说，“您看，单子上还有留言呢。”

霍听澜接过小票，备注栏里有四个加粗的黑体字——好久不见。

落款是“Joanna”。

康盏的英文名字。

霍听澜毫不意外康盏能弄到他新家的地址，康盏远比看上去要疯魔，也更坚韧。

四年前，他送她出国时，康盏就说过，她一定会再回来，变成梦魇，纠缠他一辈子。

她说，他毁了她的一切，他必须为此付出代价。

她要他生不如死。

霍听澜终究还是收下了外卖，将袋子放在半开放式的岛台上。

他住的是高档住宅区，环境很好，几乎听不见马路上杂乱的轰鸣。玻璃窗外，阳光温暖，屋子里却静得像是没有活物。小猫趴在脚边咬他的裤腿，黑白相间的毛皮蹭过他光裸的脚踝，带起一点儿细碎的暖意。

这点暖意，好像是他跟整个世界唯一的联系。

直到保洁打扫完卫生来跟他告别，霍听澜才回过神。阿姨指着外送袋提醒他要按时吃饭，不要仗着年纪小，就随便糟蹋身体。

霍听澜笑着说好。

袋子里装了不少东西，霍听澜慢慢拿出来——红丝绒蛋糕、红丝绒戚风、红丝绒费南雪，还有涂满树莓糖浆的饼干和甜甜圈……

红色！全是红色！

凝固的红，甜腻的红。

除了这些，还有什么是红色的？

哦，血也是红的，从伤口里涌出来的血。

那个冬天，空气冰凉沁骨。血迹冻凝在衣服上、手上，斑斑点点。

……

霍听澜脑袋里仿佛安置了一个警告灯，旋转闪烁，提示音嘀嘀作响，疯狂轰鸣。

止不住地压抑，止不住地烦躁和头疼。

阳光明明就在身边，却感受不到暖意。

他的世界，早就没有温度了。

霍听澜抬手将岛台上的东西全部掀翻，血浆似的四散泼洒。

小猫吓坏了，嚎叫着远远躲开。

窗外，阳光那么灿烂，却同他没有关系。

霍听澜偏过头，看着自己的右手。

极漂亮的手，修长、纤细，肤色冷白，此刻却在微微痉挛，不受控制地颤抖。

他是修复师，一切骄傲与荣誉都悬在这双手上，这双可以让残器新生、让枯骨化蝶的手。

现在，连它也要出问题了吗?

……

花洒被打开，冷水迎面浇下来，霍听澜抬起还在痉挛的手，挡住眼睛。

若人间真的有慈悲，就给他指一条路吧。

一条真正的向善的路。

（32）

已经结束工作的保洁阿姨接到电话，她的雇主说不小心打翻了东西，让她来清理一下，会多付给她一天的薪水。

阿姨进门时，霍听澜刚洗过澡，他穿着运动裤和棉质T恤，嘴里叼着烟，侧头点燃时，火苗在瞳仁里映出琉璃色的光。

火苗照亮了他的眼睛，薄而软的唇，挺直的鼻梁，以及眉宇间淡淡的忧郁。

那一瞬的风情，超过了“英俊”一词涵盖的所有内容。

阿姨做保洁很多年了，见过各种有钱人，却不得不承认，这位姓霍的雇主是最有魅力的。

有一次，书房的门没有关，霍听澜在电话里向人介绍一种名叫影青的瓷器，阿姨偷听了一点儿。霍听澜声音微沉，引经据典，各类典籍古文信手拈来，讲解得毫不枯燥，外行听了都觉得有趣。

那种儒雅精致的风度和气宇，比英俊的皮囊更加具有吸引力。

老话说，美人在骨不在皮，经得起岁月审视的美人，都有着独特的风骨。

霍听澜刚擦干头发，向栀的电话就打了进来，说上次吃饭时掉了一支口红在他车上，问他能不能给她送来，作为回报，她请他吃午餐。

有点老套的小把戏，霍听澜犹豫了一下，没有拒绝。正好，借此机会他也可以跟向栀说明白，他对她从未心动过。

有些事，早日说开，早日解脱。

Z 大附近堵车堵得厉害，等道路恢复顺畅时，霍听澜发现副驾驶座上扔着一个快递，是乔鹤寄还给他的谢礼，一直忘了拆。

他撕开外包装，一个巴掌大的首饰盒掉了出来，里面躺着一根嵌了珠子的手绳。

珠子是玛瑙的，料体一般，算不得名贵，上面的回字纹雕得倒是极好，刀刀见锋，整齐精密，一流的好雕功。

红灯亮了，霍听澜松开油门，车子停在白线前。他拈着珠子看了半晌，越看越觉得这雕功眼熟。

受外公影响，霍听澜自记事起就在古玩堆里打滚，鉴东西的眼力和手上的功夫，都源自日复一日的磨炼。他不会无缘无故有这种感觉，一定是在哪里见过。

霍听澜单手搭着方向盘，无意识地敲了两下。忽然，他想起什么，伸手到放杂物的地方翻了翻，摸出一颗红珊瑚的珠子。

将琥珀珠子和红珊瑚放在一处，一模一样的回字纹，一模一样的走刀风格，连转折处的刀锋和收势时的钝感都一样。

两颗回纹珠必定是出自同一个雕刻师傅。

还是一个雕功很棒的小师傅。

红珊瑚珠子是霍听澜在锦绣府外捡到的，当时有人用这玩意儿打他的屁股，还有腿弯，他差点原地跪下，保安以为他喝多了撒酒疯。

那天还发生了什么？哦，他还看到一张自己的涂鸦小像，带猫耳朵的那种，肩膀上还有一颗小桃心。画像上有落款，一个行楷的“鹤”。

后来他才知道，往他脑袋上画猫耳朵的人叫乔鹤。这说明，乔鹤那天也在锦绣府。

转了半天，所有线索好像都回到了同一个人身上。

没想到，他和那只小巴达兽居然这么有缘。

霍听澜脸上浮起些许笑意，他连上耳机，拨发小周奕杨的号码。

周奕杨醉生梦死，这个时间还躺在美人怀里，打着呵欠问霍听澜有何贵干。

霍听澜开门见山，说：“你之前向我推荐过一个做玉雕的铺子，叫如意轩，声称大师傅的手艺登峰造极，你还记得吗？”

周奕杨说：“当然记得，你讽刺人家口气太大，也不怕遭雷劈。”

霍听澜扶了扶额，心想，矛盾的源头好像找到了。

毒舌虽好，但前提是，别碰上一只爱记仇的巴达兽。

回想起这一连串的纠葛，霍听澜忍不住笑出声音。

周奕杨难得见到霍听澜开怀，整个人都惊了，磕磕巴巴地问：“哥，你没事吧？”

霍听澜又问周奕杨知不知道如意轩的大师傅叫什么名字，手下有没有特别中意的徒弟。

周奕杨也是个吃瓜群众，对如意轩了解不多，他说他去打听一下。

拥堵已久的路面终于畅通，霍听澜停好车，朝向栀的办公室走。踏进电梯时，他收到周奕杨的回复——如意轩的大师傅叫程柳江，手底下有两个小徒弟，比较出挑的那个叫乔鹤，云中白鹤的鹤。行里戏称小掌柜，手上有些真功夫。

电梯内壁光滑如镜，霍听澜看见自己一双眼睛映在上面，漆黑、深邃，带着鲜明的笑意。

嘿，抓到你了，小家伙。

（33）

自听到那道格外熟悉的声音后，乔鹤就原地僵成了木头，连呼吸都变得不顺畅，就像受惊过度的兔子，耳朵背在脑后，满目惶然。

程璟川自然能感觉到她的变化，不由得眯起了眼睛。

霍听澜站在门口等向栀出来，他没打算进办公室，也没注意到里面的动静，埋头翻看手机上的未读消息。

艺术馆老板赵立森发来十多条消息，满屏的感叹号，中心思想就一个——他遇见康盏了，在一家珠宝店，康盏还跟他打了招呼。

霍听澜点开输入框，回了一句“知道了”。

回完这一句，霍听澜余光瞄见向栀伸手去拿书柜顶层的文件夹。书柜很高，向栀艰难地踮着脚，霍听澜收起手机，打算去帮她一下。

耳朵听着脚步声渐行渐近，乔鹤脑中一片空白。程璟川涂碘酒的动作忽然加重，破皮的地方传来细微的痛感，乔鹤这才意识到她的手腕还被人握着。

程璟川的桌子就在书柜前面，霍听澜必然要从这里经过，然后他就会看到……

电光石火间，乔鹤猛地一挣，直接从程璟川的桎梏中挣了出来。

这一次她力气很大，程璟川没防备，被她扯得一个趔趄，椅子腿在地砖上狠狠蹭过，发出指甲挠玻璃似的尖锐声响。

办公室里安安静静，这声刺耳的鸣音格外突兀。

乔鹤收不住势，顺着惯性向后退了两步，忽然腰间一暖，有人伸手扶了她一下，低声叮嘱："小心，别摔了。"

这声音……

醇郁深沉，好听得厉害。

乔鹤在电视上听过很多次。

如今，近在咫尺。

似有微弱的气流自耳边拂过，烧出一片灼热的红。

乔鹤不自觉地揉了揉耳尖，挡住耳朵上那抹羞赧的颜色。她低着头，根本不敢去看对方的脸，默默向后退了一步，给霍听澜让路。

霍听澜绕过乔鹤朝向栀走去。

擦肩而过。

一个极短的瞬间，在乔鹤眼里，却蔓延得无限长。

她注意到霍听澜穿了件深色衬衫，领口微微敞开，露出锁骨和细细的铂金项链。空气里浮动着木调香，像童话里的秘境森林，小熊抱着蜂蜜罐，里面铺满甜甜的白色月光。

乔鹤的呼吸变得很轻，心跳缓慢又温柔地加着速，她终于明白，追星的小女生在见到偶像时为什么会激动得尖叫，甚至哭泣。

在崇拜的人面前保持冷静，实在太难了！

正胡思乱想，忽然传来一个声音，叫她的名字：“你是乔鹤？”

冷不丁听到这一声，乔鹤吓了一跳。她先是看向程璟川，随即意识到程璟川不会这样问她，于是又转向霍听澜。

霍听澜原本已经走过去，不知为何，又退回来一步，眉眼里噙着笑，问她：“你是如意轩的小掌柜？”

乔鹤万分茫然：“你知道我名字？”

你怎么会知道？我又没向你做过自我介绍。

霍听澜目光玩味，慢悠悠地说：“我的车牌尾号是438。”

轻飘飘的声音和语气，落在有心人耳朵里，堪比平地惊雷。

乔鹤愣了一瞬，接着，猛地睁大眼睛，“难以置信”四个字弹幕似的飘了满脸。

438？

438！

被她刮了车的债主，被她用弹弓弹了屁股的刻薄鬼，说她锅巴吃多了脑袋也跟着结块的路人甲，居然是霍听澜！

电视上那个霍听澜！

向栀听不懂这两人哑谜似的对话，又不甘心被排除在外，硬插了一句：“听澜，你也认识程老师的朋友吗？”

——何止认识，他还捡过我的钱包，收了我送的回纹珠手绳呢，嘲讽我是只会打空气炮的小巴达兽。

乔鹤满头满脸，全是崩溃。

霍听澜目光一偏，看见乔鹤送给程璟川的平安扣。他对上头的雕花很感兴趣，伸过手去想拿起来细看，嘴上道：“这也是你雕……”

话没说完，斜刺里突然甩过来一巴掌，霍听澜来不及躲，这一下正抽在他手背上，将他狠狠拍开。

“别人的东西不要乱碰，”程璟川站起来，颀长身形挡在乔鹤面前，看着霍听澜，低声说，“这规矩，家里人没教过你？”

向栀和乔鹤同时倒抽了口凉气。

潜台词不就是说霍听澜没家教嘛。

（34）

程璟川和霍听澜身量相仿，两人差不多高，一个冰冷淡漠，一个丰姿潇洒，站在一处，本该是赏心悦目的好风景，却无端生出一股剑拔弩张的味道。

霍听澜看了看自己被拍红的手背，没生气，反而笑了。

他主动伸出手，声音清朗，道：“对不住，是我唐突了。我姓霍，是向栀老师的朋友，先生贵姓？”

霍听澜越是言笑晏晏，越显得程璟川那一巴掌甩得蛮横突兀、不讲道理。

程璟川也知道自己一时冲动落了下风，他收敛起情绪，握住霍听澜递来的手：“免贵姓程。听霍先生的语气，似乎和我的小师妹是旧识？”

这话一出口，乔鹤脑袋上的崩溃又多了一道。

程璟川刚抽了霍听澜一巴掌，本就理亏，再让他知道他的小师妹还蹭了人家的车，面子里子都别要了，扔出去喂狗吧。

乔鹤躲在程璟川身后，拼命地朝霍听澜摆手，求他千万别提蹭车的事。

那样的神情，小狐狸似的，特别可爱。

霍听澜不会连这点暗示都看不懂。他笑了笑，故意说：“你的小师妹曾画过一张我的涂鸦小像，当作礼物送人，还说画中人就是她的心上人，实在让我印象深刻。”

乔鹤：“……”

逗小孩时说的一句玩笑话，怎么会传到正主耳朵里？！

哪路神仙在背后暗算她？

霍听澜的目光自程璟川肩上越过去，看向缩在后头的乔鹤，笑容不减，继续说：“那天在锦绣府外，我被两颗回纹珠弹了腿弯，也是你干的吧？”

乔鹤：“……”

连揭短带告状，还不如说蹭车的事儿呢。

崩溃的次数太多，神经都麻木了。乔鹤叹了口气，正要站出来给霍听澜道歉，程璟川手臂一抬，把她挡了回去，对霍听澜说：“乔鹤是我爸收的小徒弟，比我小，在我眼皮底下长大。她不懂事，闯祸犯错，责任在我，是我没教好她。我替她给霍先生道个歉，以后她再做出什么出格的事，请霍先生直接告诉我，我会修理她。”

一席话说得进退有度，可是拆开来看，每一个字都在暗示霍听澜——乔鹤是他程璟川的人，他看着她长大，会训斥她、教育她，也会给她庇护和依靠，轮不到外人插手。

霍听澜没说话，习惯性地扬了下眉毛。

乔鹤隐约觉得今天的程璟川跟往日不太一样，很有耐心，还护着她。她甚至想去摸一摸程璟川的额头，看他是不是在发烧，烧得人设都换了。

乔薄荷天生缺了二两情商，可是向栀不缺。

她能感受到程璟川的敌意，于是更加不喜欢霍听澜同乔鹤说话的那种神态，不算暧昧，却放松，带着笑，英俊儒雅。

乔鹤是一个能让霍听澜放松的人——这个认知让向栀有点心堵。她拉住霍听澜的手臂，低声说：“先去吃饭吧，路上堵了半天，你一定饿了。”

霍听澜笑着说好。

又一次擦肩而过，霍听澜抬手在乔鹤脑袋上揉了一下，在程璟川冷冰冰的注视中，半开玩笑地对乔鹤说：“快点长大吧，小朋友。”

有些人自负到以为你永远都离不开他。

第五章

/

没有盼的人，才会没有愿

（35）

离开学校前，程璟川没追问乔鹤和霍听澜之间的纠葛，倒是问起了这几天她为什么没在家里住，是不是还在跟云林赌气。

乔鹤愣了一下，找借口说方可期刚搬新家，不习惯，她去陪方可期。

程璟川显然没把乔鹤的胡扯当回事，只说：“云林欠你一个道歉，我会让他还给你。”

我的天，这是什么“霸总”台词啊！

乔鹤背着程璟川吐了好几下舌头。

Z 大附近有一家奶茶很好喝，乔鹤去买了一杯，排队时瞄到隔壁湘菜馆的玻璃窗，刚好看见向栀和霍听澜。

两人面前摆满了特色菜，却谁都没有动。霍听澜说了些什么，向栀忽然低下头，侧影投映在玻璃上，看上去难过得厉害。

乔鹤大学念的是师范专业，接触过特殊教育，学过一些唇语，靠着半吊子水平勉强辨别出，霍听澜刚刚说的是——我这样的人，并不适合被爱。

他顿了半晌，又说："你若愿意，以后，我们还是普通朋友，也仅仅是普通朋友。"

说到这里，向栀想要打断霍听澜，他没有理，继续说："若不愿意，我们也就不要再联系了。"

他说得很慢，似乎是想让态度柔和一些。

乔鹤通过唇语磕磕绊绊地读了出来，同时，一阵叹息。

真是拒绝得一点儿情面都不留哇……

向栀抬起头，哽咽着问他："一个人生活，不觉得孤单吗？"

霍听澜笑了笑，说："孤单对我来说，是种享受。我不喜欢别人为我付出太多，也不习惯去回报，我讨厌背负太多感情，那是累赘。"

乔鹤咬着吸管摇头叹息，程璟川的凉薄，只是性格有点别扭；霍听澜的冷漠，才是源自骨骼，深入肺腑。

精致、阴冷，像科幻电影里昂贵的机械装甲，看似英俊魅惑，其实是没有心的。不论倾注多少感情在他身上，都得不到丁点回应。

像这样连被爱都不需要的人，究竟是太过强大，还是太脆弱？

当天晚上，洗过澡，乔鹤真的接到了云林打来的电话。她站在浴室的镜子前，听云林磕磕绊绊地道歉，说之前的事是他不对，师姐大人大量，别跟他一般见识。

乔鹤看了眼屏幕上的号码显示，只觉这一天过得简直魔幻。

乔鹤穿着睡衣跳上床，一脸怅惘地对方可期说："我觉得程璟川疯了。"

方可期正敷面膜，不方便做表情，只能递出眼神表示疑惑。

乔鹤将今天发生的事说了说，方可期目光高深，勾着乔鹤的下巴说：“他不是疯了，而是顿悟了。”

乔鹤鼓起脸颊，她听不懂，不过，事出反常必有妖，她最好离程璟川远一点儿。

过几天去店里，又看到了那块蜡烛红的芙蓉石，乔鹤依旧脑袋空空，描了几幅设计图都不满意，索性把石头搬到工作室里间的小床上，抱着睡了半小时午觉。

石头温里透凉，质感细腻，抱在怀里解暑降温，还挺舒服。程柳江敲门进来时，乔鹤还抱着那块石头，脸颊和掌心贴在上面，小心地触摸着，蜡烛红温润的晶光映亮了她的眼睛，显出一种罕见的干净与灵动。

石头和人，都格外漂亮。

程柳江笑着问：“这练的是哪一门的绝技？”

乔鹤刚睡醒，还迷糊着，软绵绵地说：“我在跟石头套近乎，关系搞好了，才方便下手，这是玉雕界的厚黑学。”

程柳江忍不住大笑。

“芙蓉石可真好看。”乔鹤摸着石头，眼睛里透出怜爱的神色，叹息着说，“和田玉也好看，还有琥珀、水晶、玛瑙、翡翠……每一个都好看。师父，我真怕自己雕功不到家，毁了这些天成的好东西。”

程柳江拍了拍乔鹤的手背，目光慈祥，说：“手艺一行，除踏实练功外，最注重的就是感情。倾注了感情，就会执着，有了执着，又怎么会雕不出好东西？薄荷，不要急，图要一笔笔地描，石头要一刀一刀地刻。”

隔天，乔鹤跟程柳江请了假，在街角的花店买了一大束小雏菊，那是她妈妈最喜欢的花。

店员小姐姐问乔鹤要不要再搭配一些蓝绣球和洋桔梗，以尤加利为点缀。小姐姐说洋桔梗的花语是真诚不变的爱，非常美好。

不变的爱呀，乔鹤说不清心里是个什么滋味，点头说："加上吧。"

车子开进墓园，四周安安静静，耳边是鸟鸣和风的声音。

沿着小路一直走，能看见一方合葬墓，乔鹤的爸爸妈妈都在这里。

今天，是爸爸的忌日。

墓碑上没有照片，只刻了字，姓名、生卒年，还有立碑人的名字——孝女乔鹤。

她先是没了爸爸，半年后，又失去妈妈。姑姑是她唯一的亲人，虽然收养她，却嫌她是拖累，不许她上桌吃饭，不许她睡觉，把她锁在卫生间里，让她整夜洗衣服。

后来，她实在熬不住，偷偷拨通父亲故友程柳江的电话，程柳江是个好人，立即赶来将她带走，她噩梦般的日子才告一段落。

有时候她也会想，是不是真像迷信里说的那样，她八字不好，克父克母，是天生的灾星。

不然，为什么他们都走了，只把她一个人丢下？

乔鹤擦了擦墓碑，将花束放在小平台上，玻璃纸发出细碎的声音，像极了有人在哭。

"我很好，师父师母也很好，璟川哥哥读书很厉害，考上博士了。云林还是老样子，又皮又欠揍，我每天都想修理他！"乔鹤坐在墓碑前，头靠过去，闭着眼睛想象爸爸妈妈都在她身边，陪她聊天，"我很久没有梦到你们了，你们在做什么？怎么都不来看看我？尤其是妈妈，当初说好了，要一直陪着我，陪我长大，送我嫁人，一个一个的，都失言了……

“做大人的，”乔鹤吸吸鼻子，睫毛上润起淡淡的湿润，“怎么能骗小孩呢?

“你们联起手来骗小孩儿，真不像话……”

一阵风吹来，有什么东西掉在脸颊上，乔鹤睁开眼睛才发现，下雨了。

最近天气不好，说变就变。

乔鹤站起来，在地上坐了太久，腿麻，她缓了一会儿才说：“下雨了，我先回去，改天再来看你们。”

顿了顿，乔鹤伸手摸着墓碑上阴刻的两个名字：“放心吧，我会照顾自己，好好保重。”

我答应过爸爸，要做世界上最开心的薄荷，最可爱的薄荷，我会做到的。

雨下得不大不小，乔鹤没带伞，头发很快被淋湿。湿都湿了，反而不必着急，乔鹤沿着来时的小路慢慢往回走。

她有点走神，脑袋里闪过很多回忆，零零碎碎，都是爸爸妈妈在世时的样子。

那时候多幸福啊，一家三口，爸爸性格温柔，爱笑爱钓鱼，妈妈会做很多好吃的菜……

青石板沾了水，又湿又滑，乔鹤一步迈出去，没踩稳，不受控制地向后仰倒。电光石火间，手臂一紧，有人拉了她一把。

乔鹤踉跄着扑过去，鼻尖撞上那人肩膀，呼吸里盈着湿润水汽和男士淡香水的味道。

清新空灵，像洒满星辉的海面，波涛里满沁着玫瑰与蜂蜜的气息。

心跳似乎停了一拍。

乔鹤的耳边响起一个熟悉的声音："走路都能摔，巴达兽，你可太让人操心了。"

（36）

雨声淅淅沥沥，吵闹又安静，神奇的矛盾感。

乔鹤抬眼看过去，霍听澜撑着黑色的伞，脸上神情很淡。伞骨纤细，他的手指也是。衣袖卷起来，手臂线条流畅，肩膀稍稍被打湿，带着清冽的感觉。

两人的视线碰在一处。

那一刻，似乎有风，吹动发丝，也吹动凝聚的云。

乔鹤眼中还沉着对往事的缅怀，迷蒙的视线里，霍听澜将伞移到她头上，自己大半个肩膀都露在外面。

乔鹤忽然有一种自己正在被保护的错觉。

霍听澜没问乔鹤是来拜祭谁的，只说："淋雨会感冒的，你没带伞吗？开车来的？我送你去停车的地方吧。"

乔鹤在霍听澜垂眸看向她时，才慌忙移开视线。她很紧张，想跟霍听澜说点什么，又不知道应该说些什么，沉默着跟在霍听澜身边，一并朝墓园外走。

雨还在下，不大不小。雨滴落在低洼处，也落在伞面上，开出一朵朵透明的花。

没走几步，乔鹤再度踉跄，她“咝”了一声，脸色有点发白。

霍听澜拿捏着分寸扶住乔鹤的手肘，低声问：“扭到脚了吗？”

越想保持风度越出丑，乔鹤满脸尴尬和无措，“嗯”了一声，说：“好像扭了一下，有点疼。”

霍听澜想了想：“这附近有座旧寺院，守庙的老和尚跟我私交不错，你不介意的话，可以过去坐一坐，避避雨，再者，扭伤最好及时冷敷。”

寺院离墓园有一段距离，霍听澜开车带乔鹤过去，今天他换了辆SUV，看上去低调很多。

乔鹤一想到那辆斑秃的巴博斯就有点愧疚，再想到还没赔钱给人家，更是坐立难安。

霍听澜一眼洞穿她的想法，轻笑着说：“巴博斯的车漆已经补好了，价格不贵。以后我去如意轩买东西，你记得给个友情价，也算不撞不相识。”

和节目上的毒舌形象不同，生活中的霍听澜要温和许多，斯文优雅，平易近人。再联想到他拒绝向栀时，那副精致又凉薄的样子，乔鹤忽然明白，眼前的一切都是假象。

他对你温柔，对你和善，给你呵护和关照，并不是因为你足够特殊，而是因为你无足轻重，所以，你看不到霍听澜真实的样子。

他的凉薄与冷漠，他的沉黯与阴郁，深藏在骨骼之内，怎么会允许外人随意窥探？

你能看到的，你所感受的，都是假象，是伪装过的霍听澜，是戴着面具的霍先生。

英俊、优雅，翩翩君子，让人迷恋。

好想摘下他的面具，好想打碎那些伪装，看一看假象下的血肉，是什么颜色，会不会有蓬勃的心跳和凌乱的悸动……

乔鹤脑袋里忽然蹦出这样一个念头，荒诞，也诱人，带着淡淡的木质香。

音响里播着陈粒的歌，略带沙哑味道的女声安静地唱：

我想要更好更圆的月亮

想要未知的疯狂

想要声色的张扬

我想要……

音乐开得很低，渐渐被窗外的雨声盖住，模糊不清。

乔鹤瞥了霍听澜一眼，他侧脸轮廓俊朗，鼻梁很挺，搭在方向盘上的手指根根修长，袖口雪白整齐。

是个将干净与优雅刻在了骨子里的男人。

霍听澜似有所觉，转过头与乔鹤对视，深黑色的眼睛看进乔鹤眼底，停顿了近一秒钟的时间，又转了回去。

他所有动作都是不经意的，可即便是不经意，也都带着潇洒倜傥的味道。

就像有些人生来便适合心动。

雨下得大了，车窗玻璃上爬满凌乱水痕，那个慵懒的女声仍在唱着，乔鹤忽然轻轻一叹，在心里将方才那句未唱完的歌词补全：

“我想要声色的张扬，我想要你。”

霍听澜只当乔鹤是还没长大的小女孩，却不想世上所有女孩，不论长大与否，都是天生的小狐狸，她们灵动且聪慧，有着柔软的指尖和爱笑的眼睛。

（37）

庙里的老和尚一身旧海青，面相慈爱。他先看到乔鹤，双手合十，念了句佛号，笑着说：“许久未见，乔居士近来可好？”

霍听澜跟在后面，闻言一愣，看向乔鹤：“你们认识？”

乔鹤弯着眼睛，神情里带点小得意：“大师和我师父程柳江是故交，每年清明扫墓，师父都会带我到大师这里讨杯茶喝。别看我年纪小，但跟大师足有十年的交情了。”

老和尚连连摆手：“哪里来的什么大师，不过是个出家人。”

三人一并进了茶室，茶室面积不大，正中一张小方桌，周围摆着蒲团。窗下竹帘半卷，雨雾、佛香，还有隐约的诵经声，再也没有比这更清静的地方了。

小沙弥来斟茶，霍听澜看了一眼便笑了，说：“茶汤泛青，火候不足。”

老和尚也笑：“什么都瞒不过霍居士那双眼睛。”

乔鹤跟着看了一眼，她不懂茶，看了也是白看，只觉茶烟悠悠，混着霍听澜身上的味道，格外好闻。

霍听澜以茶汤为引，跟乔鹤说起以前的事。

曾经，他妈妈是这间寺院的常客，那时候香客熙来攘往，很热闹。老住持品行风雅，仿造宋代办斗茶会，霍听澜陪妈妈敬香，刚好碰见，凑过一次热闹。

那时候霍听澜还在读书，最轻狂的年纪，爱显摆，什么“一斗汤色二斗水”，何为汤花何为咬盏，什么叫点汤，什么叫指茶，他统统说得明白，也玩得溜。

他细长的手指拿起竹切的茶筅，绕着茶盏里的茶汤缓慢旋转击打，谓之击拂。击拂之后，汤与盏衔接的地方会有水痕，水痕出现得越晚，茶汤越优，为胜。

一场斗茶会，霍听澜出尽了风头。

老话说人无完人，可造物主终究偏心，有些人生来就独得宠爱。

明明还是少年，却已经拥有了那样英俊的样貌，谈吐学识都很出色。过几年，等他再长大些，不晓得会优秀成什么样子。

香客里有个中年人，不甘心被个半大的孩子压一头，不说茶汤转而说了茶盏。他说他手上拿的是正宗兔毫盏，宋代的，价值连城。黄庭坚那句“兔褐金丝宝碗，松风蟹眼新汤”，形容的就是这个物件。

霍听澜是什么人，古玩里打滚长大的，价值连城的名器不晓得见过多少，头都不抬地甩出两个字：“假的。”

中年人脸色僵住。

霍听澜拿过茶盏细细看了一圈，眼睛里勾起笑意：“不是宋代，是近代。近十年内仿制的，工艺一般，卖不上价，留着玩吧。”

中年人气急败坏，指着霍听澜的鼻子骂他胡说八道。

霍听澜耸肩：“你要是不信，我可以从家里拿几个真的出来给你看看。不过，你必须先戴好手套和口罩，你手汗太重，说话时还容易喷口水，兔毫盏经不起这么糟蹋。”

从家里，拿几个，真的……

好大的信息量。

霍听澜将这一段描述得绘声绘色，乔鹤边听边扶额，吐槽说：“我以为你在《古玩街》上逮谁怼谁，是为了节目效果，没想到天生就这德行。”

霍听澜和老和尚一并笑起来。

（38）

乔鹤用毛巾冷敷过脚踝，再涂些活血化瘀的药酒，扭到的地方已经不疼了。

等老和尚离开，茶室里只剩下两个人时，霍听澜忽然说：“还难过吗？”

乔鹤抬起头：“什么？”

茶烟缥缈，窗外有细密的雨声。霍听澜食指纤长，隔空点住乔鹤的眼角，说：“刚才在墓园里见到你，眼睛都哭红了。现在呢？我说了这么多话，把陈年老底都翻出来了，有没有让你的难过少一点儿？”

霍听澜这是……

在哄她？

乔鹤有些愣怔，一时忘了回答。

霍听澜也不在意，歪在蒲团上，坐没坐相，却英俊不减，笑着说：“你还小呢，难过这种情绪，不该由小孩子来承受。”

“我不小了。”风透过窗下半卷的竹帘吹进来，发丝在飘，乔鹤很轻地叹了一声，“自爸妈相继过世，我就没资格再做小孩子了。”

厄运逼迫她承受，也逼迫她长大。

不论难不难过，撑不撑得住，都必须向前走，这就是人生啊。

哭得那样伤心，霍听澜猜到乔鹤必定失去了重要的亲人，没想到，竟是双亲都不在了。

霍听澜屈起腿，背靠着茶室的墙壁。他难得问起别人的私事，语气有些不自然："你多大……那个时候……"

"七岁。"乔鹤双手捧着茶盏，茶汤很暖，她的掌心也变得温暖起来，"我爸爸得了肺癌，没治好。半年后，我妈也走了，跳楼。我知道她是爱我的，只不过，她爱爸爸更多些。"

灾祸和惊喜一样，都是没有预兆的，有些人绝境逢生，有些人被打碎了。

"你怪她吗？"霍听澜转头看向乔鹤，声音有点低。

乔鹤静静地看着虚空中的某一点，半晌，忽然笑了。

她摇头，眼神清透，也坚定："我爱她。"

人非圣贤，都是会犯错的，有些错误能够弥补，有些错会变成遗憾，永远存在。

但是，在对与错背后，还有一样东西，叫爱。

爱让人变得温暖，也让人学会包容，学会原谅。

所以，妈妈，无论发生什么，我都爱你，永远爱你。

不知道什么时候，雨停了，世界一片安静。

霍听澜的目光定在乔鹤脸上，瞳仁的颜色很深，似乎带着几分质疑。

那样小的年纪，被丢下，被抛弃，从此无家可归，真的能毫无芥蒂吗?

乔鹤明白霍听澜在想什么，她抬起眼睛，安静地与他对视，唇边浮起温暖的酒窝，她说：“我知道你一定觉得我在故作坚强和大度，这种心境没办法用语言去描述。希望有一天，或者，有那么一个人能让你明白，再没什么东西比真心更难得，比爱更强大。”

霍听澜张张嘴，却什么也说不出。他一贯我行我素，活得高傲，很少语塞，这一次却有了几分手足无措的味道。

他好像被什么东西震了一下，说不清楚，却鲜明存在。

乔鹤适时转开话题，说：“雨停了，我们回去吧。”

起身时，背包的拉链没拉好，乔鹤随身带着的涂鸦本掉了出来，向上摊开，停在一页水粉画上。画的正是那块她抱着睡觉的芙蓉石，颜色和抓形都惟妙惟肖。

本子掉在霍听澜手边，他看了一眼，似乎很有兴趣，抬头问乔鹤：“这料雕东西了吗？”

乔鹤也不瞒他，摇头说描不出图，还没想好雕什么。

霍听澜瞧着画纸上盈盈欲出的晶光，忽然说：“燕赵多佳人，美者颜如玉——美人如玉，玉似美人，这样漂亮的成色和光感，不雕美人，才是可惜！”

说这话时，霍听澜身上惯有的风情与慵懒又回来了。他本身是个烟火气很淡的人，有种精致的冷漠，“英俊”一词放在他身上都显得单薄，五官到气度，处处耀眼。

这样的人，放柔了目光看向你时，是致命的。

乔鹤脑袋里“嗡”的一声，心想，哪里需要什么燕赵美人，真正的大美人，不就是你嘛!

霍听澜摸着画上的石头，说：“不过，地上的美人终究凡胎肉体，少了几分意境，要不然，你试试天上的仙子？织女、嫦娥、七仙女，王母娘娘、三圣母什么的……”

正经了没几句，又开始胡扯。

乔鹤眨眨眼睛，忽然心念一动，两步跳回到小方桌旁，翻出纸笔来开始描图，行动间，险些撞翻紫陶的小茶壶。

霍听澜也不嫌她一惊一乍，反而饶有兴味。

乔鹤专注做事时的样子很好看，她皮肤白，娇嫩细腻，睫毛浓黑，薄薄的耳垂被雨后的天光映着，仿佛透明，有种干净又稚气的感觉。

V形领口下，锁骨的形状有些单薄，琥珀吊坠光感盈盈，极衬肤色。

乔鹤埋头描图，没注意霍听澜的目光一直停在她身上，停了很久。

许是“近朱者赤”，玉雕做久了，人也会沾上玉石般的质感，莹润纯净、细腻无瑕，乔鹤身上便带着那种味道。

霍听澜在古玩堆里长大，玉和瓷，都是他的挚爱，没人比他更熟悉那种质感。

有时候，美人无须绝色，也不必倾城，单是灵秀剔透，已足够诱惑。就像刚刚化成人形的小狐狸，还不知何为妖媚，天然的灵动。

霍听澜想起家里的小猫。

猫咪叫饭团，又乖又黏人，极爱撒娇。

那小狐狸呢？它会不会撒娇？会不会用柔软的小脑袋蹭人的脸颊？

（39）

霍听澜本身存在感极强，目光亦是，被他看得久了，就算是根木头，也该有所觉察。

乔鹤后知后觉地抬起头，茫然道：“你看我干什么？”

霍听澜正走神，闻言猛地一惊，险些扫落手边的茶盏。他有些狼狈，为了挽回颜面，随便寻了个借口训人：“看你干什么？看你咬手！洗都不洗就往嘴里塞，脏不脏！”

乔鹤的确有咬手指的坏习惯，平日还好，一旦开始思考或走神，手就往嘴里送，咬完指尖咬关节，咬完拇指咬食指。

越咬越开心，越咬越使劲。

乔鹤被霍听澜凶得一愣，讪讪地将左手藏到桌下，食指关节处有几颗殷红的牙印。

霍听澜抽了片湿巾丢过去，语气不善：“把手擦干净，不嫌脏！”

乔鹤朝霍听澜做了个鬼脸，擦过手后，从口袋里摸出一根棒棒糖，放在了嘴里。

有东西咬着，就想不起来啃手指了。

空气里飘起淡淡的甜香气，嗯，是葡萄味。

霍听澜有些好笑地瞅着她：“多大的人了，还吃糖？”

乔鹤忙着描图，头也不抬，咬着糖果含混不清地说：“我们仙女是被施过魔法的，永远七岁，可爱！”

霍听澜到底没忍住，伸手在乔鹤脑袋上敲了一下——七岁？你这样的，最多四岁半，读幼儿园都上不了大班！

一片树叶顺着洞开的窗户飘进来，落在霍听澜的膝盖上。霍听澜捡起来，用手指简单擦了两下，然后贴在唇边。

简单宁静的音调轻轻溢出，舒伯特的《摇篮曲》，温柔又醉人。

乔鹤的笔尖一顿，只是一顿，她没有抬头，也没有去看霍听澜，就着吹叶自然宁静的声音，继续描图。

风吹过回廊，雨后的阳光里仿佛揉着金粉。

小沙弥从窗外路过，循声望过来，一眼看清窗内的情形，不由得抿唇微笑。

真好看哪，无论是那个正在吹叶的年轻男人，还是那个伏案描图的女孩，还有他们在一起时的那一剪光阴，都好看得像是从书里走出来的。

他们一定认识了很久吧，小沙弥想，所以，相处起来才会这样宁静平和。

曲子吹到第三遍，乔鹤的图终于画好了。她搁下笔，未来得及开口，吹叶的声音也停了，心有灵犀似的。

乔鹤弯着眼睛朝霍听澜招手，示意他快点过来。

霍听澜今天似乎格外有耐心，他站起来，走到乔鹤身边，目光扫过涂鸦本，只一眼，脱口而出：“洛水女神？”

李善在《文选·洛神赋》中写：宓妃，宓羲氏之女，溺死洛水，为神。

图纸上，水纹似莲花，半开半合，繁复连绵，托举起一位明眸善睐的婀娜美人。

美人云髻峨峨，兰指微翘，指尖有落英飞旋，栾鸟绕着飘动的衣摆和披帛轻灵飞舞，身后隐隐有鲸鲵翻涌的影子。

取的正是《洛神赋》中的意境——鸣玉銮以偕逝，鲸鲵踊而夹毂。

这样的设计，配上料体本身的颜色和光感，只要雕刻无误，做出来的东西必然漂亮。

至于雕功……

霍听澜一把抓住乔鹤的手，用力握紧，他的拇指沿着她的关节寸寸下移，最后停在指腹上。

女孩子肤质偏柔，本该香香软软，乔鹤的指腹却带着明显的茧印。雕刻熬的是苦功，一刀一刀，日复一日，即便用磨砂膏、果酸和护手霜精心养护，也无法彻底去掉下刀施力留下的痕迹。

乔鹤吓了一跳，很快便反应过来霍听澜是在摸她手上的茧，登时有点尴尬，使力挣开，凶了一句："别乱动！当心我打你！"

手上的茧印，之前见到的回纹珠，霍听澜有了底。他无视乔鹤充满警告意味的小表情，重新看向涂鸦本，指尖敲在上面，说："这里，既有莲花水纹，又有鲸鲵陪衬，且不说你那块料够不够用，单是元素——"

乔鹤反应迅速："元素太多，混乱无序，脚重头轻，视觉上会有偏沉的感觉！"

霍听澜笑起来，瞳仁温润有光，那是一个赞赏的表情。

近距离接触霍听澜是种享受，这人长得实在好看，放软了神色轻轻一笑，似乎有华光透出，熠熠如星。

笑什么笑，聊正事儿呢，能不能严肃点!

乔鹤疯狂地腹诽，心跳却颤了颤，睫毛也是。

霍听澜继续说："栾鸟是陪衬，造型不宜太花哨，不然会喧宾夺主。你觉得呢？"

"别只挑毛病嘛！也夸我几句，"乔鹤皱了皱鼻子，嘀咕，"小孩是需要鼓励的，不然不利于健全人格的形成。"

那语气，半是玩笑半是撒娇。

小狐狸成了精，知道向人讨糖吃。

霍听澜有点想笑，他收回手，屈起指节顶了下鼻梁，说：“这样吧，你估算一下价格，我付定金。”

乔鹤猛地抬头，目光笔直地撞进霍听澜眼底。

小孩儿不会藏心事，意外又惊喜的神色全写在脸上。

霍听澜弹了下乔鹤的脑门，说：“这件‘洛水女神’，卖给我吧，我收了。”

（40）

离开寺院前，霍听澜带乔鹤去正殿看了看。

佛殿中人很少，长明灯悠悠燃烧，光影下笼着红尘万户。

钟楼里有大悲咒的声音，乔鹤双手合十，站在佛像前，同佛祖说了个小小的心愿。她睁开眼睛看见霍听澜在研究那些悬挂着的莲花幡，一副很有兴趣的样子。

乔鹤叫了他一声，问：“你不许愿吗？”

霍听澜拂落掉在肩膀上的灰尘，说：“我没什么愿望。”

两个人边说边朝外走，乔鹤转头看向他：“没有盼的人，才会没有愿。霍听澜，你对自己的生活很失望吗？失望到连盼头都没有？”

起风了，宝鼎里的香灰飞起来，迷人眼目。

霍听澜抬手按了按眼眶，话音里忽然带了点不耐烦，说：“大人的事，小孩子不要乱猜！”

说完，他快步朝前走，乔鹤不及他腿长，落在了后面。

看着霍听澜的背影，乔鹤笑了笑。小姑娘眼形生得好，月牙似的，这一笑热情动人。

有年轻香客走过来，迎面看见女孩子笑得天真又灵动，倏地红了脸，险些没踩稳脚下的台阶，踉踉跄跄。

乔鹤没注意旁人的异样，心里只想着，霍先生啊，你的面具要戴不住了吗?

寺院的停车场位置有点偏，地上积了不少落叶。霍听澜先上车，乔鹤正要去拉车门，身后传来脚步声，接着，有人挡在她面前。

是个陌生男人，很年轻，个子不高，举着手机磕磕绊绊地说：“那个，你好，刚刚我在寺院见到你，觉得你特别好看……想问问……那个，能交换个联系方式吗？”

在寺院被要联系方式，这经历，还真有点新奇。

乔鹤眨眨眼睛，没说话，而是指了指停在身旁的那辆SUV。

年轻男人不明所以，透过副驾驶座那侧的车窗往里面看。光影照过来，蒙蒙的，雾气似的视线里，他看见一道极英俊的身影。

衬衫、腕表，还有袖扣，俱是整齐精致，看上去价格不菲。

男人鼻梁很高，睫毛黑沉沉的，像一笔饱蘸的浓墨。

这一定是个很优秀的男人，无论家境，还是学识。

年轻男人脑袋里忽然冒出这样的念头。他有点尴尬，还有些自惭形秽，红着脸向霍听澜解释：“我没有恶意，只是想交换下联系方式，如果冒犯了你们，我道歉。”

霍听澜身上几乎没有烟火气，嗓音亦是清清淡淡，他笑了笑，说：“没关系，当初我也是这样要到联系方式的。有勇气的人，更容易遇到好缘分。”

霍听澜说得委婉，但不难懂，年轻男人略显怅然地看了看乔鹤，没再纠缠，转身走了。

乔鹤悄悄松了口气，拿出手机点了几下，打开车门递到霍听澜面前，说：“联系方式——不用你要，我主动给，我也是有勇气的人。”

屏幕上，一个方方正正的二维码。

霍听澜笑着摇头，他找到手机，边点边说：“年纪不大，桃花倒不少。这次，算我帮你的忙，收尾款的时候，要给我打折！”

乔鹤转开眼睛，故意不看霍听澜的脸，心想，傻子才会用折扣抵掉人情债!

这是多么难得的人情债哪!

提示音响过，两个人互相通过了验证请求。

霍听澜将乔鹤送到墓园的停车场，她的车还扔在那里。

他问乔鹤要不要一起回市区，她的车可以跟在他后面。乔鹤说她师父备了两罐好茶，她要给墓园的门卫大爷送去。

霍听澜挑眉：“你师父跟门卫大爷也是朋友？”

乔鹤点头：“我师父有三个爱好——喝酒、玉雕、交朋友！”

霍听澜笑了，心想，也对，只有这种师父，才能带出你这种长不大的徒弟。

（41）

大爷在门卫室里看报纸，乔鹤将茶叶送过去，和大爷聊了两句，然后又回到了墓园。

她隐约记得霍听澜是从哪个方向出现的，于是，她沿着那条小路向前走，边走边读墓碑上的名字。

这片墓园在近郊，价格比较贵，面积也不算太大，没走多远，乔鹤看到一块合葬碑。

慈父康建辉，慈母文燕，孝女康盏叩立。

再看生卒年，康建辉和文燕的过世时间只隔了一个月，今天，正是康建辉的忌日。

霍听澜一定是来看他的。

“为了一只高足杯，霍先生害死了制瓷客康建辉……”

沙画表演现场，那个戴眼镜的年轻人曾这样说。

霍听澜专程来拜祭这位已经过世的制瓷客，是因为于心有愧吗？

那个看似精致，实则阴郁的男人背后，究竟藏着多少故事？

离开墓园，乔鹤没去店里，直接回了四合院。一脚踏进家门，居然看见程璟川站在水池前喂鱼。

乔鹤立即拿出手机查询天气。

今天吹的什么风，居然把大少爷吹回来了。

程璟川穿着条纹的衬衫外套和白 T 恤，透出几分书卷气。他扬手撒尽剩下的鱼食，说：“老家有个亲戚来看病，我爸妈去探病了，云林跟朋友聚餐，家里只剩你一个，我爸让我带你去吃饭。”

乔鹤“啊”了一声，有点莫名其妙，心想，我已经低能到连一顿饭都搞不定了吗？还要你专门跑回来带我去吃？

程璟川拿纸巾擦手，转头见乔鹤还站在原地，催促道：“你还不去换衣服？”

乔鹤想说我炒个饭就行，不必麻烦，抬眼看到程璟川一脸“我耐心有限”的表情，默默把拒绝的话咽回了肚子里。

在墓园吹了半天风，又在寺院茶室待了半日，灰头土脸一身佛香。乔鹤草草冲了个澡，她怕程璟川等着急，只将头发吹到半干。

程璟川坐在院子里边等人边看书，暖橙色的灯光落满周身，脊背照旧挺得笔直，像一把钢铸的尺。只看身形和气质就知道，这是个脾气很犟的人。

乔鹤蹦跳着跑到程璟川面前，说：“我们去锦绣府吃淮扬菜好不好？我想吃豆腐羹和狮子头！”

程璟川见她发间还沁着水汽，皱眉道：“头发吹干再出来，像什么样子！”

也不怕感冒！

明明最后一句话才是重点，他却藏住了，没说。

晚饭有好吃的，是件很开心的事，乔鹤原本一脸高兴，结果，被他两句话给凶了回去，神情一下就垮了，小声解释：“我怕你等着急嘛！”

程璟川意识到自己态度不好，轻咳一声，说：“我不急。”

收拾妥当，程璟川开车，载着乔鹤往锦绣府的方向走，晚高峰，堵得一塌糊涂。其间，程璟川接了四五通电话，都是学校打来的。

导师出差了，程璟川作为其麾下最得宠的徒弟，相当于实验室的半根顶梁柱。师弟师妹对他又敬又怕，可真遇到了麻烦，第一反应都是找大师兄——师兄快来，救我狗命！

乔鹤在程璟川接打电话的间隙里，小心开口，说：“学校那边是不是有什么麻烦哪？锦绣府可以另找时间再去，你……”

“没事，”程璟川的声音一向没什么温度，“你不用操心。”

一句话，又把天聊死了。

乔鹤叹了口气，转头看向窗外，数街灯玩。

她没有看到程璟川频频转头，瞥向她的眼神，也没有看到，他眉心处蹙起的清浅褶皱。

其实，他原本想说，今天这种日子，我不想让你一个人待着。我不想让你在难过之上，再添孤单。

可是，这样的话，他说不出口，只能沉默。

隔壁车道开过一辆带着“B”字徽章的车，车身流畅漆黑，异常醒目。乔鹤的眼睛都亮了，她探头探脑，努力绕过挡在后面的小型货车去看那辆车的车牌——不是“438”，不是霍听澜的车。

失望的小情绪涌上来，似乎连锦绣府的豆腐羹都没那么值得期待了。

（42）

霍听澜回到家时，保洁阿姨刚打扫过卫生，空气里有一股清新剂的味道。霍听澜闻不惯，随手往掐丝珐琅三足熏炉里扔了几颗香丸，檀香木的气息缓缓溢出，呼吸也跟着静下来。

他自幼在外公身边长大，比起工业香精，更喜欢这些古朴陈旧的味道。

今晚没有社交安排，难得清闲，霍听澜想下厨给自己煮碗蔬菜鸡蛋面，打开冰箱才发现冷藏室里只有两颗柠檬，已经缩水了，干巴巴地堆在角落里。霍听澜叹了口气，索性白水煮面，然后加酱油和耗油拌着吃。

等水开的间隙，霍听澜用手机回了两封邮件，忽然想到乔鹤的朋友圈里应该有她做过的玉雕成品，于是，切换到微信，点开乔鹤的名字，最新一条动态是一个多月前发布的——

“发出惊叹的声音——好帅好帅好帅……”

配图是霍听澜大学时期的照片和《古玩街》的节目宣传照。

霍听澜：？？？

是他老了吗？越来越搞不懂现在的小孩！

面煮好时，客厅的座机响了。霍听澜脑袋里还绕着乔鹤那句“发出惊叹的声音”，屏显都没看，直接接了起来。虞欢的声音自听筒里传出时，霍听澜十分后悔没有开自动答录。

虞欢曾是霍妈妈林成溪最好的朋友，两人一起长大，一起读书，将近二十年的友情。霍听澜小时候经常收到虞欢送的礼物，还满怀感谢地叫她美人阿姨。后来，虞欢却成了霍听澜的继母，生下一个男孩，叫霍杉，比霍听澜小十岁。

最讽刺的是，霍杉出生时，林成溪还没有离婚。

虞欢跪在林成溪面前，哭着说对不起，可林成溪实在太柔弱，柔弱到连恨都不会，只能自我折磨。

电话里，虞欢小心翼翼地问霍听澜周末要不要回来吃饭，他已经很久没有回过家了。爸爸很惦记他，小霍杉也想他。

霍听澜只说了句“不回，我很忙”，就把电话挂了。

座机旁放着一个小台历，一些日期被红笔圈出来，霍听澜数了数，这个月他只探望了林成溪三次，最近的一次，是一个星期前。

当时林成溪刚吃过药，精神状态还算稳定，笑容很轻，也很暖，握着霍听澜的手，叮嘱他认真读书，要听外公的话。

林成溪不记得霍听澜早已毕业，更不记得爸爸已经去世多年，在她的世界里，时间和记忆都是混乱的。

当年引人倾慕的林家小姐，如今成了疯子。

霍听澜十三岁那年，外公去世，父亲另娶新欢，母亲住进精神疾病康复中心。

霍听澜独自躺在外公留下的大房子里，木质地板冰冷坚硬。恍惚中，他看见一团黑色的雾，带着呛人的苦味，扭曲着，将他吞没。

他陷在里面。

睁开眼，头顶是万丈深渊。

沉眠，又落入沼泽。

他在无尽的梦魇中，锻造出薄凉的骨骼。

从此血与肉，都归向冰冷。

命运捉弄他，他又何必乞怜。

神明遗弃他，他从此不再祈祷。

“没有盼的人，才会没有愿。霍听澜，你对自己的生活很失望吗？失望到连盼头都没有？”

……

是啊，他没有盼，也没有愿。

“希望有一天，或者，有那么一个人，能让你明白，再没什么东西比真心更难得，比爱更强大。”

……

呵，真心是什么，爱又是什么？

这些虚妄的东西，他并不需要。

霍听澜发了很久的呆，久到煮好的面已经坨成一团，不能吃了。他把面和碗一并扔进垃圾桶，铃声又响了，这次是手机，一个陌生的号码。

电话里传来一个不太耐烦的声音：“我是霍杉，我遇到点麻烦。”

第六章

/
他的眼睛是座城

（43）

高峰时段，包厢已经满了，乔鹤在大厅挑了个相对安静的位置。

服务员送来菜单，程璟川抬手推到乔鹤面前。乔鹤也不跟他客气，豆腐羹、松鼠鳜鱼和蟹粉狮子头是必点的特色菜，乔鹤爱吃甜的，又加了一分糯米藕。

豆腐羹又滑又嫩，乔鹤吃得很开心，眼睛弯成好看的形状，餍足的模样，像只小狐狸。

程璟川嘴上从未提过，他其实很喜欢看乔鹤笑，从小就喜欢。

那笑容天真又动人，饱含热情与光芒。

就像普罗米修斯盗来的火种，顷刻间，点亮了他眼中暗夜般的黑。

有件事乔鹤许是不记得了，很小的时候，她刚搬进程家，夜里起床喝水，不小心打碎了紫砂壶。程璟川被吵醒，走出卧室，看见她站在月光下，脚边一堆碎片，眼神忐忑又惶然。

明显是吓坏了。

小茶壶是底槽清的，出自名家之手，价格不低，程璟川没说话，转身拿来扫把。

乔鹤看见他拿在手里的东西，突然浑身颤抖，低声说：“我知道错了，别打我。”

他将碎片打扫干净，看着乔鹤的眼睛，告诉她：“不会有人打你，以后都不会再有。”

乔鹤抬起头，眼中有一弯凉白的月，小声说：“那我能喝杯牛奶吗？我好渴。”

他难得有耐心，没嫌她烦，打开微波炉热起了牛奶。

乔鹤坐在餐桌旁的椅子上，垂着腿，脚踝又白又细，干净得晃眼。

程璟川将热好的牛奶端给她，她忽然抬起手，碰了碰他的脸，轻声说：“哥哥，你的酒窝很好看。”

乔鹤要是不提，他自己都忘了，他脸上有酒窝，笑起来时深深旋落，尤为明显。

但他性格不好，脾气烂，不爱笑，也不爱说话，酒窝被藏了起来。

今夜，小女孩的指尖很软，轻轻柔柔，落在他的皮肤上。

月光又冰又凉，如同银色的纱。

他摸了摸乔鹤的脑袋，嘴角慢慢翘起，脸颊上浮起酒窝的痕迹。

他一笑，她也笑了，眼睛里落满月光，天真动人。

程璟川从回忆里醒过神，面前的碟子里多了一块鱼肉，刺已经挑干净。

乔鹤说：“你脸色不太好，最近是不是太累了？多吃点鱼。”

程璟川夹起鱼肉，忽然说：“去考个研究生吧，语言类，或者文学方向，我可以找人给你辅导专业课。”

乔鹤从汤碗里抬起头，一脸茫然——你在跟谁说话？我吗？我为什么要考研？

看表情就知道，乔鹤又没把他的话当回事。程璟川沉下声音：“难道你想切一辈子石头？替程老头儿看一辈子店？”

“我的职业是玉石雕刻，不是切石头，更不是替人看店。”乔鹤眼睛里有怒气，却忍住了，没发作，认真地解释道，“玉雕是我国最古老的雕刻艺术之一，有着悠久的发展史和鲜明的时代特征，是珍贵的非物质文化遗产，请不要用鄙夷的语气谈论它。你有你的兴趣喜好、职业规划，我也有。也许，我们没办法互相理解，但是，可以互相尊重。”

“理解？尊重？”程璟川眯了下眼睛，神情里透出几分厉色，“我让你考研，多读书，努力上进，换一个更有前途的职业，难道就是不理解？不尊重？”

乔鹤迅速抓住重点，反问：“所以，我现在的样子，在你看来就是不努力不上进，毫无目标，浑浑噩噩？”

程璟川噎了一下，皱眉道：“我不是那个意思……”

“我知道你是为我好，”乔鹤抬起眼睛，“可是，这份‘为我好’背后，全是高高在上的优越感。你不喜欢我的职业，甚至看不起它。你觉得我学历不高，不读书不上进，每天都在混日子。没错，我是笨，不如你聪明，考试总倒数，但我认真做玉雕，靠手艺赚钱，凭本事养活自己，并不低你一等！”

程璟川从小就是别人家的小孩儿，老师宠同学捧，重话都没听过几句，更别说被人挤对。他登时火气上头，难听话想都没想就抛了出来：“看不起？看不起你，我会想方设法为你铺路？说话之前能不能先动动脑子！乔鹤，你的确笨，不仅笨，还蠢，蠢到连真心和假意都分不清！我希望你把目光放长远，找一份更稳定更体面的工作，这难道也是看不起你？对，我就是看不起你，我看不起你胸无大志的样子！那家破店，那些破石头，到底有什么好，值得你把最好的年华岁月都搭进去？”

程璟川很少一口气说这么多话，停下来时，呼吸都有些不畅。

从“你的确笨”开始，程璟川每说一句，乔鹤的脸色就白一分，到最后，眼睛里已经蓄起泪水。

那句“胸无大志”话音一落，乔鹤直接端起面前的杯子，作势要泼，动作进行到一半，却顿住了。

那是程璟川，她的师哥，一记眼神就能让云林乖乖给她道歉，用奖学金给她买蛋糕和糖果，送她上学，帮她拎书包，让她成为枫叶胡同里所有女孩子羡慕的对象，她年少时隐秘的骄傲和自豪……

乔鹤忽然觉得无奈，连愤怒都没有了，只剩晕在眼尾处的一点点红。她抓起放在一旁的手包，起身要走。

程璟川坐在椅子上没动，也不阻拦，眼睛却一直盯着乔鹤，厉声说：“你走一个试试？”

这一声嗓门不低，甚至盖过了店里播放的轻音乐，有食客循声看过来，服务生也在朝他们张望。

乔鹤背对着程璟川，她在原地站了一秒，定定地站着，只是一秒，然后脚步加快，头也不回地走了。

（44）

天已经黑了，长街熙熙攘攘。

车流汹涌的路口、信号灯、面目模糊的行人。

有脚步声自乔鹤身后追来，追得很急，像是怕她跑远了。乔鹤没回头，也没理会那人的叫喊，抢在信号灯变换的间隙，冲到了马路对面。

绿灯亮了，车流横贯而过，像一条狭长的线，在她身后隔绝出两个世界。

乔鹤脚步不停，转过街角，绕过围墙，停在一家便利店门前。透过临街的窗子，看到柜台旁的关东煮，食材很全，幽幽的，冒着点热气。

乔鹤吞了吞口水，她饿了。

刚刚那一桌子菜，她根本没吃几口，又吵架又跑路，力气都耗光了。

人，可以被气死，但是，绝不能被饿死!

乔鹤迈步进去，用纸杯装了点丸子、鱼板、萝卜和魔芋丝，用手机付款时，屏幕上跳出一通来电，程璟川打来的。乔鹤想都没想，直接挂断，然后拉黑，整个世界都清静了。

昼夜温差大，微风湿凉，吹在身上，还挺舒服。乔鹤站在便利店门口，扎起一个丸子正要往嘴里塞，忽然听见一阵杂乱的脚步声，紧接着，一个男生从小巷里摔出来，踉跄着倒在路边，脊背撞上半人高的绿色垃圾桶，“嘭”的一声。

乔鹤吓了一跳，攥着纸杯向后退了两步。

不等男生站起来，巷子里又走出一个人，穿着黑 T 恤和牛仔裤。

街灯昏暗，乔鹤没看清“黑 T 恤”长什么样，只隐约看出是个男的，年纪不大。

最先跑出来的那个男生摔得不轻，趴在地上半天起不来，嘴却不闲着，指着黑 T 恤男生叫嚣道：“霍杉，别不承认，你就是贱人生下的小贱人！你妈当初在夜场跳艳舞的照片是我发在学校论坛上的，怎么样，好不好看？家丑外扬，我看你还有什么脸在学校待下去，还有什么脸摆出那副高高在上的样子！”

乔鹤在旁边听得一愣，心想，这小孩儿可够恶毒的。

男生话没说完，叫霍杉的人已经走到近前，拽着他的衣领抬手就是两拳，砰砰作响，单是听着，都觉得心惊。

男生被揍得哀号不止，捂着脸乱滚乱爬，边哭边骂，什么难听骂什么，鼻血甩得到处都是。霍杉一声不吭，从裤子口袋里摸出什么东西，套在了右手指根处。

有车灯打照过来，乔鹤终于看清少年的脸，同时也看见他套在手上的东西，不由得一惊——是指虎。

眼看着霍杉扬起套着指虎的拳头，对着男生的脸又要砸，这一下若是砸实了，男生的脑袋也就报废了，非出人命不可!

乔鹤对围观的人喊了一句报警，然后挤进人群中央，钳住霍杉高举起的手腕用力一扭，同时抬脚踹在他的腿弯处。

动作又快又稳，干净利落。

有个大爷聚在旁边看热闹，笑着喊了一句："小姑娘这是练过呀！"

霍杉没防备，被乔鹤这么一拧一踹，直接跪倒。乔鹤屈膝压在霍杉背上，同时拽下他手上的指虎，远远扔开，皱眉道："下手没轻没重，想坐牢吗？"

霍杉半跪在地上站不起来，扭头看了乔鹤一眼，眼神里带着股戾气，低声说："家里人是不是没告诉过你不要多管闲事！"

乔鹤没把这点挑衅放在眼里，笑着说："家里人只告诉过我，碰见做错事的小孩儿，要打他的手掌心！"说着，晃了晃霍杉被她钳制住的那只手。

警察来得很快，围观群众七嘴八舌地进行现场解说，刚才给乔鹤叫好的大爷最亢奋，把乔鹤的每个动作都复述了一遍。乔鹤边听边笑，心想，按照大爷这形容，没人请我去当武林盟主，简直是苍天无眼!

挨打的男生要马上送医院，然后还要去派出所做笔录，乔鹤作为见义勇为的好市民，一并跟了过去。

医院里，警察让涉事双方打电话通知家长。询问信息的时候，乔鹤听了一耳朵。这俩孩子居然是高中生，挨打的那个叫方子坤，读高二，霍杉比他小，刚念高一。

啧，好凶的小学弟。

先赶到的是方子坤的父母，这两人看到儿子满头纱布的样子，直接疯了，一口一个“神经病”“变态”“脑子不正常”，边骂街边扑过来要抽霍杉。

霍杉一直没有给家里人打电话，扭头看向窗外，满脸的不耐烦和不配合，一不留神险些被方子坤他妈揪住头发。

乔鹤连忙把霍杉拽到一边，见状，也有点冒火，说：“事情要交给警察处理，你们没有资格动手。再者，人必先犯贱，然后才挨打。你家宝贝儿子一口一个贱人，嘴比野原广志的脚丫子还臭，也不知道你们平时是怎么教育的！”

听见这话，方子坤他妈一声尖叫，要不是警察拦着，估计能扑过来撕了乔鹤。

乔鹤拽着霍杉又往后退了两步。

霍杉大概没想到乔鹤会帮自己说话，挑眉看了她一眼，低声问：“野原广志是谁？”

乔鹤低声回答：“蜡笔小新他爸，史上著名香港脚。”

霍杉："……"

这个比喻，有点恶心啊。

（45）

方子坤做检查和处理伤口都需要钱，不等对方家长开口，霍杉主动把钱付了。孩子妈红着眼睛歇斯底里："赔钱，必须赔钱！你这种人渣有什么资格打我儿子！"

霍杉冷笑一声，懒得跟她吵，继续盯着窗外发呆。他本就偏瘦，又穿了一身黑，更显得身形单薄，喉结的形状分外明显。乔鹤多看了他几眼，越看越觉得有点眼熟，好像在哪儿见过。

接下来要去派出所做笔录，警察再一次提醒霍杉，必须通知家长，不然，他会很被动。

霍杉不作声，警察有点无奈地瞅着他，说："对方家长的态度你也看到了，由着他们闹下去，你要怎么收场？还想不想继续念书了？"

霍杉叹了口气："我爸妈都不在本地，我还有个哥哥，但是，他不一定会来。"说着，转头看向乔鹤，"暴躁萝莉，手机借我用一下，我的摔坏了。"

乔鹤愣了一瞬才反应过来那句"暴躁萝莉"是在叫她，忍下翻白眼的冲动，掏出手机递过去。

霍杉戳了几下屏幕，忽然一怔，抬起眼睛："你认识我哥？"

乔鹤一脸茫然——嗯？谁是你哥？

霍杉伸出手，乔鹤低头去看，拨号界面，霍杉输入的号码下，有个自动识别出的备注名——

霍听澜。

霍杉的哥哥竟然是霍听澜！

难怪她会觉得霍杉看上去有些眼熟，因为他跟霍听澜有几分相似。

不得不说，世界真小，事情真巧哇。

霍杉的眼神里忽然带上几分狐疑，他将手机抛还给乔鹤，找人另借了一部。

警察带着一帮人回派出所，先前在医院，方子坤不承认是他先招惹的霍杉，一口咬定霍杉无缘无故打他，说霍杉性格和心理都有问题，暴躁易怒。方子坤的父母在一旁添油加醋，把自家孩子形容成社会之脊梁、民族之希望，霍杉则是该就地掩埋的垃圾。

听到这里，霍杉反而笑了，说："我要是真暴躁，你儿子在学校就凉透了！"

警察回头看他一眼，让他注意说话方式。霍杉耸了耸肩，乔鹤本想替他解释几句，却看见霍杉朝她摇头。

他不想把照片的事情牵扯出来。

吵闹间，门轴咔嗒一响，原本斜靠在墙上的霍杉立即站得笔直，神情里不自觉地带上了几分紧张。他一脸期待地看过去，来人却不是霍听澜，而是霍听澜聘请的律师。

律师姓赵，任职的远行律所在当地很有名望，对方父母不得不忌惮几分。律师出面，协商顺利很多，姓赵的是个笑面虎，对方几次想狮子大开口，都被他不咸不淡地挡了回去。

协商足足进行了两个小时，乔鹤险些坐在椅子上睡着，从头至尾，霍听澜都没有出现。

协商完毕，从派出所出来，已经是半夜，外头又黑又冷。赵律师开车来的，问要不要送他们一程。

霍杉看了赵律师一眼，说：“霍听澜呢？他为什么不来？”

赵律师笑了笑，说：“这种事还是由专业人士来处理比较好，霍先生出面与否并不重要。对了，霍先生让我交给你一张名片，他说，以后再有需要，可以直接打远行律所的电话，作为被委托方，我们会竭诚为你服务。”

这话说得，相当于默认了霍杉就是个只会惹是生非的不良少年。

霍杉脸色阴沉，一巴掌甩过去，挥开了赵律师递名片的那只手。姓赵的也不恼，顺势将名片塞进霍杉的外套口袋，上车走了。

霍杉面朝车子开走的方向站了一会儿，咬牙骂了句脏话，把名片揉成一团砸进了垃圾桶。他转身要走，想到乔鹤还在，回过头对她说：“今天谢谢了。”

还知道道谢，也不算无药可救。

乔鹤摆摆手，说：“不客气。”

霍杉犹豫了一下，又问：“你跟我……你跟霍听澜是什么关系？”

乔鹤早就料到他要问，边用手机叫车，边应了一句：“我是玉雕师，霍先生在我店里订购过成品，是我的客户。”

她没骗小孩儿，霍听澜确实跟她说过要收那件“洛水女神”。

霍杉活动了一下有些发酸的肩膀，忽然说：“你一定很诧异，温文尔雅、博学广识的霍先生居然会有我这样一个弟弟。”

乔鹤盯着叫车页面的信息更新，说：“没什么好诧异的。‘霍听澜的弟弟’这几个字，代表的只是一种亲属关系，它不是设定，更不是标签。霍听澜是什么样的人和你是什么样的人，这两者之间，不存在决定性关联。”

霍杉挑眉：“现在做玉雕的都这么会说话吗？还带点逻辑学。”

预约的车快到了，乔鹤收起手机，学着霍杉的语气，说：“现在学生打架都这么不要命吗？还要用点工具？”

霍杉噎了一下，笑着朝乔鹤竖了竖拇指。

车来了，停在路边，乔鹤正要坐进去，霍杉忽然叫了她一声，说：“我跟霍听澜同父异母，方子坤口中那个在夜场跳艳舞的妈，是我妈，和霍听澜没关系。”

乔鹤看了霍杉一眼，点头说：“我知道了。”

（46）

乔鹤怕打扰程柳江休息，也怕再遇见程璟川，没回四合院，去了方可期那里。

方可期顶着惺忪的睡眼来给她开门，问她怎么会突然跑过来。

乔鹤没多解释，脱掉衣服进浴室洗澡，等她出来，方可期已经睡着了。

卧室里亮着盏小夜灯，光线柔和暗淡，方可期穿着吊带睡裙，蒸气眼罩上画着红艳艳的小草莓，干净又可爱。乔鹤拉过被踢到床脚的被子帮她盖好，方可期忽然嘀咕了一句：“我想吃生煎包，皮要酥，汤要浓……”

乔鹤被方可期逗得直笑，笑过之后，她发现自己好像失眠了，脑袋里一点儿睡意都没有。

乔鹤趴在枕头上，点开微信找到霍听澜。

这个人的名字躺在她的好友列表里，她心上忽然涌起一股喜悦，隐秘又羞涩。就像那些装在糖果罐里的纸折的小星星，每一颗都是希冀，每一颗都是浪漫。

乔鹤本想点开霍听澜的头像看一眼他的朋友圈，没想到下手太重，触发了“拍一拍”，屏幕上立即跳出一行系统小字——“我拍了拍霍听澜”。

乔鹤长按撤回，但已经来不及了，霍听澜不仅没睡，还秒回。

霍听澜：？

乔鹤觉得心跳有点快，她翻了个身，看着天花板，脑袋里乱糟糟的。

霍杉的事，自有赵律师向霍听澜转达，按理说，轮不到她多嘴。可心里就是有股冲动，想让霍听澜知道，霍杉曾跟她说过那样一句话。

乔鹤试探着问：还没休息吗？我想跟你说件事。

霍听澜大概不喜欢这种戳着键盘一来一回的聊天方式，直接拨了通电话过来。

嗡嗡的振动声响起，乔鹤吓了一跳，连忙从床上跳下来，跑去阳台。

天气不错，星光热烈。

霍听澜的声音听上去很有精神，问她出什么事了。乔鹤将遇到霍杉的过程大致说了说，包括方子坤在学校论坛上发布照片的事。

电话那端有些沉默，乔鹤连忙解释：“我无意窥探你的隐私，也不是想打听什么。霍杉跟我说，他跟你同父异母，那个跳舞的女人，是他的妈妈，和你没关系——我觉得霍杉也许不够懂事，有些任性，但绝不是一个坏到无药可救的孩子。”

话一出口，乔鹤又有些后悔，说来说去，还是绕着人家的隐私打转。

她正尴尬，却听见电话那端一声轻笑，霍听澜似乎叹了口气，说：“我知道了，明天我会去趟霍杉的学校，跟老师聊聊。”

霍听澜的反应有些出乎乔鹤的意料，不等她开口，对面的人又说了一句："巴达兽，我发现你真的很爱管闲事！"

乔鹤纠正："这不叫管闲事，叫'好人好事'，写到周记上，老师会奖励小红花的！"

霍听澜再次笑起来。

似乎有温热的气流拂过耳郭，乔鹤忽然就脸红了，草草说过晚安，便断了线。

推开窗，夜空深蓝。

乔鹤找到之前给霍听澜画的那张 Q 版人像，在肩膀上补了颗小桃心，然后设置成她和霍听澜的聊天背景图。

男神什么的，和小桃心最配了！

看着装点一新的界面，乔鹤忍不住笑起来，眼睛里映着些许银色的星光。

她关闭微信，又点开浏览器，输入霍听澜的名字。词条一个接一个地跳出来，最上面的是百度百科。

姓名、籍贯、出生日期……

看到人物关系一栏，乔鹤不由得睁大眼睛，里面赫然写着——外公林敬宗，父亲霍向磊。

霍向磊是本地有名的地产商，而林敬宗则是著名的文物专家、收藏家，创作过许多关于传统文化的文学作品，因登上"作家富豪榜"引发广泛关注。

难怪霍听澜能说出"我可以从家里拿几个真的兔毫盏出来给你看看"这种话……

林敬宗林老先生的外孙，名门之下，岂有平庸之辈。

震惊过后，鬼使神差地，乔鹤又在搜索框里输入了另一个名字，她在墓园里看到的名字——康建辉。

跳出来的词条依然很多，地方官员、法人代表，都是些同名同姓的，乔鹤正要关掉页面去睡觉，眸光一动，瞄到一则沉在页面下端的报道，标题是——北宁市破获1·15特大文物走私案。

报道的发布时间在三年前，正文中写：20××年，惊动全国的文物出境走私大案正式告破，追回文物总数三百余件。根据文物鉴定站鉴定结论，其中117件属于国家珍贵文物，一级文物12件，均为国家禁止出境的出土文物。

主犯康建辉于追捕过程中饮弹自尽，现场缴获自制猎枪一把，子弹若干……

康建辉竟然是一个涉嫌文物走私的罪犯!

霍听澜身为名门之后，为什么会和这样的人扯上关系?

乔鹤跑进客厅，打开放在茶几上的笔记本电脑。很快，她又找到一篇更为翔实的报道。上面写，表面上，康建辉是北宁市小有名气的陶瓷设计师、民间收藏爱好者，背地里却组建了一个集盗掘、作伪、倒卖于一体的特大犯罪组织。他们分工明确，有负责收购的小贩，有作伪、售伪的流水线，甚至还有专业的修复师，康建辉本人便是顶尖的修复专家和作伪高手。

该犯罪组织成员遍及全国，致使大量文物流失海外，下落不明。

制瓷、修复、作伪。

关键词在乔鹤脑袋里连成一线，骤然心惊。

对于高手来说，修复与作伪，不过一线之隔。

那霍听澜呢?

他有着一双能让残器新生、让枯骨化蝶的手，这双手是否也能以假乱真、颠倒乾坤？

那副高傲精致的皮囊下，究竟坚守着善，还是包藏着罪？

霍听澜，你到底经历过什么？你又在想什么？

（47）

夜里没睡好，醒来时浑身乏力，乔鹤想赖床，方可期却精神十足，硬把乔鹤挖了起来，说附近新开了一家包子店，香菇肉包味道一绝！

乔鹤唉声叹气，说：“我们不能舒舒服服地躺在家里叫个外卖吗？”

方可期摇头：“有些包子必须坐在店里吃才有意义！”

乔鹤满目绝望，心想，肉包子还有意义呢？肉包唯一的意义，就是用来打你！

乔鹤万般不情愿地出了门，直到路过小广场，看到年轻男人踩着滑板风似的掠来掠去，以及方可期疯狂闪烁的星星眼，她才明白所谓的“包子的意义”究竟是什么。

食色，性也。

古人诚不欺我。

年轻男人滑板玩得不错，他轻轻一跃，板子在半空中转了半个圈，落在砖砌的花坛边沿。接着，他在翘头处一带，板子翻转落地，人也跟着落了上去，然后一个转身，停下了。

乔鹤上学时也喜欢玩这些东西，她记得这个动作叫“Darkslide”，难度系数不算低。

年轻人不仅动作流畅，身姿也好看。他腿形生得好，又细又直，白色滑板鞋压着纯黑的板面，外套下摆被风吹起，露出一截细窄的腰。

乔鹤越看越眼熟，低声说："这人……我们是不是见过？他爷爷经常找你下棋？叫江什么来着……"

"江枕！"方可期说，"枕戈待旦的'枕'，职业围棋手，十九岁直升九段，超级厉害！"

乔鹤"啊"了一声："所以，你每天早早起床早早出门，绕过大半个小区跑到这边来吃早点，就是为了能顺路看一眼小哥哥玩滑板？"

"也不是每天都能看见，"方可期有点委屈，"一星期最多两次！"

好家伙，能不能碰见帅哥还要看概率。

广场上，江枕连续做了几个"Frontside"，也就是带板起跳，然后旋转180度。他落地很稳，几乎没有失误，踩踏声脆得炸耳朵。

乔鹤忍下鼓掌叫好的冲动，用肩膀撞了撞方可期，说："你男神看上去年纪不大呀……"

"三岁！"方可期竖起三根手指，表情怅然，"他整整比我小了三岁！弟弟长得好，奈何年纪小！"

方可期长相显小，眼睛又大又圆，与人对视时不自觉地带上几分无辜的味道。她一直被保护得很好，在家有温柔体贴的父母，在外有乔鹤给她撑腰帮她打架，大学都毕业了，依然天真娇憨。

乔鹤摸摸她的脑袋，说："大三岁又怎么了，只要感情真，大三十都不是问题。"

方可期恨不得一脚踹过去，说："比我大三十岁，都快六十了！我是找男朋友，还是要给我爸找个大哥？！"

乔鹤习惯随身带着纸笔，她边笑边旋开笔帽写了什么，然后将那页纸撕下来，揉成一团，藏在手里。

方可期对着男神唏嘘半晌，拍拍衣服站起来，决定早饭要多吃一个肉包子，以解情伤之苦。

方可期走在前面，乔鹤故意落后几步，趁方可期不注意，扬手一掷，将纸团扔了出去，刚好砸在江枕脑袋上。

江枕大概被砸蒙了，揉着后脑转过身。乔鹤立即摆手示意他往这儿看，然后指了指走在前面的方可期，又指了指掉在他脚边的纸团，笑容玄妙。

方可期完全不知道发生了什么，催乔鹤快一点儿，她上班要迟到了。

乔鹤习惯性地摸她的脑袋，感慨："方小七啊，这事要是成了，你必须请我吃688元一位的海鲜自助！"

方可期一脸愣怔，只当乔鹤没睡醒，说梦话呢。

（48）

吃过早饭，乔鹤直接去了店里，路上接到云林打来的电话，说程璟川好像有事找她，昨天在家里等了她一宿。

乔鹤听到程璟川的名字就上火，敷衍了云林几句就断了线。之后她犹豫了一下要不要把程璟川从黑名单里放出来，想来想去还是算了，话不投机半句多，她气还没消呢!

将琐事交给店里的伙计，乔鹤一头扎进机器房，按照料体的形状和尺寸，修改"洛水女神"的设计图。

手上改着图纸，乔鹤不免有些走神，她又想到霍听澜，那个将高傲与精致刻在骨子里的男人。

霍听澜为什么会和康建辉扯上关系，他是否真的涉足过灰色地带，在诱人的利益面前，忘记了初心?

霍听澜说他没有愿，也没有盼，究竟是天生冷情，还是自我厌弃。

精神不集中，笔下频频出错，先是画歪了披帛的走向，接着又描错了栾鸟的位置，莲花水云纹的造型也不对，大半天过去，废稿铺满了工作台。乔鹤叹了口气，随手将笔扔进豆青釉的笔洗里，拍了张照片发给霍听澜。

乔鹤：霍先生，你的美人命途着实有些多舛。

收到乔鹤发来的信息时，霍听澜在学校。

霍杉上的是一所重点高中，门禁很严，值班保安问霍听澜来找谁，哪个班的，班主任叫什么。三连问直接把霍听澜问蒙了，他还真不知道霍杉是哪个班的，更别说班主任了。

保安一脸狐疑，霍听澜只能给霍杉打电话，忙音响过两声后被挂断了，应该是在上课。霍听澜又给他发了条消息，说我在校门口。

霍杉从教学楼一路跑过来，邻近门卫室时却停了脚步，改成慢走。他穿着蓝白相间的夏季校服，裤子大概修改过，别人都松松垮垮，只有他的自裤脚处收进去，拉长了小腿线条。

透过半开的窗户，保安看见霍杉正往这边走，“哟”了一声，说：“你要找的是这个霍杉啊，这小孩儿很有名的，新一届的学生里数他长得好。上周一的晨会才好玩呢，他先当众念了份检讨，承认错误，又被表扬在什么比赛上拿了奖，好的坏的他一人全占了。”

说到这儿，保安又看了霍听澜一眼，问：“你是他什么人哪？”

霍听澜顿了一下，说：“我是他哥。”

保安点点头：“他长得跟你挺像。”

霍听澜问了句：“你知道霍杉因为什么被处分吗？”

保安端起搪瓷茶杯喝了口水，说：“好像是旷课，还有打架，顶撞老师什么的。挺好一小孩儿，就是有点不安分，该管管了。”

说话间，霍杉已经走到近前，隔着半开的校门看向霍听澜，问：“你来干什么？”

语气有点冲，霍听澜没跟他计较，说：“我来见你的班主任。”

霍杉皱了皱眉，看上去有点烦躁：“那老女人跟你联系了？她是不是更年期呀，又啰唆又爱瞎操心……”

“霍杉，”霍听澜打断他的话，目光有点冷，“再让我从你嘴里听见一句不尊敬师长的话，我马上就走，以后都不会来，你最好先想清楚再开口。”

霍杉咬了咬嘴唇，没再说话。

（49）

高三的教学楼跟高一高二是分开的，后者离校门更远，中间有一片小树林和一条石子路。

上课时间，小路上一个人都没有，阳光自树叶间坠下来，晕开深浅不一的阴影。霍杉站在里面，鼻翼上沁着汗。他不说话，也不看霍听澜，盯着泥土里不知名的小野花出神。

霍听澜身上有种气场，镇定、高傲，几乎压得人抬不起头，他问霍杉：“不希望我去见你的班主任？”

“没必要，”霍杉说，“都是些小事，我能处理好。”

“如果你真有那个本事，把一切都处理好，”霍听澜冷淡地看着他，“也就不会闹到需要律师出面了。”

霍杉笑了笑，神情里带着挑衅，说：“警察让我通知的是家长，不是律师。”

“你的意思是，你更希望出现在派出所的人是我？”霍听澜看着他，“希望我去跟对方家长协商，被他们指责嘲讽，然后再听他们用各种下作的语言，把你形容成一个只会惹是生非的垃圾？”

“我不是垃圾！”霍杉骤然拔高声音，眼眶里浮起淡淡的红，咬牙强调，“我不是！”

“没错，你现在的确不是。”霍听澜说，“毕竟，你有个有钱的老爸，有可以透支的信用卡，还有点小聪明，不需要付出多少努力就能考一个不错的成绩。你看不起身边默默学习的同龄人，甚至看不起老师，你旷课、打架，肆意挥霍那点本就不值钱的青春，把堕落当骄傲，拿愚蠢当信仰，一路向下走，再花钱读一个野鸡大学，或者出国镀镀金，到那时候你才是真正的垃圾！外表光鲜，内里却是空的，除了陋习，什么都没有，除了挥霍，什么都不会，就像一只喷了香水的蟑螂，一只穿着高定的老鼠。”

霍杉忽然踉跄了一下，退后一步，靠在树上，年轻的身体有些单薄，反复强调：“我不会变成那样的，不会……我也不是垃圾，我不是……”

快到中午了，日光浓烈，霍听澜眯着眼睛，他的神情不算严肃，语气也是，甚至透出一种慵懒，慢慢地说：“会不会成为垃圾，不是嘴巴决定的，而是选择。要走什么样的路，你自己选。”

说完，霍听澜转身要走，霍杉却叫住他，哑声问：“听说，当初爸给我取名叫霍听杉，你不许我用跟你相同的字，所以，我才叫霍杉，是这样吗？”

霍听澜没回头，淡淡地说：“我的名字是外公取的，跟你没关系，你没资格用那个字。”

“没资格？说得真好！”霍杉低笑，“你就这么讨厌我？”

霍听澜没兴趣回答这种幼稚的问题，迈步向前走。

霍杉在他背后高声说："他们要离婚了！"

这个"他们"指的自然是霍向磊和虞欢，霍听澜的生父和霍杉的生母。

"他们三四年没在同一张桌子上吃饭了，谁都不回家，偶尔回来一次，见面就吵。"霍杉垂着头，声音渐渐低下去，"我连春节都要一个人过，霍听澜，你说，这算不算报应？"

霍听澜脚步一顿，终于回过头，看着霍杉。

日光在霍听澜周身筛下浅浅的一层，仿佛金色的雾，他笑了笑，眼神既通透，又洒脱，还有几分傲慢。

他说："霍杉，你现在经历的一切，双亲失和，孤独无助，我十三岁的时候就经历过了。那时候我明白一个道理，不要指望任何一个人与你感同身受，一切悲苦，都要自己熬着，熬过去了，便是救赎。"

霍杉似乎怔住，睫毛颤颤的，不知道在想些什么。

霍听澜难得有耐心，叹了口气，继续说："我也有过一段荒唐的日子，在我快沉下去的时候，我的老师跟我说，你生来就是要做高山的，为什么要把自己活成草芥？向下走很容易，但是，你不想去高处看一看吗？也许，那里会有更多更好也更适合你的风景——霍杉，这句话，我也送给你。"

霍听澜的语气很淡，却让霍杉有种自惭形秽的感觉。他咬着牙，腮边的肌肉绷得很紧。

霍听澜想起什么，问他："照片的事，你要追究吗？"

过了好一会儿，霍杉才反应过来，霍听澜的意思是，你想追究的话，我会帮你。

霍杉缓慢摇头，闭着眼睛，眼底有不可抑制的湿润。

这就是他的大哥，他偷偷崇拜的人，就像一团火，炽热、强大、光芒万丈。

没有人能忽视霍听澜的存在，他总能用最鲜明的方式，让你记住他。

牢牢记住。

（50）

霍听澜并没有去见霍杉的班主任，跟霍杉说完那些话，他就离开了。午休时间，学校里到处都是穿校服的孩子，霍听澜身形高大，衣着精致，混在里面，突兀得像个异类。

有女孩子在他身后小声议论，还有人偷偷拍照。

那些声音让霍听澜想起他的学生时代。他也曾胡闹过，像霍杉那样，甚至比霍杉还要恶劣，把作践自己当作对霍向磊的惩罚。

后来，他的老师用一记耳光打醒了他。

老师对他说，他是林敬宗的后人，老先生最疼爱的外孙，肩膀上扛的不止有自己的脑袋，还有林老经营了一辈子的名声。

他可以不自爱，不成器，但林敬宗的后人不可以。

他要活得正直，坦坦荡荡，还要站在高处，告慰老先生的在天之灵。

他像尊敬外公一样尊敬他的老师，像崇拜外公一样，崇拜着他的老师。

老师告诉他要光明磊落地活着，要有热血，要永远向上。只要风骨不折，总有撑得起天地的时候。老师说，君子勤于小物，故无大患，越是在高处，越要谨言慎行，不自矜，故长。

老师教会他这么多道理，自己却逃不过一个“利”字，落得那样一个下场，死后都摆脱不掉骂名。

所谓师父，如师亦如父，他的老师啊……

霍听澜有些走神，坐进车里才听见手机响了，是微信消息，乔鹤发来的。

其中一条是张照片，原木色的工作台上铺满废稿，全是他定的那件“洛水女神”。

霍听澜正要回复，目光一偏，瞄到一样小东西。他将照片放大，看到一个铜镇纸，摆在工作台的角落里。

镇纸呈长条状，略扁，正中的位置有一个螭虎形状的捉手，表面铸有青铜纹，看造型和做工，应该是晚清的东西。

汉人崇尚螭虎，班固在《封燕然山铭》中写道：“鹰扬之校，螭虎之士。”

这是寄予了厚望，要拿小丫头当儿子养啊。

霍听澜原本想约发小周奕杨出来喝茶，这一刻，忽然改了主意，用导航搜索如意轩的定位，然后发动了车子。

乔鹤没想到霍听澜会来。

工作日，生意清淡，门厅里静悄悄的，小伙计缩在柜台后面打瞌睡。乔鹤画烦了图纸，躲在二楼的办公室里临帖玩，临的是宋徽宗的《大观圣作碑》，瘦金体。

提笔蘸墨，隐约听到楼下传来引擎轰鸣，乔鹤没理会。她刚写完“学以善风俗明人伦”一句，面前忽然投下一片阴影，接着，有人说了句：“结构写偏了！”

这一声来得突然，乔鹤吓了一跳，腕子沉下去，力道重了，落笔处洇成了一个墨黑的圆疙瘩。

乔鹤“啊”了一声，抬头看过去时，眼睛里不自觉地带上了几分恼意。

角度的关系，乔鹤斜飞过来的眼神正落在霍听澜眼中。她睫毛偏长，微卷，平日看上去十分清秀，如今盈盈恼意如同水纹，清秀之外，又平添了几分风情。

霍听澜一面想着这小孩长了双勾人的眼睛，一面笑着调侃：“你瞪我干什么？我说错了？”

乔鹤没理他，伸手要把写坏的这一页撕掉。霍听澜屈指在乔鹤腕上弹了一下，指尖点着她写好的那一句，说：“《大观碑》是宋徽宗所作，赵佶的书法清瘦恣纵，以秀美见长，结构扬下抑上、扬右抑左，横纵取势分明，再看看你写的，哪边都不挨着，不是写偏了是什么？”

霍听澜是真不拿自己当外人，开口就数落。乔鹤听得心头火起，想发火，又怕显得自己气量太小，听不得批评，索性把纸笔往霍听澜面前一推，鼓着脸颊示意——你行你来！

霍听澜自然不会连这点暗示都看不懂，他笑着挽起衣袖，边挽边说：“霍老师的书法课可不是随便什么人都能上的，机会难得，要珍惜！”

乔鹤只想泼他一脑袋碧螺春。

霍听澜将乔鹤用过的笔扔进笔洗，目光自旁边的笔架上扫过，手指一勾，精准地挑中了一支紫毫的湖笔。

乔鹤“啧”了一声，心想，眼光倒是不错，专挑好东西用！

霍听澜握笔的姿势很漂亮，他指骨细白，手背上绷起青色的血管，清瘦、鲜活，寻常紫毫在他手中都像难得的珍品。

乔鹤有点走神，霍听澜捏着笔杆敲了敲她的鼻梁，提醒：“看字，别看手。”

像是被道破了什么秘密，乔鹤脸上有点红，不太自然地伸手揉了揉。

《大观碑》字数太多，霍听澜懒得写，从宋徽宗的《秾芳诗》里随便摘了两句——

丹青难下笔，造化独留功。

他刚写到“化”字，乔鹤就站不住了，这笔瘦金体也太漂亮了！

老话说字如其人，霍听澜的字含着剑拔弩张的锋利，每一笔长横都有顿挫之感，每一笔竖画都有悬垂之势，挺拔脱俗，十分好看。

“功”字最后一笔写完，不等霍听澜开口，乔鹤立即端起茶杯举过头顶，虔诚道：“小的有眼不识真泰山，多有冒犯，先生莫怪！”

霍听澜吓了一跳，接着又被逗笑了，说：“我还以为你要拿茶水泼我。”

乔鹤讪讪道：“不敢、不敢。”

虽然，我刚刚确实挺想这么干的……

霍听澜这笔瘦金体写得实在太好看，乔鹤有心学技，凑过去向他讨教。

两个人站在一处，又看着同一幅字，难免挨得近。霍听澜先纠正乔鹤握笔的姿势，然后又教她运笔，起笔要利，尾勾要锐，撇捺末端呈竹叶状。

乔鹤虚心讨教，态度又积极，霍听澜也乐意教她，说到兴起，两人都忘了保持距离，拿捏分寸。霍听澜站在乔鹤身后，胸膛紧挨着乔鹤的背，他握着乔鹤拿笔的那只手，问她想练哪一篇。

霍听澜体温偏高，胸膛是温暖的，靠在上面，感觉很舒服。乔鹤不由得眯起眼睛，像只晒饱了太阳的小狐狸，她想了想，说：“就写名字吧，我们两个的。”

说完，乔鹤伸长了手臂，带着霍听澜也一并伸出手，宣纸上，先落下一横。

这是要写霍听澜的名字。

霍，竖画长横画短，取纵势。

听，部首为口，取横势。

然后是“澜”，《四子讲德论》中写：天下安澜，比屋可封。以“安澜”比喻太平。

多美好的字。

“澜”字尚未写完，乔鹤微微侧头，两个人交叠在一起，挨得极近，几乎没有缝隙，霍听澜的侧脸就在她眼前，鼻梁很挺，睫毛挑起细微的弧度。

乔鹤忍不住多看了几眼，忽然说：“有没有人告诉过你，你的名字非常好听。”

霍听澜笑了笑，眸光不变，依旧落在宣纸上，反问了一句：“你有没有读过张栻的那首《和石通判酌白鹤泉》。”

这首七律太冷门，乔鹤还真没读过，茫然摇头。

霍听澜拍拍乔鹤的肩膀，让她另取一张纸来，笔尖蘸饱墨汁，快速写下——

满座松声闻金石，微澜鹤影漾瑶琨。

“微澜”“鹤影”，两个人的名字都嵌在其中。

乔鹤一愣。

霍听澜直起身，一双眼睛光泽盈盈，比玉更温，比瓷更润。他用笔杆轻轻磕着笔洗，用一种思考的语气，慢慢地说：“澜指水波，而鹤是水鸟——我们似乎比想象中还要有缘。”

(51)

我们似乎比想象中，还要有缘。

很普通的一句话，没有任何修饰或煽情，却让乔鹤的心跳失衡，快得脱了频率。她有点不敢去看霍听澜，胡乱整理着桌上的东西。

乔鹤心神不稳，动作也乱七八糟，险些打翻一个装香片的粉彩小盖盒。霍听澜顺手接住，翻转间露出盒子底部的款识，居然是光绪年的。

霍听澜只瞄了一眼便扔了回去，乔鹤注意到他的动作，不由得挑眉，他笑着说：“假的，我都比它老。”

乔鹤忽然探过身，隔着小半张桌子盯住霍听澜，眼中压着几分挑衅，故意说：“霍先生是不是从不看走眼？”

霍听澜似乎被激起了一点点斗志，略弯下身，与乔鹤视线齐平，轻笑着回答：“别处的，不好说。但是，你屋子里的这些东西，我绝不会看错。”

两个人眼神胶着，都带着盎然的兴味，乔鹤眨眨眼睛，唇边弯出一点儿笑，小狐狸似的，她说：“那你就说说看，我这屋子里，哪一件东西最值钱？”

这间办公室占地面积不小，一水的中式家具，榫卯结构，几乎看不见一根钉子。博古架横在中间当隔断，分隔出会客和办公两个区域，古色古香。

霍听澜第一反应就是看向那个两米多高的博古架，不过，他的注意力却不在架子里的东西上，他关注的是架子本身。

博古架颜色偏浅，留有木纹，典型的明式特征。霍听澜凑近细看，忽然眉梢一抬，转头看向乔鹤：“这料……用的是紫檀？”

乔鹤单手托着下巴，没说是，也没说不是，只说：“这可是我师娘的陪嫁。”

霍听澜的手指无意识地敲了敲架子的隔断，目光一转，他看到一样东西。

五彩开光的人物方瓶，圆口，短径，器形偏扁。这东西没放在架子上，而是收在角落里。

霍听澜走过去，绕着大瓶子看了半天，神色专注。

乔鹤弯起眼睛：“霍先生这是找到值钱的东西了？”

霍听澜不答反问：“你知道这东西叫什么吗？”

乔鹤耸肩：“不就是个方瓶。”

“准确地说，叫方棒槌瓶，康熙朝的新创器型，此朝独有。”说着，霍听澜从口袋里抽出一副雪白的薄手套，戴好了，才去碰瓶身。他把瓶子倒翻过来，一看款识，果然，清康熙年制。

霍听澜眯着眼睛：“《饮流斋说瓷》里怎么写的——‘硬彩、青花均以康熙为极轨’。硬彩即五彩，五彩开光的方棒槌……”

话没说完，霍听澜忽然顿住，他皱起眉毛，凑到瓶口处闻了闻，半晌，一声笑骂：“差点被你骗过去！”

乔鹤眨着眼睛，故作茫然。

霍听澜屈指在瓶口处轻轻一敲：“瓷器作伪，有一种方法叫‘破器进窑’，就是把残破的旧器修补完整，入窑复烧。古瓷入窑重烧，容易翻白，留有裂片纹，或者像新器一样泛贼光。这件方棒槌做得很妙，几乎没留下痕迹，不过，做旧法上选了药浸，我是天生的狗鼻子，对味道很敏感。”

霍听澜说得越细，乔鹤心口越冷，她脑中反复横跳着一个名字——康建辉。

一样的善于修复，熟知作伪，难道他们真的存在某种关联，或者说，曾狼狈为奸……

乔鹤心里很乱，忍不住刺了一句：“原来霍先生还是个作伪高手！”

“我的确是高手，不论修复，还是作伪。”霍听澜摘下手套，他站在窗边，身后是金色的光，如同盔甲，铸于周身，“可我学这个，不为谋财，而为‘肃儆’。”

站着说话太耗神，霍听澜在排水茶海旁坐下。他的姿态很放松，眼睛微微眯起，像是在享受温暖的阳光，半晌，才继续说：“乔鹤，你有没有好好看一看你所热爱的这个行业？看看它已经变成什么样子了？”

乔鹤盯住他，眸光清明。

许是阳光过于和煦，也许是熏炉里的兰蕊香起到了静心凝神的作用，霍听澜忽然有一种冲动，想要说一说他的忧虑，也说一说他的思量。

“行业发展迅猛，唯利是图者激增，格雷欣法则大行其道，如意轩近百年的声誉日渐消减，越来越多的假料劣料占据市场，以假充真，以次充好。”霍听澜的手指在桌面上轻轻一敲，眼神里像含着某种力度，光芒熠熠，“还有中间商利用买卖双方信息不对等，囤货居奇，引发恶性竞争。这些乱象，是监管机制不够健全造成的，也是行业内部过于分散造成的，缺乏有号召性和公信力的大品牌，也缺乏真正的大师级的灵魂人物，最重要的是，从业人缺乏对这个行业的敬畏。玉是这样，瓷也是这样，乃至整个古玩一界，都是这样。人一旦失了敬畏，就很难做到问心无愧。而这样的混乱，会让真正的好东西有价无市，曲高和寡。”

霍听澜的目光太烈，乔鹤恍惚有一种被钉在原地的错觉。

她喜欢玉，也喜欢玉雕，从小就喜欢，不然，也不会苦苦磨炼，磨得两只手都留了茧印，粗看过去，简直不像个女孩子。

她的专注，她的初心，都局限于自己的手，从未想过看一看这个行业。

霍听澜的话似乎点醒了乔鹤，就像沉睡了一冬的地松鼠忽然嗅到春的气息，星月之下，慢慢睁开了眼睛……

熏炉焚着香，烟雾蒙蒙。

霍听澜的姿态很放松，带着慵懒，说出的话却重若千钧：“之前说，我学作伪，不为谋财，只求肃儆。惩恶劝善，激浊扬清，为肃；遏恶防邪，告诫世人，为儆。作伪，即作假，既是假的，就该暴晒在阳光下。作伪的人会什么，我就会什么，比他们还精，还透，我看他们还能拿什么骗我？他们做得出，我就鉴得出。”

乔鹤抿着嘴唇，认真思考，半晌，说：“你就不怕水至清则无鱼？”

“水清无鱼，水太混，鱼也一样活不下去。凡事都要有个度，懂得适可而止。”霍听澜笑了笑，神色中是惯有的从容，“‘古玩’二字，浓缩着历史，也传承着文化，它有无限的价值和恒久的魅丽。我希望这个行业是向上走的，而不是沿着污浊和混乱，一路沉下去。更何况——”

霍听澜的眼神忽然变得深邃，他像是在看对面的博古架，又像是在凝视某处并不存在的虚空，再开口时，声音也一并沉了下去。

他说："更何况，这个圈子里，还有比赝品更可怕的存在，那就是人，坏了心肠的人。他们顶着响当当的名号，却从私利出发，指鹿为马，能点石成金，也能点金成石。鉴伪，审视的是物件，震慑的却是人心。"

办公室里有一扇很大的窗，有光落进来，在霍听澜的肩颈上洒下细碎的灿金色。

他偏过头，侧脸仿佛刀削，从额头到鼻尖，再到嘴唇和下颌，折出一条锋利的线。

乔鹤听到自己的心跳声，似乎被什么东西搅乱了。

彻底乱了。

之前，她见识了霍听澜的阴郁和冷漠，想要摘下他和善的面具，想打碎他精致的伪装，看一看假象下的血肉，究竟是什么颜色。

如今，她似乎真的触碰到了面具之下更为鲜活的东西。

那是铮铮硬骨，是与生俱来的倨傲与担当。

（52）

"我今天大概是熏多了兰蕊香，话也变多了。"霍听澜站直身体，松松地伸了个懒腰，看向乔鹤时，又是一脸从容的笑，"你还小呢，有些事现在不明白也没关系，以后会慢慢理解的。"

"我第一次拿刻刀时，师父让我跪在地上许过一个承诺——"乔鹤忽然开口，慢慢地说，"入了如意轩，便要敬业精益，不售假、不骗人，该是什么料，就是什么料，宁可让生意淡了，也决不让良心蒙尘。这段话，我搁在心里记了十几年，以后我会一直记得。"

两个人有身高差，霍听澜站直时，乔鹤须得仰头，才能看清他的眼睛。

兰蕊香依旧焚着，薄雾寥寥。

乔鹤向霍听澜走进一步，站在他面前，与他对视。两个人的目光都很深，像一口井，等待着看谁先陷落。

“之前，我的确没有认真审视过玉雕这个行业。但是，现在我的眼睛睁开了，以后，我会学着去看，去想。”乔鹤说，“霍听澜，谢谢你叫醒我。”

“睁着眼睛过日子是很累的，”霍听澜的声音里有叹息的味道，“也许有一天，你会怪我跟你说过这些话。”

“那你就一直往前走，带着敬畏和热忱，一直走在我前面，做我的榜样，做一个好人，一个很好很好的人，”乔鹤说，“让我没办法后悔，也舍不得后悔。”

霍听澜的呼吸似乎滞了一瞬，接着，变得很轻。

兰蕊香的味道温和动人，乔鹤的声息亦是。她弯着眼睛，勾起浅浅的笑，天真明媚，灵动的模样像沁着露水的栀子花。

她说：“别担心，你不是孤独的，我会跟在你身后，沿着你的步伐，同你一起走。如果你愿意等等我，或者，教教我，说不定我会赶上来，与你并肩而立。”

无论你什么时候回头，总能看见我在身后。我懂你的敬畏，欣赏你的热忱。

如果可以，请让我成为另一个你。

一样的满怀虔诚，一样的磊落坦荡。

我想成为这样的人。

霍听澜笑了笑，他抬起手，掌心落在乔鹤头顶，轻轻揉了揉，像奖励，又像安抚，温声说：“小朋友，不要急着长大，大人的世界，一点儿都不好玩。”

霍听澜的手很好看，五指细白，清瘦纤长，温度是暖的。

乔鹤眨眨眼睛，忽然想起之前聊到一半的话题：“不是说要找到这屋子里最值钱的东西吗？先生找到了没？”

乔鹤不提，霍听澜险些忘了，他指了指将近两米高的博古架：“用料好，款式也精致，是少见的珍品，但算不得价值连城。”说完，又指了指角落里的方棒槌瓶，“这东西若是真的，博物馆的人恐怕早把如意轩的门槛踩平了。它的艺术价值和文化价值远超商品价值，算是有市无价。不过，即便是真的方棒槌瓶，在我看来，它也远不及另一件东西珍贵，那件东西，才是真正的无价之宝！”

霍听澜是什么人，名家之后，家学渊源，能让他这样夸赞，必是极罕见的物件儿。

乔鹤眼睛都亮了，心想，不得了不得了，师父竟然背着师母藏了好东西!

难道这就是传说中的私房钱?

乔鹤被霍听澜吊足了胃口，扯着霍听澜的衣袖，让他指给她看，无价之宝究竟是哪一个!

“这宝贝独一无二，不可作伪，也无法复制。”

乔鹤的视线搁在多宝槅上，霍听澜一边说话，一边在乔鹤鼻梁上弹了一下，乔鹤被弹得鼻头发麻，险些打喷嚏，瞪过去，却对上了霍听澜的视线。

兰蕊香的雾气幽幽缭绕，似烟云。霍听澜的眼神穿透那些，看向她。

仿佛拖慢了倍速，周遭的一切都静下来。

“她叫乔鹤，”霍听澜慢慢地说，“是程柳江的掌中珠，乔家的小千金，如意轩的小掌柜，这间屋子里唯一的无价宝，出了这间屋子，也是无价宝。”

木桶上的自鸣钟整点报时，当当地敲了两下，乔鹤猝不及防，心跳重重一颤。

也不知是被自鸣钟吓到，还是被霍听澜吓到。

完了。

乔鹤想，真的完了。

霍听澜的眼睛如同一座城，将她困住，迷失方向，任她如何兜转，都找不到出去的路。

乔鹤忽然想起那天去寺院时，她在霍听澜车里听到的歌——

想要声色的张扬

我想要你

……

我，想要你。

第七章

/

一生不沾罪行，一生磊落光明

(53)

霍听澜一句“无价宝”搅得乔鹤心神不宁，晚上关了店门开车回家，险些追尾，过十字路口时又差点闯了红灯。乔鹤把小宝来停在路边，做了十几个深呼吸，等心情平复了，才敢重新上路。

引擎嗡鸣声一响，她脑袋里又开始循环播放霍听澜那句——程柳江的掌中珠，乔家的小千金，如意轩的小掌柜……

心烦意乱。

乔鹤忍不住拍了一下方向盘，正砸在喇叭上，鸣音尖厉，反倒把她自己吓了一跳。

心不在焉地回了枫叶胡同，跨过院门迈进大客厅，乔鹤一眼扫过去，登时钉在原地。

程璟川正坐在客厅的沙发上泡茶，看样子，像在等人。

两个人一站一坐，都没出声，就这么僵持着。

程璟川用沸水烫杯，动作不疾不徐，眼睛却搁在乔鹤身上，瞳仁黝黑，异常深邃。

被程璟川这么盯着，乔鹤没害怕，反而有点恼怒。她抬头挺胸鼓足勇气，正要扔过去一句“你必须为昨天的事向我道歉”，给自己找回点场面，就听邻居在外面喊：“薄荷，你车门没锁！”

魔法瞬间被解除，乔鹤一身气势散得干干净净，灰头土脸地跑出去锁车。

身后，传来一声轻笑。

乔鹤锁好车门，抬眼看见巷口的大树下蹲着一道瘦小的影子，正是枫叶胡同的头号纯爷们儿邹小刀。

乔鹤翻了翻口袋，找到一包小饼干，扬手扔到邹小刀怀里，问他：“作业做完了？”

邹小刀嘴上咬着饼干包装袋，含混不清地说：“不会。”

这小孩天生哑嗓子，听上去闷闷的，似乎总是不开心。

当然，他的生活里也的确没什么值得开心的事儿，寻常孩子有的，他没有；寻常孩子没有的，他连想都不敢想……

乔鹤走过去蹲在邹小刀面前：“哪里不会？我教你好不好？”

邹小刀的目光在乔鹤脸上停了一秒，嗤笑：“今天的作业是奥数题，你应该也不会。”

乔鹤：？？？

小浑球，你几个意思？瞧不起谁呢！

乔鹤火气上头，非要邹小刀把作业拿给她看。

书包挂在头顶的树枝上，邹小刀从里面摸出一本皱巴巴的作业本，上面有一道手抄的应用题。

题目不长，乔鹤大概扫了一眼，然后——

她发现她没看懂。

牙神经隐隐作痛，乔鹤捏着本子仔仔细细地又看了一遍——

甲水管、乙水管、丙水管，出水放水，放水出水……

这回题目看懂了，但是不会做。

牙好像更疼了……

邹小刀静静地瞅着她，目光隐隐带笑。

乔鹤满头尴尬，索性把作业本往邹小刀怀里一塞，没话找话：“那个，我们先回家吃饭吧，吃饱了才有力气做作业啊是不是！”

“吃饱饭你就会做题了？清炒莴苣能给你答案？还是红烧肘子能提供解题思路？”

清冷的男声，语气是惯有的冷嘲热讽。

乔鹤只觉后颈一麻，不只是牙，脑袋也开始疼了……

程璟川从后面绕过来，屈指在邹小刀的脑门上弹了一下，说：“你先去吃饭，吃过饭来找我，我教你。”

在乔鹤面前，邹小刀浑身小脾气，到了程璟川面前，他比兔子还乖。

他乖乖收好作业本，乖乖站起身，还不忘叮嘱乔鹤：“别跟璟川哥吵架，你嘴笨，吵不过人家的。”说完，脚底抹油，溜得飞快，边跑边把话音递回来，“薄荷，你答应过周末带我去逛博物馆！不许反悔！谁反悔谁是小土狗！”

乔鹤这个气呀，挽起衣袖要追上去抽他，被程璟川钩着外套上的帽兜拽了回来。

程璟川生下来耐心没带多少，刻薄却储备丰富：“数学题不会做，打人倒是挺有劲，钢铸的四肢，勾芡的脑袋！”

乔鹤：“……”

她想，你再敢多说一句，我就揍你。

程璟川显然没有学过读心术，又补了一句："马戏团的猴子都学会十以内的加减法了，智力水平方面，你还不如一个灵长类。"

乔鹤深深地吸了一口气。

程璟川听到呼吸声，以为乔鹤有话要说，低头瞥了一眼。乔鹤迎着程璟川的目光，抬起手，掌心同手指都白得晃眼，慢慢搭在程璟川肩上。

两只手一并搭上去，这姿势，像极了要接吻。

程璟川的脑海里空白一片，整个人都僵了，眼睛里浮起难以置信的神色。惊讶之外，还有隐秘的欢喜和无法按捺的悸动，他屏住呼吸，试探着向乔鹤靠近。

与此同时，乔鹤按住程璟川的肩膀，借力上蹿，一记头槌，稳稳砸在程璟川的鼻子上。

快、准、狠，三要素，全齐了。

程璟川只觉鼻梁一麻，接着，又酸又疼又麻又辣，诸般滋味齐齐上涌，眼泪差点掉出来，捂着鼻子蹲了下去。

"老虎不发威，你拿我当小鹿斑比！"乔鹤边撂狠话，边往后退，"我不仅四肢是钢铸的，脑袋也是，以后再见我记着绕着走！"说完，飞似的跑回卧室，落了反锁。

乔鹤怕程璟川追上来揍她。

（54）

话虽说得嚣张，乔鹤到底还是尿，进了卧室就没敢再出来，晚饭都没吃。张念云来敲门，她说要节食减肥，云林嚼着凉拌牛肉在一旁起哄，说：“冰冻三尺，非一日之寒；小腹三层，非一日之馋！”

话音刚落，他就被张念云掐着后颈皮拎走了。

乔鹤趴在床上打了两局游戏，然后把程璟川从黑名单里放了出来。

鹤总的缺点是爱打架，鹤总的优点是不记仇。

你气我两回，我揍你一次，勉强算扯平。

乔鹤趴回到床上抱着枕头继续玩游戏，半小时后，手机屏幕上跳出一条新消息——

程璟川：留了排骨，出来吃。

乔鹤正要回复一句“太腻，不吃”，铃声又响了，这次是通电话，方可期打来的。

方小七不知受了什么刺激，用一副五音缺了两对半的嗓子在听筒里狂吼《爱情鸟》：“我爱的人已经飞走了，爱我的人他还没有来到……”

乔鹤只觉耳根生疼，她问方可期现在在哪儿。方可期歌声一收，哽咽起来，小声说：“薄荷，谢谢你帮我递的小字条，但是，他说他有喜欢的人了。”

这个“他”指的自然是江枕。

开完演唱会又改成诗朗诵，方可期长叹一声：“我的爱情啊，你总是来得太匆忙，又凋谢得太迅速。”

天都黑了，方可期一个人在外面，乔鹤放心不下，她换了衣服，准备去把那丫头捉回来。

乔鹤一手拿着车钥匙，另一只手去开门锁，门板洞开的瞬间，险些一头撞进程璟川怀里。

程璟川也吓了一跳，他迅速调整，又恢复成面无表情的样子，手上的托盘朝乔鹤递了递，声音里没什么温度：“妈让我送来的。”

托盘上摆着米饭、温水，还有砂锅排骨，香味浓郁。

乔鹤想说你骗小傻子呢，跑腿送东西这种活向来是云林的，谁敢使唤你呀！

不过，她赶着出门，没时间啰唆，只说：“不用了，方可期要请我吃宵夜。”

乔鹤拽过外套上的帽子戴好，快步朝外走。

身后，程璟川似乎叫了她一声，她没应，也没回头，只当是听错了。

乔鹤丢给江枕的那张字条，上面除了方可期的联系方式，还有一句留言——你能教我玩滑板吗？

江枕真的来加方可期好友了。

收到验证消息时，方可期正在开会，她偷偷看了眼手机屏幕，血压“咻”地突破了历史最高值，一激动，直接把钢笔墨水甩到了副总的衬衫上。

副总姓周，据说是幕后大老板的独生子，成日花天酒地，脾气倒挺好，没生气，调侃说：“你看，连钢笔墨水都懂‘办公室哲学’了，主动要求跟着领导走。”

会议室里一阵哄笑，方可期和她的顶头上司同时松了口气。

会议结束，方可期一头钻进卫生间，坐在马桶盖上，换着花样用浏览器搜索：

如何跟暗恋的男生聊天？

跟不熟……跟不太熟的男生能聊些什么?

男生聊天话题大全……

不等方可期找到满意的答案，江枕先发来了消息，他先是感谢方可期愿意陪江爷爷下棋，他说他爷爷的水平连臭棋篓子都算不上，水平烂，脾气更烂，除了方可期，没人愿意跟他爷爷玩。江枕表示，如果方可期想学滑板，他很乐意教她，不过，有些话还是提前说明比较好——

屏幕亮度大概调得太高，异常刺眼，方可期捂着眼睛，很轻地揉了揉。

“可能是我自作多情，”白色对话框圈着江枕输入的内容，“我觉得你好像对我有点好感，但是我已经有喜欢的人了。希望我的坦白和唐突没有冒犯或者伤害你，如果有，我向你道歉，也祝你早日找到两情相悦的良人。”

连拒绝一个路人甲都这样温和周到，教科书般的好孩子。

乔鹤是在街边的大排档里找到方可期的。高峰时段，摊位上坐满了人，吵吵闹闹，满目人间烟火气。

方可期没喝酒，神志清醒，只是难过。她指着刚端上来的烤鸡心串，说：“薄荷，我给你介绍一下，这颗，是我的失恋心；这颗，是被拒绝的伤感心；这颗，是期盼落空的失落心；这颗，是爱而不得的委屈心……”

乔鹤拆了副筷子，方可期指到哪颗，她便夹起来丢掉哪颗，最后，一小盘鸡心串所剩无几。

乔鹤指着半空的盘子，说：“好啦，失恋、伤感、失落、委屈，这些不好的情绪我都帮你丢掉了，剩下的都是开开心心。”

方可期吸了吸鼻子，拖动椅子凑到乔鹤身边，枕在她肩膀上，嘀咕："俗话说三岁看老，我现在遭遇的一切爱而不得，是不是都因为初恋那会儿没开个好头？"

方可期的初恋在高中，跟隔壁班的小学霸搞暧昧。圣诞节，小学霸送了双手套给她，说是自己亲手织的，情义无价。方可期满眼小桃心，拿着手套到处显摆，结果从手套里掉出一张 5 块钱的好评返现券。

乔鹤逗她，说："手套未必是学霸亲手织的，但一定是他亲手放进购物车的。"

方可期气哭了，直接跟学霸恩断义绝，然后怒吃六根小布丁雪糕，要把伤心冻死在胃里。

不提还好，一提，方可期更失落了。她端起扎啤杯，直接喝掉了大半杯。乔鹤来不及拦，心想，坏了，天要下雨娘要嫁人，"一杯倒"要开始作妖！

大排档里有个流浪歌手，拖着音箱抱着吉他，对着立式麦克风自弹自唱。方可期挥手将人叫到近前，带着酒意说："姐姐今天失恋了，要霸占你的麦、你的音响还有你本人！"

流浪歌手一脸茫然，乔鹤一边咬下竹签上最后一块羊肉，一边解释道："小姐姐的意思是，想借用你的麦克风和音箱唱首歌，还要你帮忙伴奏。她会付钱的，别担心。"

流浪歌手恍然，问方可期想唱什么歌。方可期一拍大腿，说："失恋嘛，当然要唱首伤感的，越伤感越好！先来首《向天再借五百年》吧！"

流浪歌手："……"

乔鹤："……"

真伤感，这可太伤感了！

前奏铿锵有力，几乎盖过了周围的嘈杂，方可期单手扶麦，还真有几分摇滚青年的意思。乔鹤咬着块蜜汁鸡翅，本想带头鼓个掌，这丫头却先念起了内心独白：

“食客朋友们，大家好，我是方可期！”

乔鹤鼓掌的动作一顿，有种不好的预感，极度不好。

方可期说：“今天，我失恋了，确切地说，是结束了为期半个月零十三个小时的暗恋！我很难过，但是我不后悔。因为我喜欢的人特别优秀，他是我见过的人里最……周总？”

最周总？这是什么形容？

方可期酒劲儿上头，似乎忘了手里还拿着麦，她手一伸，直指坐在不远处的年轻男人，兴冲冲地向乔鹤介绍：“薄荷，你看，那个就是我们公司的副总，天天戴着十几万的腕表到处晃。每次看见他，我都会跟自己说，方可期，你一定要努力，只要你努力工作，你老板迟早能戴上更贵更好的腕表！”

周围一阵哄笑，还有人吹着口哨喊了声好。

乔鹤长长地叹了口气，心想，好嘛，演唱会改脱口秀了。

(55)

周奕杨没想到吃个宵夜还能吃出一场闹剧。

方可期的手指隔空戳向他的脑门，周奕杨没恼，嚼着醉蟹钳仔细想了想，终于想起来，这女孩是公司设计部的，好像姓方，入职不久，开晨会时甩了他一身钢笔墨水。

周奕杨刚想出点头绪，方可期忽然一个立正，诚恳道：“请领导放心，为了你的豪车你的名表，我会努力工作的！”

周围笑声更响，周奕杨一口蟹钳直接咽岔了路，呛得七荤八素。

方可期还要说话，乔鹤立即捂住了她那张招灾惹祸的嘴。

闭嘴吧我的多啦A七，你工作要保不住了，你知道吗？！

霍听澜姗姗来迟，他临时被周奕杨叫出来吃宵夜，头发都没吹干，额发盖过眉毛，显出几分柔软的书卷气。

走过来就看见周奕杨仰倒在椅子上，笑成一只哈士奇，霍听澜在他肩膀上推了一下，问他怎么了。

周奕杨抬手一指，说：“那个，我们公司的小女孩，喝多了酒，立誓要为我的豪车我的名表奋斗终生。我要不要给她加点奖金哪，这么好的员工不多见了！”

霍听澜一听，也笑了。他转过头，第一眼没看到方可期，倒是先看见了乔鹤。

乔鹤绾了个高马尾，发梢微卷，纯色短T恤下一截细窄的腰，清新明艳。

她忙着看顾方可期，被脚边的音箱绊了一下，身形一晃。旁边一个穿花衬衫的男人作势要扶她，说是扶，手却伸向短T恤下那截未被衣摆覆盖的皮肤。

霍听澜快步上前，拧身横切，挡住“花衬衫”的手，同时，乔鹤半摔半倚地落进他怀里。

乔鹤的后背紧贴霍听澜的胸膛，轻轻一撞，触感星火般灼热。

乔鹤吓了一跳，惶然抬头，视线沿着身后人的喉结一路攀爬，看到霍听澜的眼睛。

对视的瞬间紧绷的神经便放松下来，乔鹤皱了皱鼻子，嘀咕：“真是缘分哪，我走到哪里都能碰见你！”

霍听澜抬手在乔鹤脑袋上揉了一下，笑着说：“这话应该我来说吧！要我帮忙吗？送你们回家？”

不等乔鹤开口，方可期忽然“咦”了一声。

方可期沾了酒，脑袋昏沉沉，但不是完全不清醒。她歪头看着霍听澜，说：“我认识你，你参加过综艺，叫什么街还是什么路的……我家薄荷可喜欢你了！她……”

乔鹤一把捂住方可期的嘴，讪笑：“她喝醉了，别理她。”

“紧张什么？喜欢我又不是见不得人的事，”霍听澜说，“不必藏着掖着。”

乔鹤脱口而出：“可是你说过，你不喜欢被爱，讨厌背负太多感情！”

话音落地，乔鹤恨不得把自己的舌头咬下来。

“喜欢和爱可不一样，”霍听澜笑着拍拍乔鹤的脑袋，像拍一只小奶猫，“你只是有点喜欢我，或者说，有点崇拜和欣赏，远远达不到爱的程度。你还小，小女孩经常会把细腻的感情无限放大，一点点小心动也能当作刻骨铭心。”

乔鹤小声说：“如果我对你不止有一点点的喜欢呢？”

如果我很喜欢很喜欢你呢？

声音压得太低，霍听澜没听清，他向乔鹤靠近：“你说什么？”

乔鹤下意识地退开一步，摇头说没什么。

霍听澜没再追问，他看了看四周，问乔鹤：“你车停哪儿了？我送你们回去。”

乔鹤正要拒绝，周奕杨凑过来，笑着指了指方可期：“以我的经验，这丫头酒醒之后肯定要递辞职报告。事先说明啊，本老板不批，请假也不批。这么有意思的员工，必须留着！”

方可期半梦半醒，胆子奇大，靠在乔鹤身上嘀咕了一句：“不愧是姓周的，周扒皮！”

周奕杨被骂得一愣，竖了竖拇指：“小丫头，有胆色。”

乔鹤再不敢多待，拽着方可期逃命似的溜了。

（56）

周奕杨这么一搅和，乔鹤没能拒绝霍听澜。

霍听澜是开乔鹤的车送她们回去的，乔鹤把方可期塞进后座，小丫头很快睡着。半路，乔鹤接到邹小刀打来的电话，提醒她千万千万不要忘了周末去逛博物馆。

除了上学，邹小刀很少离开枫叶胡同，大部分时间他都被关在那个小院子里，守着双目失明的奶奶。

霍听澜听到些话音，说：“你要去逛博物馆吗？大概七岁的时候吧，我外公跟博物馆的文保科技部有合作，他在办公区上班，我在馆里闲逛，足足逛了一整年，背下了每一件藏品所对应的文字说明，然后我就跟在讲解员后面挑毛病，嫌人家讲解词写得不够详细。馆里的讲解员说他们最烦两样东西，一个是嗑东西的耗子，一个是会说话的霍听澜。”

乔鹤被逗笑了，也拣了件小时候的趣事说给霍听澜听：“我小时候喜欢逛料市，就是石料市场。里面有玩赌石的，一块毛料摆在台上，先叫价后下刀，谁也不知道能开出什么，也许价值连城，也许一文不值。十二岁时，我拿着压岁钱玩过一次，一刀下去蓝绿带灰，油青种，不错的料子。有人欺负我年纪小，非要我把石料转卖给他，不卖不让走。

我恼了，一脚踹在他腿间，掉头就跑。自那以后，我成了行里的名人，大家都知道如意轩有个会赌石还会踹人下三路的小丫头。”

霍听澜笑起来：“我要是程师傅，一定严禁你赌石。”

乔鹤叹了一声，说：“我师父的确是这么干的。师父说，手艺人凭本事吃饭，手要巧，心要细，也要静。赌石和赌钱，其实没什么分别，四分眼力，四分狡诈，两分运气。投机取巧的甜头吃多了，便再也静不下心来雕东西，自然也再雕不出好东西。他给了我三天时间，让我想清楚究竟要做什么样的人。想赌石就别碰刻刀，拿起刻刀，就必须抛下偷奸耍滑的小心思，从基本功课开始，扎实锤炼。”

霍听澜看着前方被车灯照亮的路面，轻声说：“程师傅不是盼着你有多高超的技艺，他只是希望你能做一个好人，一生不沾罪行，一生磊落光明。”

一生不沾罪行，一生磊落光明。

乔鹤心头倏然一颤，像是被什么东西攥了一下。

她坐副驾驶座，不好盯着霍听澜的脸细看，于是目光下移，落在了他手上。

指骨修长清瘦，圈着方向盘，发力时，手背上有青色的脉络痕迹。

很漂亮的一双手，亦如他的为人，清隽挺拔。

福至心灵一般，乔鹤抬起眼睛，看着霍听澜的侧脸，轻声问：“也有人对你说过这样的话吧——要你做一个好人，要你一生无愧……”

霍听澜顿了一下才回答：“有，我的老师。”

乔鹤本以为他会说是外公林敬宗。

究竟是什么样的老师，能在霍听澜生命中留下如此深刻的痕迹？

给他无双技艺，又要求他必须做一个好人。所以，他才会用一种悲悯并沉重的眼光看待整个行业。

我学作伪，不为谋财，只求肃儆。

惩恶劝善，激浊扬清，为肃；遏恶防邪，告诫世人，为儆。

惩恶劝善、告诫世人……

教会霍听澜这些道理的“老师”，会不会是……康建辉?

他已经走错了路，无法挽回，不希望霍听澜再错，于是，要求霍听澜必须做一个好人?

是这样吗?

霍听澜竭力做一个好人，不仅仅是为自己，也是为他的老师。

他在替他的老师忏悔，替老师赎罪，替老师完成未尽的心愿。

他近乎严苛地要求自己，是因为他要用一场人生走完两个人的路。

是这样吗?

（57）

吃宵夜的地方离方可期家不远，转过几个路口便到了。

霍听澜先下车，忽然听见乔鹤说：“你有没有发现，我们其实很像?”

起风了，天气不太好，四周静悄悄的。

乔鹤声音温柔，掰着手指一样样地数给他看：“我们从事相近的行业，瓷和玉，古玩和雕刻。你喜欢书法，我也喜欢；你写瘦金体很好看，我写行楷也不差。你受老师教诲，立誓做一个好人，问心无愧；我被师父管束，许诺不骗人，不售假，不让良心蒙尘。你看，我们有这么多交集，足以证明我对你的喜欢不是空穴来风。”

霍听澜站在树影下，黑暗藏住了他脸上瞬间的愣怔。

他不出声，乔鹤也不在意，继续说：“崇拜也好，欣赏也罢，它们都是我的感情，我心里的声音。当它们告诉我，那个叫霍听澜的男人值得我欣赏和崇拜时，我就知道我心动了，我遇见喜欢的人了。”

“你说喜欢和爱不一样，”乔鹤眼神清透，“是因为喜欢之于爱，更轻。喜欢只是喜欢，而爱，是好多好多的喜欢。我想我对你，就是好多好多的喜欢。这些喜欢源自我跟你的交集，也源自你带给我的震撼。霍听澜，我再说一遍，它们不是空穴来风。”

这样坦然又热烈的表白，这样赤诚且不加掩饰的追求，却条理分明，井然有序。

霍听澜承认，他有些乱了。

那些他惯用的面具，或冷漠，或阴郁，在这一刻，被摘下，被击穿。

明明只是一个小女孩，却恍若操纵着千军万马，在他心头撕开大片辽阔的荒原。

闷雷滚滚，大雨将至。

霍听澜喉结微颤，他强撑起一副镇静的皮囊，面上毫无表情，老调重弹：“我这样的人，其实并不适合……”

“不适合什么？被爱吗？”乔鹤打断他，眼睛温柔地弯起来，“抱歉，你拒绝向栀那天，我就在餐厅外面。我会一点点唇语，所以，听到了，确切地说，是‘看’到了你对她说的话。”

嘴上说着抱歉，声音里却没有丝毫歉意，乔鹤眼神明亮，静静地看着霍听澜：“你的老师教会了你要坦荡地做人，似乎忘了教你要坦荡地接受爱与被爱。没关系，漏掉的这一课，我来帮你补上，我来告诉你，爱有多美好。”

希望有一天，或者，有那么一个人，能让你明白，再没什么东西比真心更难得，比爱更强大。

霍听澜的心跳有一瞬的停顿，接着，凌乱如仲夏夜的雨。他恍惚听见悠远的教堂钟声，以及孩子们吟唱诗歌的声音。

诸多声音交杂，本该是混乱的，霍听澜却感觉到，他的心神奇地安静下去。

空气里似乎有佛香的味道，绕在霍听澜周身，丝丝缕缕，温暖着他。

原来，被爱是安静的，也是暖的。

霍听澜有些走神，乔鹤伸手到他眼前，晃了晃，脸上依旧挂着笑吟吟的神情："我都说了这么多话了，你也表个态嘛！拒绝我，还是愿意给我个机会？"

霍听澜露出鲜有的迟钝，竟然跟不上她的思路："什么机会？"

乔鹤坦坦荡荡："追你的机会呀！"

霍听澜几乎噎住，顿了顿，竟然笑了。

这一笑，无奈又温柔，胜过人间最好的春色。

真是出息大发了，霍听澜笑着想，竟然被一个小姑娘杀得措手不及，满盘皆输。

乔鹤满怀期待，却不忐忑，眼神明亮，瞅着他："正在被追求的霍先生，你愿不愿意空出一天时间，带我和另外一个小朋友，去逛逛博物馆？再做一下临时讲解员？"

霍听澜低笑一声。

当他不再强作镇静，通身的气度很快便回来。

他是家境优渥的小公子，不沾烟火，俊逸出尘，随便笑一笑，都是罕见的好风景。

乔鹤咬着嘴唇，等霍听澜回答。

她的胸膛起伏得有些快，再如何勇敢，如同万马千军，终究是小女孩，多少有些紧张。

“好吧，”霍听澜笑了笑，眼睛里映着暴雨前夕的颜色，恍若银河，“机会给你了，但是，追不到，可不许哭。”

凭乔鹤对霍听澜的了解，自然知道，能说出这样的话，对他来说已经是了不得的让步。

这个看似风情无限的男人，其实从未对谁敞开过感情的门。

他一直圈禁自己，欢乐自饮，悲苦也自饮。久而久之，养出了一副钢筋铁骨，也养出了一副冷心冷肠。

就像他同霍杉说的，世上根本没有什么感同身受，唯有熬着，方得自救。

他一直在煎熬，康建辉饮弹自尽后，他的煎熬便再也看不到尽头。

“那天在寺院，你说你没有愿望，”乔鹤依旧是笑盈盈的，她皮肤白，柔软莹润，项链和耳钉俱是小巧精致，整个人都是温暖的。她说，“现在，你可以许愿了。比如，可以在深夜发消息给我，说早餐想吃牛奶和三明治。也可以在天气最热的时候许愿冬天要去能滑雪的地方度假。我会做好你爱吃的东西，送到你家门口，也会提前订好机票，做好攻略，准备好一切，陪你去看雪。试着对生活怀有期盼吧，我会帮你实现的。”

没有盼的人，才会没有愿。

霍听澜，我会帮你重新找回对生活的期盼与热爱。

无论之前你对这世界有多么失望。

你要相信我。

乔鹤眼睛生得秀气，一笑便弯成柔软的线，眼底有亮晶晶的光。

那光好看得让霍听澜想伸手过去碰一碰。碰一碰她的眼睛，也碰一碰她带笑的嘴角。

霍听澜立即将双手插进口袋，遏止了那股没来由的冲动。

然而，渴望一旦滋生，就会在心头肆意生长，如同大火燎原。

虚幻的神明在半空中慈悲地垂眼，且看他能忍到何时。

（58）

雨，是在夜晚快要结束时下起来的。

霍听澜几乎整夜没睡，也不困，他倒了杯酒，站在阳台上，身后一室寂寂清冷。

电脑旁摆着旧相框，照片里的霍听澜年纪尚小，身量未足，傻笑着被两个男人拥在中间。

右手边的老人是他外公，左手边那个器宇轩昂的中年男人却有些眼生。

如果乔鹤在这里，一定会惊讶，这个人分明是康建辉。她查找资料时，曾看过这个文物走私犯的照片。

音响开着，播的却不是摇滚乐或交响曲，而是昆曲。

一把戏腔极尽缱绻，唱着：

“愿此生终老温柔，白云不羡仙乡，唯愿取，恩情美满，地久天长。”

霍听澜的母亲叫林成溪，生病前是小有名气的昆剧演员，闺门旦，拿过不少奖。所有人都看好她，她却告别舞台，结婚生子，怀抱着对幸福生活的憧憬。

可惜，她奉为信仰的爱情背叛了她。她钟爱的舞台，也没有再次接纳她。

终是落得一个两手空空。

就像那句唱词——

生和死，孤寒命，有情人叫不出情人应……

爱这东西，到底值不值得他放下芥蒂，再信一次？

乔鹤，我能信你吗？

早高峰过了，霍听澜才出门。他换了身衣服，黑色衬衣和长裤，英俊肃杀。脖子上有根结绳，坠着一枚翡翠玉佛。

最好的老坑玻璃种，透得像一汪流动的水。

外公送他的礼物，每次去看林成溪，他都会戴着，假装有佛在保佑他，她不必担心。

林成溪住的疗养中心在市郊，私人的，庄园式建筑，环境很好。

园区严禁鸣笛，车只能停在外面。霍听澜穿过架在窄河上的小桥，走进一个房间。林成溪一身缎面旗袍，盘发，正看书，从她身边的窗子望出去，是漂亮的荷塘流水。

护士走在霍听澜身边，小声叮嘱：“霍夫人刚吃过药，状态还好，千万别刺激她。”

霍听澜说：“她姓林，叫她林女士。”

林成溪听见脚步声，抬起头，眼神柔软，笑着招呼：“你来了。”

霍听澜立即走到她身边，弯腰坐下时，玉佛从领口掉出来。

林成溪看见，笑着说：“祖上留下的东西，我都没有戴过，就给了你，你外公就是偏心。”

霍听澜作势要摘下，林成溪按住他的手：“戴着吧，你常年在外面忙，有个护身的东西，我放心。有时间多去看看外公，他……”笑容倏地一淡，神色里浮起几分自嘲，“我怎么又忘了，你外公已经去世很久，我早就没有爸爸了……”

霍听澜握住林成溪的手，揉着她冰凉的指尖，说：“没关系，您还有我，我长大了。”

“对不起，宝贝，”林成溪眼眶红了，轻声说，“妈妈一直在生病，病得太久了，没能好好照顾你，让我的宝贝吃了很多苦，对不起。”

霍听澜仍是那一句：“没关系，我长大了。”

他的眼睛像林成溪，鼻子也像，笑起来的样子更像，唯独性格。

林成溪太柔弱，像紫藤，必须依附，而霍听澜的个性更趋近霍向磊。他继承了霍家的姓氏，也继承了姓氏下的凉薄和硬骨。

永远气宇雍容，永远冷静自持。

没有崩溃，也不必崩溃。

林成溪擦掉眼泪，笑着说：“是啊，我的宝贝长大了，身边有没有合心意的女孩子？以前，你虞欢阿姨总说……”

话说到这里，骤然一顿，霍听澜立即接过来：“有一个，年纪比我小，但是很勇敢，跟我表白，让我给她一个追我的机会。下次来看您，我会带上她。”

林成溪笑得很开心，问：“她叫什么名字？”

霍听澜说：“乔鹤，云中白鹤的‘鹤’。”

林成溪笑着点头：“丹顶宜承日，霜翎不染泥——鹤寓意忠贞高洁，以鹤为名的姑娘必然是个好姑娘，我一定会喜欢她。”

霍听澜的手搭在桌面上，修长细白。林成溪轻轻握住，说：“近些年我的精神状态时好时坏，过得浑浑噩噩，但是母子连心，你在想什么，我大致能猜到几分。我实在病得太久了，一直没能找到机会告诉你——时至今日，我依然相信，爱是世界上最美好的东西。保持憧憬，满怀期待，才会有好事发生。”

霍听澜转过头，透过半开的窗子，能看见三亩荷塘，也看得见日光云海。

多美呀。

这世界大得出奇，也广得可怕，总要试一次吧。

好好地去爱，不谈辜负，没有背叛。

第八章

/
没有追不到的心上人

(59)

有了盼头日子就过得飞快，乔鹤都搞不清这几天究竟干了点什么，周末就来了。

星期五晚上，乔鹤脑中的多巴胺浓度达到巅峰，实在无法静心待在机器房，索性用 iPad 看攻略——如何参观博物馆。

云林自她身后路过，瞄到屏幕，脸上的表情像遭了雷劈。

行为异常的不止乔鹤，还有一个邹小刀。半小时的工夫，这小鬼往程家跑了四趟，什么都不说，只站在廊下探头看乔鹤一眼，转身就走，一贯的面无表情。

乔鹤无奈，拎着邹小刀的衣领，把他放在小院的石桌前，让他安生坐下吃西瓜。

日暮，夕阳浓烈，老人摇着蒲扇乘凉，小孩子奔跑着，嬉笑打闹，一天中最清闲的时刻。

乔鹤托着下巴看云看日落，忽然心念一动，用手机拍下她看到的风景，然后点开霍听澜的名字，发给他，还有一句留言——

晓看天色暮看云。

唐寅的词，下一句是——行也思君，坐也思君。

一腔心意，婉约动人，又饱含风情。

手机响了一声，乔鹤没急着去看。赤绘茶碗里一泓碧螺春，她喝了几口，在幽幽茶香里，读霍听澜的回复，很简单的一句——

明早我来接你。

舌尖忽然尝到一丝异样的甜，像新制的枫糖。

乔鹤托着下巴，笑弯了眼睛。

邹小刀伸出手，指尖在乔鹤勾起的嘴角上轻轻一戳，老气横秋："谈恋爱了吧？"

乔鹤弹他的脑袋："胡说八道！"

邹小刀"啧"了一声："你害羞什么呢？多大人了！实话告诉你，若我早生二十年，绝轮不到外头那些乱七八糟的男人往你身边凑。可惜，生不逢时。"

末了，一声长叹。

乔鹤都不知道该从哪一句开始震惊了，戳着邹小刀的脑门说："成语会得不少哈，期末考试，我等着看你的语文成绩！"

邹小刀抱着没吃完的半块西瓜，起身走了。

玩不起就直说，何必拿考试吓唬人。

为了明天能有饱满的精神状态，乔鹤早早地进了被窝，临睡前还发了条朋友圈：

“爸爸妈妈去上班，我去博物馆。明天见啦！”

隔着屏幕，都能感受到雀跃的小心情。

睡得早，不到六点半，乔鹤就醒了，给院子里的花花草草浇过水，又喂了鱼，拎着早点去叫邹小刀起床。

邹小刀早就起了，正用湿毛巾帮奶奶擦脸擦手，还把脏衣服扔进洗衣机里转了转，家务活干得十分利落。

乔鹤去厨房拿了餐具，招呼一老一少来吃早饭。这时，有人叩响了大门上的铜门环。

邹小刀咬着包子嘀咕：“这么早，谁会来？”

这边话音刚出口，那边乔鹤已经冲了出去。

乔鹤以为是霍听澜来了，一路小跑，伸手推开小院的大门，抬起头时，脸上是藏都藏不住的明媚笑容，眼睛里的光亮胜过万物生长。

可是，她在看清来人的一瞬，笑容却急速退下去，欢喜瞬间转为错愕，眼睛里也没了光，干巴巴的。

落差太大，变化过于明显，程璟川想装作看不出都难，不由得皱眉，训斥：“你这是什么表情？”

“天降横祸的表情！”乔鹤瞥他一眼，强调，“我今天不想吵架，你不要气我！”

“怎么说话的！”话一出口，程璟川意识到自己有点冲，生生压下去半截脾气，“不是要去博物馆吗？我刚好有时间，送你们过去。”

乔鹤有点惊讶，不等她反应，巷口响起轰鸣声，一辆 SUV 慢慢开过来。

车牌很陌生，不是附近邻居，程璟川尚未看清是谁坐在里面，乔鹤已经跑过去。

起风了，晨雾消散，程璟川下意识地想拽住她，手伸出去，却扑了个空。乔鹤白色的裙摆被风吹扬起来，擦过程璟川探出的手，带起细碎的凉意，流水一般，流淌而过。

程璟川站在原地，看着自己的指尖，忽然意识到，这是一个挽留的姿势，同时，他也知道，他可能留不住乔鹤了。

（60）

仿佛有人调慢了倍速，时间忽然变得无限长，程璟川注意到很多有意思的小细节。

乔鹤跑向那辆 SUV 时，神情是雀跃的，有饱满的快乐。车上的人没有立即走下来，而是按下车窗，说了句什么，然后伸手在乔鹤脑袋上揉了揉。

那是双极好看的手，细白修长，骨节精致。

那也是双男人的手，舒握间带着鲜明的力度。

乔鹤歪了下脑袋，顺着力道，在那人掌心里蹭了蹭，模样甜美，亦乖巧。

很细微的动作，却暧昧撩人。

刹那间，程璟川想，他知道坐在车里的人是谁了。

霍听澜推开车门，鞋跟踩到碎石粒，“嗒”的一声。

那是个身形挺拔的男人，脊背笔直，小胡同里略显陈旧的砖瓦盛不下他身上的气势，显出一种灰蒙蒙的雾感。乔鹤站在他身边，裙子和鞋都是白色，还有小腿，光滑细嫩，腰带勾出身段曲线，清新之中，揉进了一点儿似有若无的欲。

程璟川抿着嘴唇，咬肌绷得很紧。

他一直都知道乔鹤好看，只是没想到，她还可以更好看，在霍听澜面前……

邹小刀听见动静，从院子里跑出来，嘴上还咬着半个小笼包。他先看到程璟川，接着又是霍听澜，明显一愣，难得露出几分孩童该有的稚气，小声问：“你们都要去博物馆吗？”

这俩男的气场全开，孔雀似的，看上去更像要走秀！

霍听澜打开后面的车门，拿出一个裹着包装纸的大盒子，半蹲在邹小刀面前，与他视线平齐，笑着说：“我姓霍，是今天博物馆之行的临时讲解员，你可以叫我霍叔……”

乔鹤拍拍霍听澜的肩膀，提醒：“他叫我姐姐。”

霍听澜挑眉，不等他再开口，邹小刀立即说：“我可以叫你哥哥！”

“反应还挺快，”霍听澜笑着将盒子递过去，“见面礼。”

邹小刀第一次收到这么大的礼物，不敢接，仰头看乔鹤。

乔鹤在他脑门上弹了一下：“说谢谢！”

邹小刀立即说谢谢哥哥，然后蹲在地上开始拆包装。

盒子里是个变形金刚，个头很大，足有四十厘米高，材料里有合金成分，机械感十足。

邹小刀哇的一声，十分惊喜。

乔鹤看了看这家伙的个头，嘀咕：“夜里它会不会突然活过来，带着其他玩具一起造反？”

霍听澜拍她的脑袋：“胡说八道。”

说到这里，霍听澜才去看程璟川，像是刚发现他也在场，噙着浅淡的笑意，伸出手：“程先生，又见面了。”

程璟川盯着霍听澜看了近两秒，慢慢伸出手，短暂一握，同样笑意浅淡，故意问：“这次不是恰巧遇见吧？”

“当然！”霍听澜半回头，目光在乔鹤身上轻轻一扫，很快转过来，与程璟川坦然对视，道，“我是专门来接乔鹤的，还有小朋友，约好了带他们两个出去玩。”

乔鹤在前，小朋友成了附属。

很普通的一句话，却透出隐约的暧昧。

乔鹤低下头，佯装看石缝里的小野花，唇边慢慢旋起酒窝。

程璟川额角青筋微露。

他这才明白，朋友圈里那句“明天见”，是说给霍听澜的。

程璟川不由得有些自嘲，他想自己真是可怜，只看到一条称谓不明的动态，就管不住自己了，特意从学校跑回来献殷勤。

可惜这份殷勤乔鹤并不在乎，也不需要。她从不关注他都做了些什么，因为她的眼睛里根本没有他。

事已至此，还有什么不明白，再多说下去，就成了纠缠，难看，也难堪，高傲如程璟川，自然不会让自己落到那般田地。

理智的人，永远懂得留下三分颜面，给自己，也给他人。

老话说，无知者无畏，人若是太聪明，看得太透，就容易失掉冲动，也失掉勇气。一切都圈在安全线内，都是可控的，不会脱缰，不会风度全无。

程璟川主动退了一步，将路让出来，眼神很静，说："开车注意安全，玩得开心些。"

乔鹤一贯勇气十足，情商欠费，她隐隐觉得程璟川不对劲，又说不上来究竟哪里不对劲，稀里糊涂地点头说知道了。

霍听澜拉开后面的车门，等乔鹤和邹小刀都坐进去，他才看向程璟川，笑着说："放心，我会照顾她的。"

是她，而不是他们。

说者听者皆有意，专挑对方的软肋踩。

程璟川也笑，说："早点送她回来，太晚，我不放心。"

霍听澜眉梢微抬，本就是烟火气很淡的人，摆出这样的表情，英俊之上又添风流，像个十足的坏家伙，说："那就要看乔鹤的意思了，也许，她想多玩一会儿。"

这话摆明了是在挑衅，程璟川险些一拳砸过去，小臂肌肉绷得太紧，微微发疼。

霍听澜却笑起来，他拍拍程璟川的肩膀，像安慰一个相识多年的老朋友，说："好了好了，不气你了！你也别总把我代入坏人的角色里，我没你想象的那么可怕，更不会欺负小女孩！我一定把她平安送回来，保证一根头发都不会少，可以吧？"

说完，霍听澜拉开车门坐进去，发动前，还不忘同程璟川挥手作别。

（61）

倒车镜框出方寸画面，程璟川的身形倒映其中，徒有高大，却无细节，面目模糊。

乔鹤看了一眼，嘀咕："师哥好像有心事……"

他的心事，就是你啊，小笨蛋！

霍听澜心里叹息，随口问了一句：“程璟川对你很好吧？”

“好是好，”乔鹤说，“不过，他脾气有点坏，总凶巴巴的。我小时候连师父都不怕，只怕他！他多看我一眼，我都想哭。”

霍听澜从后视镜里瞥到乔鹤苦恼的小表情，忍不住笑起来。

他想，能把关系处成这样，一方面是因为程璟川太倔，另一方面，是你太傻!

傻到连程璟川的心意都看不出来……

乔鹤陪邹小刀坐在后面，她忽然扑过去，抱着驾驶位的椅背，探头去看霍听澜的表情，小声问：“你是不是很介意我和程璟川的关系呀？我发誓我只对你一个人有想法！”

霍听澜在她脑袋上弹了一下，提醒：“坐好！小朋友在看你呢！”

邹小刀正吃薯片，闻言，幽幽一叹：“女大不中留哇……”

霍听澜大笑出声，乔鹤险些从椅子上栽下去。

周末，博物馆里人多，入场时，霍听澜怕走散，将邹小刀抱了起来。

乔鹤看在眼里，无比惆怅——做小孩儿真好，她也想要亲亲抱抱举高高!

霍听澜走在前面，回头时刚好瞄到乔鹤的表情，顿时笑了，低头对邹小刀说：“怎么办哪小朋友，你的乔鹤姐姐也想让我抱她！”

刻意压低的声音，堪称温柔。

霍听澜明明在一步之外，乔鹤却有种他就在她耳边的错觉，说话时微热的气息，衣领袖口间的淡香……

脸红成一团，乔鹤羞恼地瞪他一眼，快步进了馆内。

身后一声轻笑，也不知是谁在笑她。

第一个场馆展出的是瓷器，四周光线暗淡，只有展台是明亮的。

邹小刀隔着防护玻璃看得起劲，霍听澜站在他身后，轻声说：“中国是著名的陶瓷古国，历史悠久，其中，元、明、清三代为制瓷的巅峰。你眼前这个高足杯，就是明朝的斗彩杯。”

邹小刀听得兴起，拽了拽霍听澜的衣袖，示意他靠得近些。

霍听澜索性蹲下，张开手臂，将邹小刀半圈在怀里，继续说：“斗彩，一种传统的制瓷工艺，创烧于明宣德年，成化时期备受推崇。听说过成化斗彩鸡缸杯吗？苏富比的春拍会，以 2.8 亿港元的成交价刷新纪录，堪称业内神品。”

听到这，乔鹤悄悄推了霍听澜一下，低声问：“这个鸡缸杯，你家里不会也囤了几个吧？”

霍听澜点头：“有啊。”

乔鹤险些被口水呛到。

霍听澜一本正经：“不过，不是成化年的，是去年的。金缮修复师霍听澜先生亲手烧制，具有很高的艺术价值和使用价值，适合养鱼养花养乌龟，或者吃面条。”

乔鹤：“……”

骗小孩儿是不对的！

三个人慢慢往前走，邹小刀负责看，霍听澜负责说，乔鹤负责……帮讲解员拿水拎外套。

霍听澜脑袋里存着整套瓷器发展史，宋代的五大名窑，元代的浮梁瓷局，赫赫有名的青花和影青，康熙年间华贵绚丽的五彩……

他还讲了点历史八卦，比如明后期的奇葩皇帝们，自建动物园的环保皇帝朱厚照，不怎么爱上朝的宅男皇帝朱翊钧，热爱木匠活的手工皇帝朱由校，以及清朝末年慈禧老佛爷轰轰烈烈的败家史。

霍听澜说得口干，找乔鹤要水喝，忽然发现身后多了十来个小朋友。

娃娃们背着小书包，戴着小圆帽，整整齐齐排成排，拖着甜腻腻的小奶音，异口同声：“后来呢？”

霍听澜一口水直接喝呛了，捂着嘴躲到乔鹤身后整理仪容。

乔鹤很少见到霍听澜这般狼狈，笑得眉眼弯弯，低声说：“一年级小分队，跟了你一路了，边听边做笔记，不会写字就用画的，超可爱。”

带队老师是个年轻女孩，站在后面，笑容羞怯，说：“孩子们很喜欢听你讲解，就跟过来了，没打扰你们吧？

离他们最近的展台上摆着青花狮子戏球瓶，明正统年制。

霍听澜招招手，让孩子们聚过来：“刚刚说到明朝宣德年间是青花瓷生产烧制的黄金时期，下面，就说说元青花和明青花的区别吧——”

小朋友们一个挨一个，极像羽毛未丰的雏鸟，挤在霍听澜身边，边听边问，小奶音又甜又可爱。

女老师天生一双笑眼，清秀甜美，偷偷问乔鹤：“这位先生是你男朋友吗？”

乔鹤实话实说：“还不是。”

女老师重点抓得很妙：“还？”

乔鹤压低声音：“我在追他！”

女老师审视片刻，评估：“这位先生看起来可不太好追，”乔鹤正要表明决心，老师话音一转，“但是，直觉告诉我，你一定会成功的！我跟你说，女人的直觉是最灵验的！”

乔鹤笑起来，重重点头：“我的直觉也告诉我，我肯定能成功！”

两个姑娘站得稍远，声音压得很低，霍听澜不可能听见她们的对话，却像是有所感应，回头瞥了一眼。

那目光是惯有的平静，越过嘈杂与人群，径直落在乔鹤身上，精准而稳妥，短暂停顿后，又转了回去。

前后不过一两秒，很短，却专注，乔鹤能清晰地感觉到，那目光里，只有她。

乔鹤抿了抿嘴唇，偷偷微笑。

没有追不到的心上人，只有不够努力的乔鹤！

乔鹤，你要再努力一点儿呀！

（62）

小朋友们在霍听澜身边围了两个多小时，才被老师带走。临走前排成排，挨个跟霍听澜挥手说再见。还有小朋友从书包里拿出小红花贴纸，很认真地贴在霍听澜的手背上，说：“表现优秀的小朋友都有小红花，表现优秀的叔叔也要有。”

乔鹤被萌得不行，连声说这也太可爱了！

霍听澜摸了摸乔鹤的脑袋，留了张名片给带队老师，说：“如果孩子们对瓷器文化感兴趣，可以联系我。我外公创作过一些这方面的科普读物，我愿意捐赠给贵校图书馆。”

女老师接过名片看了看，“啊”的一声，有些激动地说：“我有关注你的微博哎！我第一眼看到你，就觉得眼熟，没想到居然是真的……”

乔鹤瞬间打翻了醋坛子，心想，关注微博算什么呀，我还加了粉丝群，还会画Q版小人给话题增热度，还当着他的面说过要追他呢，你不要试图挖墙脚啊，我警告你！

等女老师带着小朋友们走远，乔鹤表情深沉，说：“你去学校送赠书的时候，必须带上我，我的小雷达已经开始预警了！”

霍听澜没听懂：“什么雷达？”

乔鹤一本正经：“潜在情敌检测雷达。以霍听澜本人为中心，防御半径三米，全程远红外监控，高速数据连接，同时埋设反步兵地雷，情敌什么的，来一个炸一个！”

霍听澜没忍住，笑了。

乔鹤往他小腿上踢了一脚：“严肃点，我是认真的。”

霍听澜弯腰将邹小刀抱起来，问他：“小朋友，你见过比乔薄荷更可爱的女孩子吗？”

邹小刀想了想，掷地有声：“没见过！”

霍听澜笑了，他捏捏小朋友的脸，用一种轻缓又低柔的声音，说：“真巧，我也没见过。”说完，他抱着邹小刀朝下一个场馆走。

乔鹤愣在原地，有点没反应过来。

邹小刀半回身，趴在霍听澜肩膀上，对乔鹤说：“笨蛋，哥哥说，你是他见过的最可爱的女孩子！其他人都不如你！”

附近的游客听见这一句，都笑起来，乔鹤再度烧红了脸。

公共场合，不许喧哗！臭小子，你嚷那么大声做什么！

(63)

其他小孩儿都喜欢去游乐场，邹小刀小朋友却对博物馆情有独钟，守着一方砚台都能看半天。霍听澜又拣了几个与端砚有关的小故事说给他听。小孩儿两眼放光，彻底把霍某人当成了人生偶像。

邹小刀勾了勾手指，示意霍听澜靠近些。霍听澜弯腰凑过去，邹小刀附在他耳朵边，轻声说："哥哥，你别怕，薄荷不会喜欢璟川哥哥的，他们俩个性不和。"

霍听澜发现凡是跟乔鹤沾上边的，不管大人还是小孩儿，都格外神奇，他故意露出惊讶的表情："这都被你看出来了！"

"璟川哥不喜欢玉雕，也不喜欢薄荷做玉雕。"邹小刀皱着眉毛，一副"替你们操碎了心的"犯愁模样，低声说，"他跟程伯伯吵架，还说薄荷没出息，不好好读书，只顾雕石头，薄荷都被他气哭了。"

霍听澜回过头，乔鹤坐在休息区的木凳上，大概困了，脑袋不住地往下沉，像小鸡吃米。

"你看——"邹小刀拉高裤脚，露出一根手编的红结绳，交错地穿着玉环和长圆珠，"薄荷做的，很好看吧，这么厉害的薄荷，怎么会没出息呢！"

霍听澜叹了一声："程璟川这样说她，她还能心无芥蒂，看起来，乔薄荷是一棵不太会记仇的薄荷。"

邹小刀用力点头："薄荷真的特别好！乐观开朗不爱作，人美嘴甜赚钱多！"

这还押上韵了！

霍听澜笑着扶额，说："小朋友，我单方面任命你为乔薄荷相亲代言人，小掌柜首席推广大使。"

邹大使表情严肃，说："不要岔开话题，你到底喜不喜欢薄荷嘛！"

霍听澜在他脑袋上拍了拍，忽然说："知道诗人北岛吗？他写过一首组诗叫《太阳城札记》，其中有这样几句：老树倒下了，轰然一声，空中飘落着咸涩的雨。"

邹小刀有点蒙——

啥意思啊？这是喜欢还是不喜欢啊？欺负小朋友读书少是不是？

霍听澜在他鼻尖上弹了一下：“你可以把我念的那首诗转述给薄荷。”

邹小刀在博物馆里耗了整整一天，闭馆时间到了，才恋恋不舍地往外走。乔鹤在购物区买了几个纪念品，书签、钥匙扣、签字笔，还有笔记本，都送给了邹小刀。

邹姓小朋友颇具慧根，拆开笔记本的包装，递到霍听澜面前，眼巴巴地瞅着他，问：“哥哥，你能写几句赠言给我吗？”

霍听澜思考片刻，在本子上写下一行小字，乔鹤熟悉的瘦金体，清秀漂亮——

博学之，审问之，慎思之，明辨之，笃行之。

出自《礼记·中庸》。

“这句话是八岁那年，外公送给我的，”霍听澜捏了捏邹小刀的耳尖，“我也把这句话送给你，希望我们都能如外公所愿，做到慎言笃行、博学明辨。”

邹小刀太小，不能完整领会这八个字所包含的意境，对霍听澜，却有一种本能般的喜欢。

这个年轻并英俊的男人，是真正的天之骄子，卓尔不群，秀出班行。他身上有一种独特的气质，一面高傲，一面又温和，精致优雅，磊落坦荡。

那样子，实在太迷人。

离开馆区，坐进车里，邹小刀终于累了，昏昏欲睡。他想，他什么时候才能长大，变成哥哥那样的大人呢?

（64）

霍听澜瞄一眼后视镜：“睡着了？”

乔鹤坐副驾驶座，回身看了看，见邹小刀躺得很安稳，才笑着说：“真的没想到你会喜欢小孩子。”

霍听澜也笑，他打了一下方向盘，说：“也算不上喜欢，只是有点不切实际的幻想。”

乔鹤眨眨眼睛，藏不住的惊讶。

在她的概念里，霍听澜跟“不切实际”四个字扯不上任何关系。

那么厉害的人，有什么事情是他想做而又做不到的呢。

霍听澜没有注意乔鹤的表情，他看着前方的路面，有些怅然地说：“我只是想，这些孩子里，如果能有一个，哪怕只有一个，因为我今天讲述的东西而喜欢上瓷，喜欢上那些古老又辉煌的文化，都是一份莫大的功德。”

“我们的民族真的很厉害，”霍听澜单手扶着方向盘，指尖在上面轻轻敲击，有一搭没一搭地说，“泱泱数千年，经久不息，有那样漫长的历史可供回顾，有那么多灿烂的文明需要传承。一个百年过去，还有下一个百年，时间是无穷无尽的，而孩子，是根基，也是希望。”

霍听澜的语气很淡，慢慢地说：“想收获饱满的果实，就要先埋下种子，让孩子们知道，祖先都给我们留下了什么。小时候，我在外公的书房里背《报任安书》，里面有一句话——太上不辱先，其次不辱身。意思是，生而为人，最重要的是不能使先祖受辱。所以，我辈当深谋远虑。”

这样的祈愿和眼界，这样的胸怀和抱负。

子曰："君子喻于义，小人喻于利。"

所谓大义，不外如是。

乔鹤喜欢极了霍听澜同她说思虑说抱负时，那种浅淡却赤诚的语气，看似漫不经心，细细品味，却有千钧之重。

她慢慢靠过去，一只手小心地压住他的肩膀，揉了揉，温声说："心里放着这么多念头，肩上压着这么多责任，累不累？"

霍听澜侧头看向她，没说话，只是淡淡一笑。

这一笑哇……

难以形容的妖孽和英俊。

笑得小姑娘心跳都软了。

车厢里播着一首粤语老歌，音量压得很低，词却写得极富艳色——

你想不想，吻一吻。

倾国倾城，是我大名。

瞥一眼身后，小朋友睡得很沉。窗外，是不息的车流，他们陷在这一方小小的空间里。

乔鹤抿了抿嘴唇，忽然间，胆子大了起来。

霍听澜爱熏香，他周遭总是散着些许传统香方的味道。

不雨不晴秋气味。蔷薇水润衙香腻。

这时候，周遭路面的车流相对少了，没什么人，乔鹤扑过去，嘴唇先碰到霍听澜的耳郭，然后是牙尖，不轻不重地，一口咬下去。

霍听澜没防备，方向一歪，险些撞上护栏。他很快稳住，略带些情绪地瞥了乔鹤一眼，微斥："开车呢！胡闹什么？"

没说她不可以这样做，只说她胡闹。

乔鹤像得了纵容的小狐狸，笑得眼睛都弯了，说："没什么，就是想咬你一口，尝尝你到底是什么味道，怎么会让我一见就喜欢，越见越喜欢！"

乔鹤声息轻软，不是在撒娇，却比撒娇更有味道。

红灯，车子停下来。霍听澜伸手捏住乔鹤的下巴，左右晃了晃，笑着说："小姑娘，再敢这样逗我，就按别有居心处理！"

(65)

邹小刀睡得实在太熟，叫都叫不醒，就没在外面吃晚饭，直接回了枫叶胡同。

乔鹤在巷口跟霍听澜告别，抱着邹小刀去了邹家，将小朋友放在卧室的大床上，又陪邹奶奶聊了会儿天。

邹奶奶衣衫素净，袍袖间有老式雪花膏的味道，亲切温暖。乔鹤凑过去让奶奶摸她的头发和脸颊，奶奶笑着说，我虽然眼睛看不见，心却是亮的，知道薄荷是个好姑娘。

离开前，乔鹤又进卧室看了一眼，邹小刀半梦半醒，揉着眼睛叫薄荷。

乔鹤以为他魇着了，隔着被子在他身上拍了拍。

邹小刀睁开眼睛，说："我帮你问过哥哥了，问他到底喜不喜欢你！"

乔鹤动作一顿，在恼怒和害羞间犹豫了一下，最终决定以不变应万变，淡定地追问："他怎么说？"

“他念了首北什么岛的诗，叫什么太阳城，”邹小刀崩溃，“我没听懂！”

臭小子，传话你都传不明白！

乔鹤叹息一声，顺着关键词往下猜：“北岛吗？《太阳城札记》？”

邹小刀仰头想了想，又不太确定：“我就记得一句老鼠倒下了……”

老鼠倒下了？那应该是误服耗子药了！

乔鹤越聊越崩溃，索性关门走人。

自家的院子里也亮起了灯，乔鹤坐在石桌旁发了会儿呆，见四下无人，做贼似的拿出手机，在搜索框里输入——北岛，太阳城札记。

是首组诗，由多个段落构成，标题为“爱情”的小节里，写着这样一句——

老树倒下了，轰然一声。

老鼠倒下了……

邹小刀啊邹小刀，你家薄荷要是没嫁出去，你当记头功！

张念云从客厅出来，见乔鹤傻坐在外面，问她饿不饿，要不要吃宵夜。乔鹤连连摆手说她不饿，然后三步并作两步，跑进卧室反锁了房门。

张念云莫名其妙：“这孩子，怎么急慌慌的……”

卧室里，乔鹤扑倒在床上，握着手机给霍听澜发消息，试探地说，她读过北岛的《太阳城札记》了。

老树倒下了，轰然一声，空中飘落着咸涩的雨。

霍听澜依旧不耐烦戳着键盘回消息，直接一通电话打过来，乔鹤连忙接通，慌乱间险些点了挂断。

那边没有立即作声，听筒里一阵沉默，乔鹤也不急，数着两个人的呼吸声安静等待。

大约过了半分钟，一声脆响，是打火机的声音。

霍听澜声线含混，听上去沉得厉害，有种温柔的压抑，他说："乔鹤，你是第一个让我联想到爱情的人。"

乔鹤浅浅呼出一口气，她能感觉到，自己的心跳有点快，还有点烫。

不等她开口，霍听澜又说："我妈妈叫林成溪，曾经是很优秀的昆剧演员，师承名家，拿过很多奖。后来，她遇见了我爸，推掉演出，告别舞台，专心做一个好妻子，好母亲。但是，我爸出轨了，对象是我妈妈最好的朋友。我弟弟，霍杉，他出生的时候，我爸妈还没有正式离婚。"

乔鹤心里涌起细微的疼，她咬了咬嘴唇，慢慢地说："所以，你心有防备，信不过那些说爱你的人，是不是？"

电话两端再度变得安静。

乔鹤小声叫着他的名字，她说："霍听澜，我不只想做让你联想到爱情的那个人，我还想做让你相信爱情的人，你明白吗？"

对面响起一声很低很低的叹息。

霍听澜说："乔鹤，爱会让人痛苦……"

若不是因为爱，林成溪怎么会变成现在的样子。

她曾经也是名动一方的美人，公开演出的第一场戏，扮的就是《玉簪记》中的陈妙常，粉墙花影自重重，帘卷残荷水殿风，那般俏丽的好身段，那样婉转的唱腔。

一场婚姻，毁了她的一切，无法修补。

“让人痛苦的，不是爱，是错误的人。”乔鹤纠正霍听澜，“不要把对某个人的失望，当成对爱的失望，千万不要这样。”

霍听澜笑了一下，说：“乔薄荷，你小时候写作文，一定经常拿满分吧？”

晓之以理，动之以情，一套一套的。

乔鹤揉揉鼻子：“满分我没拿过，不及格倒是常有，因为我总跑题。小时候师父教我背诗词古文，我背是背会了，但不理解含义，又爱显摆，就到处乱用，想起哪句用哪句。比如，垂死病中惊坐起，仰天大笑出门去。老师说，这叫回光返照。”

霍听澜笑了一声，说：“我这点忧伤都快让你逗没了。程师傅……”

“等等，”乔鹤打断他，“跑题了，我们要探讨的不是我师父！”

“跑题也是你先开始跑的！”霍听澜无奈，顿了顿，继续说，“薄荷，我的意思是，我可能需要很长一段时间，试着去接受，学着去相信。而且，我也说不清楚这很长的一段时间到底会有多长。”

“没关系呀，”乔鹤的声音轻松起来，“你总说我还小，既然还小，就代表有很多时间，你可以慢慢改变，慢慢尝试，我也会陪你，也会等你。事情要一件一件地完成，人要一点儿一点儿地长大，这个过程本身就是缓慢的，爱也一样。”

乔鹤背倚着门，慢慢滑下去，坐在地毯上，抬手抓过一个堆在床脚处的布偶，抱在怀中。毛茸茸的触感让她放松下来，她用更温柔，也更和缓的声音，对手机那端的人说：“你有没有读过木心先生的那首诗——从前的日色变得很慢，车、马、邮件都很慢，一生只够爱一个人。让爱变得缓慢并长久，也是一件很美好的事情，对不对？”

像是尘封已久的门被推开了缝隙，一瞬天光大亮，一瞬万物成长。白雪落尽处，春色新生，烈日骄阳，想要保护世界的人，依旧桀骜伫立。

霍听澜低低地叹了口气，忽然很想笑话自己，居然这么容易就被一个小女孩劝服了。

他想，也许那句话是对的，这个世界的所有能量都是守恒的，当你吃过应吃的苦，走完艰难的路，自会有一个人，站在你身边，教会你同过去握手言和。

霍听澜站起身，推开窗，夜风扑面。

是啊，人总是要期待黎明的，星火燃尽，便是旭日初升。

霍听澜听见自己的声音，微微有些沙哑，他说："乔鹤，你等等我，等我走过这一段。"

你许我爱得缓慢，我许你爱得长久。

等我走过这一段，我会还你更多的好风景。

请你再耐心地等一等。

(66)

那晚的一通电话，让乔鹤心情很好，"洛水女神"的雕刻也顺手起来，出坯和粗雕只用了不到两天，女神柔美的身形已看得出轮廓。

乔鹤没告诉霍听澜，修改设计图时，她悄悄去网上搜索过林成溪。

照片上的女人身量纤细，极美，也极柔，真真是肩若削成，腰如约素。

结合林成溪的形象，乔鹤又修改了几笔图纸。

也是自那天晚上开始，乔鹤多了个习惯，总想去拨霍听澜的手机号码。

霍听澜最近沉迷工作，大部分时间都关在工作室里，跟碎得乱七八糟的老物件打交道。两个人将手机搁在一旁，免提打开，偶尔聊上几句。

霍听澜给乔鹤讲金缮，如何选漆，如何阴干，还教她鉴伪，通过胎骨和器型来推断瓷器的年份。乔鹤给霍听澜讲雕刻，剔地浮雕、高浮雕、透雕、圆雕……霍听澜不会做玉雕，但他脑袋里装着整本谢堃创作的《金玉琐碎》。书云，今之豪贵之家，夸侈斗靡，竞尚玩好，且必欲得商周秦汉之物以为快。

乔鹤总结："钱多烧的！"

霍听澜笑到手抖，调制好的黏合剂撒出去大半。

一整天的时光，在这样的陪伴里悄然度过。乔鹤跑到库房去选了块木料，长方形，可做镇纸，选好一面，下刀镂字。

镂刻完成，拂去木屑，勾折撇捺，处处生动。

字是好字，雕功也是好雕功。

店里的小伙计眼神好，瞄见木料上的刻字，摇头晃脑："风吹幡动，非风动，非幡动，乃小掌柜心动！"

乔鹤作势要抽他，小伙计笑着跑远了。

手机仍在通话中，霍听澜没听真切："什么动？"

乔鹤摩挲着新刻的木料，说："我在练手，镂了几个字。"

"哦？"霍听澜挺感兴趣，追问，"什么字？"

乔鹤眼中旋起笑意，轻声说："今夕何夕。"

绸缪束薪，三星在天。今夕何夕，见此良人。

良人呢。

听筒里静了静，半晌，霍听澜也笑，感慨："你呀，净会戳我心口。"

勾着我，去想你，去见你。

第九章

/
一吻便救一个人

（67）

方可期是在快关店时过来的，这丫头最近正郁闷。

江枕假期结束，回了围棋道场，方可期再不能偷偷看他玩滑板，整颗心仿佛被吹散的蒲公英，无处着落。工作上，依旧天天加班，还有一个副总周奕杨，时不时拿她喝醉的事笑她两句，搞得半个公司都知道，设计部有个小姑娘立誓要为老板的豪车、名表努力奋斗。

自那以后，部门经理看向方可期的眼神中，总带着点说不清的深长意味。

一天早上，方可期起晚了，但还是冒着迟到的危险跑去买了杯冰奶茶。毕竟，头可断，血可流，奶茶不能丢。她走进写字楼大厅，就看见电梯门正在慢慢关闭，连忙振臂高呼：“兄台，留步！”

合拢到一半的电梯门重新打开，方可期一头扎进去，看见站在里面的人，顿时一愣。

周奕杨西装革履，手上却和方可期一样，拿着奶茶，好像还是双倍珍珠。

对视半秒，周奕杨忽然抬了抬手，方可期脑袋一抽，用自己的奶茶杯碰了碰周奕杨的，说了声：“Cheers（干杯）！”

与此同时，周奕杨衣袖上移，露出一块腕表。

原来，领导是要看时间。

她居然跟领导碰了个杯，还是奶茶杯。

那个词怎么说的来着——大型“社死”现场！

周奕杨明显一愣，方可期迅速背过身，假装无事发生。

电梯墙是镜面的，方可期偷偷瞄了一眼，看见站在她身后的周奕杨抬手挡了下脸。

笑吧笑吧，笑一笑十年少，再笑几声，您就能重读幼儿园了。

新提交的设计稿又被打了回来，要求修改，方可期长叹一声，起身去冲咖啡。

茶水间里没人，方可期对着镜面玻璃的冰箱门给自己鼓劲：

“万丈高楼平地起，辉煌还得靠自己！

“灯红酒绿惹人醉，精神小伙不会累！

“方可期，记住，你是公主殿下，每天从八百多平方米的大床上醒来，头发能够随着心情变化颜色。你拥有最高贵的蓝宝石血统，指甲是贝壳，眼泪是紫水晶，不能随随便便向凡人低头！”

说完，她还摆了个美少女战士变身的姿势，高呼：“月亮女神，赐给我力量吧！”

方可期踩着话尾音猛地转身，就看见周奕杨站在半透明的玻璃门外，身后跟着人事部和市场部的两个主管。

四目，不是，八目相对，场面尴尬。

方可期扑到乔鹤怀里求安慰，乔鹤摸摸她的头，说："没关系，丢人嘛，丢着丢着，就习惯了！"

方可期："……"

你可闭嘴吧!

霉字当头，方可期说必须出去嗨一嗨，去去晦气。乔鹤表示，我头回听说喝酒、蹦迪能解霉运的，你告诉我哪位算命大师给你出的主意，我现在就去砸他的场子!

乔鹤饭都没吃就被方可期拖回了家，修眉化妆换衣服。方可期帮乔鹤选了条黑色的吊带小裙子，配饰是银色的项链、耳线和手镯。冷白的光雾落上去，介于清纯和艳丽之间，莫名诱惑。

方可期抬起乔鹤的下巴帮她涂口红，秀丽的眉，浓艳的红，小狐狸一朝得道，娇艳妖冶。

方可期在乔鹤的唇心处轻轻一点，赞叹："我的薄荷真好看！"

乔鹤红着脸拿玩偶丢她，让她少说胡话。

那间酒吧在当地挺有名，开在一条小巷里。顺着楼梯走上去，门自动打开，一室震耳的音乐，还有干冰缭绕。

香水与酒精，短裙和领带，高跟鞋与打火机。

乱糟糟的火热。

她们来得早，散台还有位置，紧挨着舞池，视野很好。

舞曲进行到中途，节奏一切，插了段*Brave Heart*（《勇敢的心》），动漫《数码宝贝》里的经典进化曲。方可期一听，噌地跳上椅子，喊了一声："迪路兽进化——天女兽！"

这一嗓子几乎盖过了音乐，悬在众人头上，舞池里一阵沸腾。

DJ 也是个妙人，在强劲的舞曲节奏里喊了一声：“跟着小姐姐一起究极进化！跳起来吧神兽们！”

乔鹤一口啤酒险些喷出去。

她忙着把方可期从椅子上拽下来，没有注意到一个年轻男人正拂开混乱的人群，自她身后走过去。

那人穿了件黑衬衫，款式偏硬感，长腿笔直，昏暗的光线掩盖了五官，但是，仅从身材和气质就能看出，是个英俊至危险的家伙。

有胆大的女孩拦住他的去路，说要请他喝酒。年轻男人客气地摆手，说约了朋友，不方便。女生不死心，晃了晃手机上的二维码说：“扫一扫嘛，又不会耽误太多时间，我很有趣的！”

那人大概被缠得烦了，指着二维码中间的草莓头像，说：“抱歉，我对草莓过敏。”

女生：“……”

（68）

借着霍向磊的关系，霍听澜在纨绔圈里小有名气。但他走的不是经商的路，为人又傲，跟圈子里的人交情不深，会应邀，都是看周奕杨的面子。

今天这局，霍听澜照例来得晚，半路又被一个顶着草莓头像的陌生女生纠缠了一会儿，他赶到时包厢里已经聚了不少人，一屋子烟气酒气，呛得肺疼。

他迈步进去，那群胡闹的人静了一瞬，似是没想到他会来。只有一个满脑袋绿头发的家伙搞不清状况，怪腔怪调地喊着迟到罚酒，三瓶起步。不等霍听澜作声，周奕杨立即将绿毛踹开，说：“罚什么罚，你看看这是谁！”

绿毛挨了一脚，酒醒了一半，再一看霍听澜的脸，另一半也醒了，讪讪地笑。

周奕杨扫出一个干净的单人沙发，给霍听澜坐，嘴上抱怨："约你一次真是太难了，十个电话都叫不出来！"

霍听澜喝了口柠檬水，说："最近忙，修东西呢。"

周奕杨嘿嘿笑，说："我看是忙着谈恋爱吧！"

霍听澜没作声，周奕杨当他是默认了，仗着关系近，在霍听澜肩膀上拍了拍，说："立了这么多年冷美人的人设，你也该下凡沾沾烟火气了。不然，我总担心哪天你会抛下我等俗人御剑飞升，到时候让我去哪儿找第二个发小？"

霍听澜指着联排沙发上的男男女女："那一堆，难道不是？"

不等周奕杨说话，忽然有人喊了一声："听说这里新来了个驻唱女歌手，身材一绝，怎么没把她叫进来，唱一首助助兴嘛！"

有人起哄："听歌就听歌，提身材干什么，醉翁之意不在酒！"

周奕杨一颗苹果砸过去："今晚的账单你来付！拿谁当冤大头呢，要脸不要！"

一阵哄笑。

嬉闹间女歌手推门进来，身后跟着一束暗红的光，隐约能听见楼下舞池里喧闹的舞曲声。

包厢里有人起哄说，可算把美人盼来了，先喝一杯润润喉，不然唱歌都没劲儿！

女歌手见惯了这种场面，只是笑，没说话，走到桌台前，弯腰倒了半杯威士忌。她穿着露背裙，灯光下，脊骨线条美得惊人。又有人要起哄，霍听澜在这时站起来，很平淡地看着女歌手，问："什么时候回来的？”

这一问，把所有起哄的声音都堵了回去，四周一阵安静。

静得有点诡异。

玩骰子的周奕杨察觉到不对劲，抬头看了一眼，脱口而出：“康盏？！”

这一声把众人的注意力都引了过来，那些目光围着康盏绕了绕，最终又回到霍听澜身上，或是漠然，或是玩味，带着看好戏的味道。

霍听澜不喜欢被围观，上前一步，对康盏说：“我们出去聊。”

康盏笑得风情万种，故意说：“先生，我是歌手，只卖唱的。”

四周飘来些许笑声，还有人吹起口哨。

霍听澜视若无睹，拎着外套，率先走了出去。

（69）

走廊尽头有个小阳台，站在里面，能看见半角城市夜色，远远近近的建筑都披着霓虹外套，闪烁，夺目，纸醉金迷。

康盏拢了拢被风吹乱的头发，拿出一根细细的女士烟，看向霍听澜：“不介意吧？”

霍听澜靠在护栏上，眼睛看着虚空，又问了一遍：“什么时候回来的？”

“半年前。”康盏淡淡地翘着嘴角，似笑非笑，“我还给你送过礼物呢？不记得了？”

所谓礼物，就是当初那份猩红一片的甜点。

纯粹是为了恶心他。

霍听澜计算了一下时间：“你的课程还没修完吧，就这么跑回来，学分不要了？”

“学分？到国外的第三个月，我就退学了，语言不通，听不懂。况且，”康盏磕了磕烟灰，“都家破人亡了，谁还有心思念书？你汇来的钱我收到了，需要我说几句感谢的话吗？”

“不要用这种挑衅的语气跟我说话，”霍听澜的声音很轻，“没意义。生命和生活都是你自己的，是让它们新生，还是任由它们腐朽，你说了算。学校的课时结束前，我还会照例汇钱给你，你多保重。”

说完，霍听澜转身要走。

康盏冷笑，指尖一弹，闪着火星的烟头险些蹭到霍听澜的眼睛。

霍听澜睫毛一颤，康盏趁机逼近他，瞳仁里吹过暗夜的风，一片漆黑。她说：“你有什么资格在我面前装大义、装慈悲？我会变成这样是谁害的？是你啊！我爸爸养了你七年，你最孤苦无依的七年，是他收留你，教你本事。可你呢？给他的回报就是把他逼上绝路！让他去死！如你所愿，我爸死了，我妈也死了，闹成这样，你开心吗？满意吗？把我送到国外，又出钱供我读书，就能弥补你犯下的罪孽？那也太轻松了！”

记忆像回溯的风，撕扯着，几乎生生从霍听澜身上挖下一块骨肉。

他垂下眼睛，用了不到两秒的时间，压住所有情绪，然后很淡地瞥了康盏一眼，说：“老师的事，我有责任，但错不在我。你把仇恨都堆在我身上，无非是想逃避。康盏，没有人能一直闭着眼睛生活，有一个词叫‘向死而生’，人生本就是一场倒计时，你已经浪费了很多青春，不要再浪费下去了。”

康盏只是冷笑，该失去的都已经失去了，几句鸡汤能弥补什么呢。

“若恨我能帮你提神，给你一些动力，那就恨吧。”霍听澜揉了揉眉心，“不过，别光顾着恨，也要试着往上走，走到能毁掉我的高度，你的仇恨才有意义。一直在这种地方混，就算恨我，又能怎么样？”

霍听澜的话像是在康盏脸上抽了一巴掌。

是啊，当你一无所有的时候，空握着仇恨是没有用的。你什么都做不了，只能眼看着一腔气血在煎熬中蒸发、消失，无影无踪。

康盏眼中浮起猩红的颜色，霍听澜却笑了，声音依旧很轻：“回到国外去，把书读完。人活一次，别辜负自己。”

霍听澜没再顾及康盏的反应，推开小阳台上的玻璃门，走了。

与小阳台相连的是一条走廊，铺着厚地毯，绵软的材料将脚步声悉数吞没。霍听澜走在上面，恍惚想起康建辉留给他的那封绝笔信——

“听澜，你内心强大，如松如柏，我知道你撑得住。但阿盏不同，她年纪尚轻，多有骄纵，请你务必多多敦促，让她熬过这一劫，一直向前走。师徒一场，很遗憾我留给你的只有骂名，望你千万珍重，切勿重蹈覆辙。”

霍听澜很轻地叹了口气，心想，老师啊，我远没有看上去那么稳重，我也有解不开的心结，走不出的梦魇。

时至今日，我甚至没有强大到能原谅自己。

（70）

方可期那一嗓子不仅炒热了氛围，还招来不少烂桃花。几个年轻男人直接亮出二维码，要加微信，推都推不掉。乔鹤被缠得心烦，索性去了卫生间。

卫生间在走廊尽头，乔鹤推开门，一束暗影落进来，罩在一个穿露背裙的女人身上。

那女人个子很高，乔鹤目测，至少有一米七五，细腰，鬈发，戴着一枚菱形耳环，美得极具特色，复古又风情。

乔鹤在洗手台后的镜子里与美人视线相撞，有些猝不及防，她下意识地对美人笑了笑。

美人“咔”的一声扣上粉饼盒，说：“你叫乔鹤，对不对？”

乔鹤脚步一顿，转过头，有些防备地瞅着她。

美人斜倚着洗手台，细腰折出曼妙的线条。她在镜子里看了乔鹤一眼，轻笑着说：“别用这种眼神看我，好像我在欺负你。我只是想问问，你认不认识霍听澜？认识的话，我带你去见他，他也在这里。”

听见“霍听澜”三个字的那一瞬，乔鹤眉梢跳了跳。

也是在那一瞬，她心里生出一种预感。

她想，她猜到这个女人是谁了。

乔鹤迎着美人的视线走到镜子前，拿出口红补了补妆，让颜色恢复饱满，抬手时，腕上的两只细镯撞出“嗒”的一声。她说：“我想见他，自己会去，不需要什么人带着我。不过，我还是要谢谢你的好心。康盏，你比我想象中要漂亮很多。”

平静的陈述句，乔鹤知道，自己不会猜错。

她在墓园里看到过这个名字，康建辉的女儿。

如果，真如她所猜，康建辉做过霍听澜的老师，那康盏和霍听澜呢？

他们是什么关系？

青梅竹马？

真暧昧啊。

康盏确实没想到，这个清纯多过妖艳的女孩，居然还是个带刺儿的。

伶牙俐齿，不肯吃亏。

康盏笑了笑，说："你别紧张，我没恶意，大家都认识，也算朋友，碰上了，就一块玩呗。我们在楼上开了包厢，比散台舒服很多。"

说到这里，康盏看了眼手机："不过，现在有点晚了，你要是急着回家，我也不强留。小孩子嘛，家里难免管得紧。"

乔鹤深吸一口气："我不急。"

霍听澜回到包厢时，里面已经支起了麻将桌，有人唱歌，有人喝酒。周奕杨在牌桌输得血本无归，霍听澜过去帮他赢了几把天和。上家是个年轻女孩，问牌都像在调情，霍听澜强忍着坐了四十分钟，实在腻歪，推倒面前的一排麻将，说累了，要回去休息。周奕杨自然不肯，拉扯间包厢门再度打开。

霍听澜回头看了一眼，脸色微微变了。

康盏去而复返，她补过妆，五官艳色更重，身后跟着一个穿黑色小裙子的女孩。

女孩穿着绕带的高跟鞋，裙摆堪堪垂过膝盖，中间一截小腿，白生生的，莹润细腻。

被周奕杨一脚踹翻的绿毛又兴奋起来，端着酒杯绕到康盏身后，说："怎么又多了个小妹妹？眼生，第一次来？"

乔鹤一进门就被台面上密密麻麻的高脚杯和酒瓶晃了眼，有点蒙，不等她看清状况，康盏在乔鹤肩上一推，乔鹤脚下踉跄，直接朝绿毛扑了过去。

光影一闪，有人手臂横伸，挡在乔鹤面前，半扶半抱地隔开了她和绿毛间的距离。

乔鹤仰头去看，唇上和眼底一并落着细碎的光，有种水意盈盈的味道。

霍听澜略微皱眉：“喝酒了吗，站不稳？”

见到他，乔鹤忐忑的心忽然静下去，索性向前一扑，栽进他怀里，脸上是不谙世事的笑，甜美又热烈，小声说：“是啊，站不稳，你要抱着我！”

这样的亲近和骄纵，是深受宠爱才有的特权。

屋子里的人神色越发玩味，哄笑着拦住霍听澜，更加不放他走。

乔鹤几乎是靠在霍听澜怀里，霍听澜低头看她，问她想不想再玩一会儿。

乔鹤眼底有明灭的光影，与霍听澜对视片刻，忽然勾唇一笑，说：“我听你的。”

那模样，既甜美，又贴心。

周奕杨半真半假地感叹：“澜哥，你从哪里捡到的小杏仁，也太乖了吧。”

霍听澜没说话，只是摸了摸乔鹤的头。

康盏站在小舞台旁，抱着手臂，冷眼看到这里才开口，笑着说：“我认识霍先生好多年，第一次见到这份温柔，小妹妹真有福气。”

这一句“好多年”，由不得旁人不联想。

“那是你不够了解他！”乔鹤像被踩了一脚，几乎跳起来，“霍先生本就是温柔善良的人，只不过偏向内敛，不常表达，你对他好，他自然也会对你好。”

乔鹤挡在霍听澜身前，在背后握住他的手，对康盏说：“你若对他不好，又凭什么分走他的温柔！”

“善良？”

康盏重复着这个词，神情里像是蒙了层雾。

绿毛依旧搞不清楚状况，跳出来要将麦克风递给康盏，让她唱《花好月圆夜》，说应景。

周奕杨简直想给这位绿祖宗跪下，一把夺过麦克风：“来来来，爷给你唱。”一边说，一边朝康盏使眼色，让她先出去。

周奕杨是客人，还是有钱的客人，康盏不能得罪，她拎了拎裙摆，转身离开。

门板缓慢合拢，过程中，康盏透过缝隙看了乔鹤一眼，这一眼莫名深重，说不清是什么意味。

（71）

康盏一走，气氛恢复活络，有人将音乐的音量拨上去，强劲的节奏震颤心跳。

满室的笑声，光影，还有香槟的泡沫，男男女女互相碰杯起哄，不知愁滋味。

霍听澜带着乔鹤在角落里坐下，周奕杨拎着半瓶香槟凑过来，说：“小妹妹，你必须陪着喝一杯，因为你摘走了我们这里唯一一朵高岭之花！”说着，他一指霍听澜，“能把这位追到手，妹妹是个狠人！”

霍听澜找了个干净的杯子，给乔鹤倒饮料，没理会周奕杨的胡言乱语，也没反驳。

乔鹤心想，我还没追到呢，嘴上却说：“周总，我和朋友一块来的，能把她也叫进来吗？她一个人在外面，我不放心。”

“是那个叫方可期的小孩儿吧！”周奕杨在沙发靠背上拍了一下，兴冲冲地说，“必须可以啊！那小孩儿好玩极了，你坐着，我去叫她！”

周奕杨一走，这方角落终于安静下来。

霍听澜喝了口水，说：“聊聊吧，你跟康盏，怎么回事儿？”

若不是跟康盏赌气，乔鹤不会在众人面前跟霍听澜撒娇，用那么热情的模样。

小女孩的那点心思，真当他看不出来？

况且，康盏会认识乔鹤，霍听澜并不惊讶。她回国半年，必然在他身上花费了不少心思，乔鹤同他走得近，被她盯上，也是情理之中。

但乔鹤不该认识康盏，这条线，本该是单向的。

乔鹤没隐瞒，简单说了说在卫生间偶遇康盏的过程，然后话音一转，她贴在霍听澜耳边，语气神秘：“你一定很好奇，为什么我跟康盏第一次见面就能叫出对方的名字！”

霍听澜侧头，看见乔鹤的唇，涂着饱满的颜色，鲜艳莹润，停在距他不足一寸远的地方。

对男人和女人来说，这个距离，是危险的。

“因为你。”乔鹤继续说，“其实，我比你想象中的还要了解你。”

霍听澜笑了，轻叹：“是吗？”

他手上拨弄着什么东西，银色的，发亮。

乔鹤看过去，是个打火机。

她伸出手，掌心小巧，盖住霍听澜的手背，暖融融的温度来回游走，不知是谁暖烫了谁。

“我知道康建辉是谁。”乔鹤说，“那天在墓园，我们分开后，我看见他的墓碑了，上面有康盏的名字。然后，我又看了一些旧新闻。”

“那些旧新闻有没有告诉你，”霍听澜语气很淡，听不出情绪，他捏着那个打火机，弹开，又合拢，在金属碰撞的声响里，说，“康建辉是我外公的学生，而我，又是康建辉的学生。这个圈子其实很小，转来转去，就那么些人。”

“新闻没有说，”乔鹤抿了抿唇，“但是，我猜到了一点儿。教育你要做一个好人，要你一生无愧的老师，就是康建辉吧？”

“窥一斑而知全豹，”霍听澜手指一弹，打火机扔到台面上，他用了些力气，摔出一声脆响，“没想到，你还挺聪明，猜得蛮准。”

那声音吓了乔鹤一跳，她攥紧手指，触摸到掌心里明显的汗湿。

乔鹤并非看不懂霍听澜的态度，也不是有恃无恐，她知道自己过了界限，每一个字，都踩在霍听澜的禁区，但她不打算止步。

不破不立。

有时候，须得打碎一些东西，才能看见新生。

“我也来猜一猜吧，”霍听澜抬起手臂，搭在沙发靠背上，低声说，“那些旧新闻能告诉你康建辉的死因，却不能告诉你他为什么会东窗事发，对不对？”

霍听澜的手臂就搁在乔鹤身后，从某种角度看过去，几乎是半圈着她。变幻的光影投在霍听澜眼中，映出深邃的黑，如火焰，如深渊。

姿势这样暧昧，气氛却称得上剑拔弩张。

两个人就像共玩一盘游戏的赌徒，面对面而坐，一张一张，交替着，丢出自己的底牌。

看谁先山穷水尽，谁先走投无路，图穷匕见。

“那么，”乔鹤目光平稳，不躲不退，与霍听澜对视，狠下心问个彻底，“东窗事发的原因又是什么？”

“你这么聪明，难道猜不出？”

霍听澜逼近乔鹤，两人间的距离忽然近到极致，深深地看进对方眼底。

他勾起一点儿笑，妖气横生，声音压得很低，气息悉数吐在乔鹤耳边：“是我呀！是我出卖了他。老师站在深渊旁，如履薄冰十几年，我推了他一把，让他摔了下去，尸骨无存。老师养我七年，教我七年，作为回报，我亲手送他去死！”

霍听澜的声音很轻，如同呢喃，可话音落下的那一瞬，他眼中却弥漫起黑色的风雪。

阴云压倒一切，天光几近隐没，地平线下，是望不到边际的荒城枯草。

周围笙歌燕舞纸醉金迷，他眼中却遍野哀鸿净是疮痍。

乔鹤心跳一颤。

霍听澜瞳仁里有一条流淌的冰河，她直视着里面森森的寒意，不觉得冷，只是难过。

霍听澜说的话，她一个字都不信。

可越是不信，她心里越是悲哀。

他居然用自我污蔑来惩罚她的窥探和越界，毫不吝惜地给自己倾倒脏水，却没考虑过，她会不会误解，会不会心疼。

他以为他厌弃的只有自己，可这里面，也有她赤诚的心。

乔鹤有些心酸地想，霍听澜，你究竟在践踏谁呢？

是我，还是你自己？

（72）

绿毛的眼力见儿大概被狗吃了，丝毫没有注意到霍听澜和乔鹤间紧绷的气氛。他醉醺醺地晃过来，一屁股坐在乔鹤身边，将酒杯硬塞进乔鹤手里，笑嘻嘻地说："出来玩，怎么能不喝酒呢，不喝就是不给面子，不给面子就不能做朋友……"

绿毛啰嗦了一大堆，概括起来不过两个字——灌酒。

灌别人也就罢了，乔鹤可是霍听澜的人。

反应快的立即看向霍听澜，反应更快的已经做好准备看热闹。

在场的都知道，霍听澜是个不留情面的家伙，一身骨头比钢板都硬，除非酒劲儿上头，不然，没人惹他。

乔鹤也看向霍听澜，眼眸清透，近乎旷远。

众目睽睽下，霍听澜眼中映着几分了无意趣的冰冷，漠然得毫不掩饰。他看了眼乔鹤手中的酒杯，只是看了一眼，然后便转过头，跟一个连名字都叫不出的人聊起了天气。

这样的反应，无异于推波助澜，周围的人起哄似的笑起来，一阵吵闹。

乔鹤收回视线，轻轻笑了笑，那笑容蝉翼般轻薄，不需风吹，便飘散无踪。

她站起身，落落大方，黑色的吊带小裙子裹衬着雪一样的皮肤，银质配饰上投映着细微的光，她和窗外的月，说不清哪一个更动人。

绿毛眼睛都看直了。

乔鹤笑眯眯的，明媚又温柔，说："这一杯，算我敬大家！"

绿毛瞅着机会，试图去抓乔鹤的手腕，嘴上说：“不行、不行，这杯是我倒的，你得敬我。”

霍听澜终于站起来，目光有点凶。

他抢在绿毛碰到乔鹤之前，一把打翻了乔鹤的酒杯。金色酒水漫天泼洒，挨得近的都沾到了一些，绿毛最惨，那杯酒几乎是对着他泼过去的。

绿毛反应慢，没躲开，被浇了个透心凉，嘴里不干不净地骂了几句。

霍听澜没理他，拽着乔鹤出了包厢。

走廊墙壁上贴满不规则的LED灯，光芒暗红如血，来往过客的面目都模糊成一团。

乔鹤被霍听澜扯得一阵踉跄，她也不是没脾气，顿时恼了，狠狠甩开霍听澜的桎梏，反身将他抵在墙角。

楼下舞池正是热闹时候，声音响得震耳，混杂着DJ带动气氛的嘶吼，连地面都在颤。

乔鹤就着音乐节奏伸手到霍听澜的外套下，摸到他质地柔软的衬衫和两指宽的腰带。

“你生什么气呀，”指尖压着腰带弹了两下，乔鹤抬起眼睛，嘴唇在他耳边若即若离，“一杯酒而已，我又不是不能喝。”

“那我送你回去，”霍听澜眯了眯眼睛，有点讽刺地说，“陪他们喝到天亮？”

乔鹤笑了，眉眼弯成好看的形状。她说：“你舍不得的。你心里有我，舍不得让别人欺负我。”

“你知道我是谁吗？”霍听澜眼睛里蒙着薄雾似的光，冷冰冰的，反问，“这么轻易就敢说我心里有你，是不是太自信了？”

这样的态度，戳心，亦伤人。

乔鹤咬了咬嘴唇，表情看上去有点倔。

霍听澜以为她生气了，要甩自己一耳光，她却笑了，说：“是不是自作多情，要试过才知道！”

接着，她上前一步，细白的手臂搭着霍听澜的肩膀，然后，吻住了他。

女孩子周身馨香，连颈窝里都盛满甜蜜。霍听澜像是被那味道蛊惑了，没能第一时间推开她，自此，失了先机。

还记得那首粤语歌吗——

一吻便救一个人。

一吻便杀一个人。

乔鹤身上的裙子是吊带款，肩头和手臂都露在外面，纤瘦白皙，仿佛涂了暖调的珠光粉，晶莹闪烁。

嘴唇厮磨着，舌尖互相触碰，灼热的感觉油然而生，仿佛浑身的血肉都在燃烧。霍听澜有一瞬的失神，紧接着，他几乎一脚踏空，陷在这场旖旎里。他再度涌起那种冲动，想伸手过去碰一碰。

碰一碰她的眼睛，也碰一碰她殷红的唇。

可是，不行，还不行。

霍听澜近乎僵硬地将手背到身后，摸索着，挑开打火机的盖子，火石咔嗒作响，燃起的火苗烧痛了他的掌心。

疼痛让他迅速清醒，也让他加倍冷漠。

恍惚间，霍听澜想起一个在佛经中看到的典故，说地藏菩萨自誓必度尽六道众生，拯救诸苦。可世人之苦，真的度得尽吗？

灯光流荡出水纹似的痕迹，粼粼着，明亮着。霍听澜一直没有闭上眼睛，乔鹤也没有，两个人在紧密的贴合里，固执地盯着对方，一直看进最深处，把缠绵变成了较量。

这样近的距离，霍听澜的睫毛看上去更长，雾气森森，眼神也沉得厉害，深渊一般，眉间攒着化不开的疏离冷漠。

他只是被动地接受，毫不回应，眼皮低垂，睫毛蜿蜒成黑色的线，单薄凌厉，提不起半分兴致似的。

乔鹤想看他疯狂，他偏偏越发冷静。

用尽一切方式，提醒乔鹤，他没有沉醉，更不曾陷落。

这一吻，于他，不过如此。

（73）

霍听澜的目光流水般平淡，在这样凉薄的注视下，乔鹤很快失了力气，慢慢放开了他。

乔鹤收回搭在霍听澜肩膀上的手臂，缓慢离开，霍听澜只觉周身气温陡降。

原来，不是接吻让他觉得炽热，而是乔鹤。

那个女孩的存在，点燃了他心底的所有的情感。

霍听澜向后仰了仰，后脑枕着墙壁，很轻地舒了口气。掌心里残留着火焰烧灼出的伤口，他自虐似的紧握着，好像感觉不到疼。

一时间，两个人都没有说话，静静地听着楼下传来的舞曲声，各自平复心跳。

乔鹤低下头，用自己的额头抵着霍听澜的胸口。年轻男人的体温和心跳都被封缄在薄薄的衬衫下，乔鹤抬起手，覆上去，也不知是她的掌心太过滚烫，还是霍听澜的体温太高。

灼人的热。

乔鹤动了动，有什么东西硌疼了她额头。她不顾霍听澜警告的眼神，挑开他的衣领，一枚玉佛掉出来，在半空中微微悬晃。

玉佛通体晶莹，老坑玻璃种，市价很贵。

乔鹤想起霍听澜说过的话——

你知道我是谁吗？这么轻易就敢说我心里有你，是不是太自信了？

是啊，他一直是最好的，拥有的也是最好的，真的会喜欢她吗？

霍听澜拽回钩在乔鹤指尖的衣领，逐一扣好松散的衣扣。不等他开口，乔鹤忽然说："霍听澜，你这个人其实很奇怪，身上戴着玉佛，心里却住着恶魔。一半慈悲，一半邪恶，到底哪一个才是真正的你？"

霍听澜动作一顿，抬头看向她。

乔鹤向后退了两步，原本暧昧的距离瞬间变得光明正大。她抬起手，迎着霍听澜的目光，用拇指擦过嘴角，抹掉那点因为接吻而蔓出唇线的口红。

她故意将这个小动作做得饱含风情，眼睛直勾勾地盯着对面的人，然后轻轻一笑，说："霍听澜，你读过那么多书，熟知上下五千年，难道不知有个词叫'过犹不及'？戏演得太过火，用力过猛，反倒失了真。即便你不喜欢我，也不该在接吻时这样冷静。从某种意义上说，人也是动物，都有控制不了的欲望。"

当面被戳穿，霍听澜有一瞬的狼狈，他强行镇定下来，故意嗤笑一声，说："你就这么自信，觉得我会对你有欲望？也许……"

乔鹤立起一根手指抵在霍听澜唇边，止住了他的话音。

“感情是很脆弱的东西，经不起太多伤害，”乔鹤看着霍听澜，指尖在他唇心处轻轻一按，“所以，难听话不要说得太多，万一真的把心伤透了，你会后悔的。”

霍听澜似乎被劝服了，真的没有再说下去，只是看着她，眼底的情绪晦暗难辨。

“我不知道你为什么这样反常，一心想要推开我，甚至不敢露出真实的情绪。”乔鹤声音轻软，目光亦是，慢慢地说，“但我知道，你一定有苦衷。我相信我一心恋慕的霍听澜不是个玩弄感情的龌龊之徒；更加不相信，那个立誓激浊扬清、遏恶防邪，以鉴伪震慑人心的霍先生，会做出背信弃义的事。所以，你在包厢里跟我说的那些话，我一个字都不信。”

霍听澜睫毛一颤，他偏了偏头，像是要故意藏起什么，表情变得不甚分明。

乔鹤的指尖沿着霍听澜的侧脸一路向上，她慢慢抚过他英俊的轮廓，在眼尾处停下来，沾着口红的拇指印过去，留下一点儿淡淡的红。

那抹红，冷厉又艳烈，映着他精致的眉眼，有种妖冶的味道，慵懒缱绻。

真正的人间绝色。

“我的感情不是空穴来风，我的信任也是，”乔鹤的掌心贴合着霍听澜的侧脸，像是在抚摸，又像是在给他支撑，“它们源自我的所见所感，我说我相信你，并不是盲目的，所以，不要在我面前伪装自己很坏。有些事情，现在你还不想告诉我，我不逼你。我给你时间调整，也给你时间弄清楚自己的想法。我已经向你走了九十九步，接下来的一步交给你了。”

霍听澜在乔鹤的触碰和话音里闭上眼睛，睫毛漆黑纤长，像极了他写瘦金体时那笔鲜明的回锋。

乔鹤踮高脚，吻了吻他的眼睛。转身时，她隐约感觉到腕上一紧，似乎有人拉了她一下，只是一瞬，又很快放开。

乔鹤并没有回头。

话已经说得很清楚，再纠缠，就是啰唆了。

乔鹤走到下楼的地方，看见蹲在拐角处听墙根的周奕杨和方可期。两人人手一桶爆米花，肩并肩脚挨脚，那叫一个兴致勃勃。

周奕杨一颗爆米花刚丢进嘴里，便对上乔鹤的视线，险些呛住，立即说：“我俩刚刚才来，没看见太多少儿不宜的情节。”

方可期险些把白眼翻上天灵盖，心想，老板你真是不打自招。

她没搭理周奕杨，举着零食桶跑到乔鹤身边，抱着乔鹤的手臂说：“乔薄荷，你怎么可以这么帅！”

强吻说教一条龙，刀砍三观还能占便宜，我的妈，这是什么神仙操作!

乔鹤无奈地推了下方可期的脑门，说：“走了，回家。”

乔鹤拉着方可期从周奕杨身边走过，周奕杨犹豫半秒，出声叫住她。

乔鹤站在低一级的台阶上，半回头，灯光下，明眸皓齿，红唇盈盈，美而不自知，越发显得别有风情。

周奕杨斟酌半晌，试探地开口：“其实，听澜这个人吧……”

“你不用替他解释，”乔鹤笑了笑，声音很好听，“我没有打算放弃他，也不是在怀疑他。你有没有听过一句话——自救者天救。神明会率先帮助那些试着拯救自我的人。我相信霍听澜也明白这个道理，所以，我等他。”

周奕杨半天没有说话，最后，朝乔鹤竖了竖拇指，说：“你会等到他的。”

（74）

乔鹤和方可期没有开车来，周奕杨主动提出送她们回去，被乔鹤拒绝了。她在巷口拦了辆出租车，坐进去后，降下车窗同周奕杨挥手说再见。

周奕杨回去时，霍听澜依旧站在原处，手上夹一根烟，却没点，指尖在上面反复轻磕。

不时有客人路过，尤其女客，总会多看他一眼。

这个男人明明很年轻，气质却沉得厉害，黑色衬衫将他妥帖包裹，脖颈修长，身形是少见的挺拔，有种神秘又阴郁的味道，非常吸引人。

大概是看得时间太久，被察觉，霍听澜抬头瞥了一眼。

无意识的一眼，瞳仁极黑，眼尾处薄涂着一点儿殷红，两种颜色在他眉宇间碰撞，混出一种夺人心神的英俊。

女客人呼吸一滞，加快脚步，匆匆走了，与周奕杨擦肩而过。

周奕杨没注意到那位女客神色有异，他走到霍听澜身边，夺下霍听澜手上的烟，说：“戒了吧，好不容易把嗓子养好，可经不起糟蹋。”

康建辉出事那年，霍听澜抽了太多烟，险些弄坏嗓子，很长时间都不能大声说话。

霍听澜没作声，周奕杨拿肩膀撞了撞他，说：“虽然我对爱不爱的破事没什么兴趣，但那个姓乔的小女孩挺不错，聪明、通透、懂事儿，还挺漂亮。你呢，像寒玉翡翠，卖相好，价格高，但是冷心冷肺，暖不热。她呢，是和田暖玉，就像我前几天收的那对羊脂古玉的手镯，用行话说叫触手生温。一冷一暖，天造地设呀，我觉得你俩挺合适。不过，话说回来，你要是真没兴趣，我可……”

“一直没告诉你，”霍听澜打断他，“你收的那俩镯子全是假的，阿富汗玉仿造的，更不是什么古玉，比1982年的拉菲还年轻。”

周奕杨张了张嘴，半晌，发出一声哀号：“不是吧！那可是我高价收的！高价！”

惦记我的人，活该被骗！

霍听澜没说话，只在周奕杨肩膀上拍了拍，示意兄弟节哀，转身走了。周奕杨问他去哪儿，他也没理。

（75）

乔鹤让司机师傅先送方可期回家，然后再去枫叶胡同。出租车进小巷不方便，停在巷口，乔鹤这时才发现手机没电了，手包里也没有现金。她让司机稍等，她回家取钱，司机明显不太高兴，让她动作快些。

乔鹤脚步匆匆，巷子里路面不平，鞋跟又细，她险些崴脚，狼狈间有人扶了她一下，搭在她小臂上的手指根根修长。

乔鹤脑袋里忽然跳出一个荒唐的念头，她想，会是霍听澜吗？

她饱含期待地抬起头，却看见程璟川眉宇紧蹙，说：“这么大个人，连路都走不好？”

乔鹤收起失望的表情，小声说：“师哥，你能借我点钱吗？”

程璟川帮乔鹤付了车费，转身回来，看见她脱下高跟鞋拎在手里，赤脚站在青石小路上。

乔鹤的脚生得秀气，皮肤又白，站在那里，像落了把珍珠。街灯的光亮落在她身上，显出一点点单薄。

见程璟川看着她，乔鹤有些不好意思，说：“鞋跟断了。”

程璟川脱下身上的外套，递过去，说：“披上，我背你。”

乔鹤一愣，正要拒绝，程璟川忽然说：“我是你哥哥，难道要我看着你光脚走回去？”

这一声哥哥，像是在乔鹤心头戳了一下。

她父母早逝，从小寄人篱下，深知亲人可贵。于是，没再推拒。

程璟川个子很高，又偏瘦，背上骨骼清晰，硌得乔鹤生疼。她双手绕过去，虚拢在程璟川身前，小声说：“师哥，你该多吃点，太瘦了。”

程璟川慢慢朝家里走，语调平平：“怎么，心疼我？”

“有点硌……”乔鹤说，“等你找了女朋友，结婚的时候是要背媳妇的，万一嫂子嫌不舒服，不嫁了，可怎么办？你得有忧患意识，未雨绸缪！”

这都哪儿跟哪儿啊……

程璟川脚步一顿：“再啰唆，信不信我把你丢下去？”

乔鹤连忙抱住他的脖子，说：“我错了，我错了。”

夜色渐深，小巷里浮起薄薄的雾，四周一片安静，这氛围莫名温馨。

程璟川看着投映在地上的影子，轻声问：“你穿这么漂亮，去约会了吧？”

乔鹤犹豫着回答：“不算约会，但是……”

但是接吻来着，还惹了一肚子气。

程璟川心下了然，没再追问，只说：“约会也要注意时间，不可以太晚回来，家里人会担心的！”

今天程璟川温柔得出奇，乔鹤不想惹他生气，连连点头说知道了。

小巷里的路灯坏了一盏，光线比平时暗淡一些，家门近在咫尺，程璟川忽然停下来，他看着大门上的铜环，问了一句：“在你心里，我一直都不算一个好哥哥吧？”

乔鹤一愣。

程璟川继续说：“脾气坏，脸色臭，说话难听，还嘲讽你的工作。”

“师哥，”乔鹤简直要吓死了，小心翼翼地问，“你怎么这么反常啊？不会失恋了吧？哪家姑娘这么没眼力见儿啊，连我们枫叶胡同一枝花都敢甩？你把她名字报给我，我去帮你亲她，占她便宜！咱们兄妹一条心，有福同享有难同当，我占便宜就相当于你占便宜，我亲就相当于你亲！”

好不容易攒起来点细腻的小心思，被乔鹤两句话就给搅和散了，程璟川重重一叹，嘀咕：“难怪一把年纪了，初恋还在，月老就是给你牵根钢筋做的红线，也能让你掰折了。”

乔鹤没听清，探了探脑袋，问：“你说什么？”

“我说就算你不喜欢我，我也是你哥，”程璟川避了避，故意不让乔鹤看到他脸上的表情，轻声说，“无论发生什么，永远都是。如果外头的臭小子敢对你不好，你就告诉他，我哥会来揍你的！”

许是夜晚加深了脆弱，也可能是先前在霍听澜那里受了委屈，乔鹤只觉鼻头一酸，眼圈隐隐发痒。她低下头，在程璟川的肩膀上蹭了蹭，抱怨：“好端端的你煽什么情嘛！非要把我弄哭是不是？谁说你不是好哥哥了？小时候，谁用奖学金给我买糖吃？谁送我上学给我拎书包？谁带我去游乐场？你脾气的确坏，脸色确实臭，讽刺我的工作，笑话我笨，也是事实，但我又不会跟你记仇！”

乔鹤的声音渐渐低下去，她侧了下头，枕在程璟川肩膀上，小声说：“你是哥哥呀，谁会和哥哥记仇呢。”

你是哥哥呀……

只因这一句，程璟川心头涌上无数的情绪。

他想说，其实，我思考了很久，我不想做你哥哥。

他想说，你给予霍听澜的眼神和感情，也是我想得到的。

在你一心想着他的时候，也有我在牵挂你。

可是，我知道，你不喜欢我。

喜欢是藏不住的，不喜欢也是，你看向我时，眼睛里带着分明的界限。将我圈进亲情的范畴里，不曾有半分逾越。

他有这么多话想对她说，却又不适合再说。

程璟川微微抬头，夜空一望无际，像昂贵的天鹅绒，群星璀璨，亦斑斓。

宇宙这样浪漫，人间终是温柔，谁没有一点儿爱而不得呢。

程璟川这样安慰自己，他很慢地眨了下眼睛，仗着乔鹤看不见他的脸，给了自己短暂的纵容。

哀伤在他眼中深深浮现，又被重重压抑。

然而，只有一瞬。

他很快收敛好情绪，又是英俊凉薄的样子。

高傲如他，理智如他，冷静如他，优秀如他，即便爱一个人，也会权衡利弊，算明得失。感情只是他生命里很小的一部分，做不出歇斯底里的丑态，也没有横刀夺爱的兴致。所以呀，既然明知得不到，就该洒脱放手，强行把蝴蝶圈在掌心，只会加速它的死亡。

天，将明未明时，最美。爱，欲言又止时，动人。

止步于此，也没什么不好。

起码，他还是哥哥，永远是哥哥。

有人为爱妥协。

也有人屈服于亲情。

（76）

程璟川让乔鹤坐在小院里的石桌旁，他去帮她拿拖鞋。

乔鹤欠费的情商缓慢运行，试探着问：“师哥，你真的没有失恋吗？”

他整个人就是个大写的反常。

程璟川抬手将鞋子丢过去，面色不善地瞅着她，问：“你是不是特别想看我被人拒绝或甩掉？”

乔鹤翻了个身，跪坐在凳子上，凑近程璟川，笑眯眯地问：“你想听真话，还是假话？”

程璟川挑眉：“假话是想，真话是非常想，对不对？”

小伎俩被戳穿，乔鹤也不尴尬，还嘴硬，说：“物以稀为贵，一直是女生追你，我都没见过你被人拒绝。”

月光下，她笑得那样好看，程璟川忽然想摸摸她的眉眼，手伸出去，才发觉这动作有多么不妥。最终，只是落在乔鹤的头上，很轻地揉了揉。

一如寻常的兄长。

可他心里有个声音，很轻地说，我已经被人拒绝过了。

那个人就是你呀。

程璟川没留在家里过夜，跟乔鹤说过晚安后，就走了。踏出家门前，乔鹤打着呵欠叮嘱他路上小心。

程璟川站在门廊下，周身天光尽退，灯火隔绝，只有阴影团团缭绕。他个子那么高，身形挺拔，连回头之类的小动作都做得比旁人好看，视线在乔鹤身上短暂停留。

若那时，乔鹤也能去看一看程璟川，一定会被他眼中潜藏的温柔所震撼。

原来，她一向倨傲冷漠的小师哥，也会有这样细腻缱绻的神情。

程璟川走到巷口时，刚好有出租车开过，他没有伸手去拦，而是走向停在树影下的一辆黑色轿车。

车窗慢慢降下，飘出点烟草味。

程璟川同坐在里面的人打招呼："霍先生。"

帮乔鹤付车费时，程璟川就注意到了这辆巴博斯，也猜到了车里的人是谁。他故意没作声，想看一看姓霍的能有几分耐心。

霍听澜灭掉手上的烟，声音平淡："去哪儿？捎你一程。"

程璟川笑了笑："在门口守了半天，连跟她说句话都不敢，吵架了吧？"

霍听澜看着他："怎么，你觉得自己有机可乘？"

“你是君子，”程璟川在半降的车窗上轻轻一敲，“难道我就是小人？目光不要太狭隘。”

霍听澜也笑了，单手扶着方向盘，说：“算不上吵架，只是我有一些私事没有处理好，暂时不方便见她。又有点不放心，跟过来看看，她平安就好。”

夜晚，路面清净，霍听澜将车速掌控得很好，不快也不慢。

程璟川扭头看着窗外，忽然说：“你知道吗，自我第一眼见到你，我就不喜欢你。”

霍听澜没作声，程璟川继续说：“因为你是乔鹤最喜欢的类型，我能看得出，你们身上有很多共通的东西。向往、热忱、对从事职业的敬畏，我知道你们之间一定会有故事。”

“最重要的一点，”霍听澜竖起一根手指，晃了晃，说，“我长得好看，而你妹妹是个颜控。”

程璟川抿着嘴唇，半晌，一声长叹：“好想打你呀。”

话音落下，两个人都笑了。

霍听澜说：“我以为你会在牛角尖里再待一段时间。”

“你是君子，我也不是小人。”程璟川说，“你为人磊落，我也坦坦荡荡。我的确喜欢乔鹤，可生活里，不止有爱和不爱。我以哥哥的身份在她身边十几年，这种定论下，却任由自己的感情发生倾斜，是我没有处理好，与她无关，她不需要知道，更不必为此背上负担。”

“你和我说这些话，是想告诉我，”霍听澜说，“我们可以和平相处，不再是敌人？”

“我只是不希望你们因我而产生什么误会，”程璟川叹了口气，“毕竟，乔鹤有点神经大条，不是一个擅长处理感情问题的孩子。”

不擅长?

霍听澜内心一叹，想着，那是你没看见她如何追我的!

砸我心门，戳我心肺，她可擅长了!

车停在校门口，程璟川向霍听澜道谢。

他推门下车，又想起什么，回身对霍听澜说：“千万不要觉得我不争不抢的样子很可怜，更不要觉得我主动退出是为了成全你们。我只是在做我认为正确的事，希望你能明白。”

听程璟川这样说，霍听澜也从车上走下来。

两个人身量相仿，站直时，都是白杨树般挺拔。霍听澜拿出烟盒，分了一根给程璟川，然后又抽出一根咬在嘴里，打火机里蹿起火苗，照亮他的眼睛。

“我有个弟弟，同父异母，他出生的时候我爸妈还没离婚。”霍听澜唇间噙着一点儿烟雾，“总有人问我，你不搭理你弟弟，不和他玩，不对他笑，是不是讨厌他？你一定恨死他了！我认真地想了很久，我发现我不恨，但是，对他，我也没有多少爱。小时候，我喜欢躲在外公的书房里看瓷器，渐渐地，我发现我和瓷器一样，外表光鲜，内里却是冷的。我可以快速背下整本古籍，却很难在情感上和人产生共鸣。我心上缺了一块，乔鹤的出现，刚好填补在那里。她给我的感情，将成为我生命的一部分，让我变得更完整，我很珍惜，所以，才需要更多时间认真面对。”

程璟川磕了下烟灰，说：“这些话，你应该对乔鹤说。”

“还不到时候，”霍听澜背倚着车门，看着头顶的夜空，眼神深邃如汪洋，“我要给她的东西很多，只是现在还不到时候。我跟你说这些，是希望你能放下戒备，允许我靠近你妹妹。我是来爱她的，绝不会伤害她。”

听到这里，程璟川终于笑了，眼神和善。

一直以来，他和霍听澜的关系都是扭曲的，对彼此恶意揣测，互相嘲讽，针锋相对。

如今，他们的关系终于明朗。

程璟川只是乔鹤的哥哥，先前的事，就此揭过，不必再提。

霍听澜尊重他的感情，理解他的决定，甚至钦佩他的为人。

月光下，站在车前的两个男人，同样年轻，同样的坦荡和磊落。

无论执着还是成全，都有着倨傲的风骨。

即便爱而不得，也无法让他们变得卑微。

第十章

/

太阳温暖你，星星来见你

（77）

也不知道算不算冷战，直到那件“洛水女神”雕刻完成，抛光出货，乔鹤都没有联系过霍听澜。那家伙的朋友圈没有任何动态，微博也很少更新。乔鹤近乎怅然地想，原来，跟一个人失去联系，是这样容易。

悄无声息地，就不见了。

乔鹤将她新雕好的物件拿给程柳江看。

蜡烛红的芙蓉石触感细润，白黄相间的底色上缀着片片红斑，浓处艳丽如枫，浅时似胭脂薄涂。华光溢射，极为夺目。

料是好料，雕功亦属上乘。

莲花水纹作底，繁复绚丽，往上，洛水女神婀娜而立，云髻精致，披帛飘逸。右手手指捏合，呈兰花状，兰指下，栾鸟灵动飞舞。

人物的发丝和五官都用了阴刻线，表情雕刻细致，细细品味，能感受到端庄矜重的味道。裙摆衣褶繁多，刻痕道道清晰，绝无重叠或折断。

镂空、阴刻、浮雕、透雕，整件作品处处精致，亮得喜人，润得无瑕。

正午时分，机器房里日光明亮，棚顶的大灯也开着，世间华光尽汇于此，神女踏水而出，灼若芙蕖。

乔鹤忐忑地开口：“师父，您看，我做得还行吗？”

抛光机下还有未打扫的玉屑，亮晶晶的。乔鹤脸上不知打哪儿蹭了一道墨汁，程柳江伸手帮她擦了擦，转头问云林：“你觉得如何？”

云林的脸色不算好看，支吾半天，说了一句：“还行，挺好。”

“挺好？”程柳江笑了一声，指着“洛水女神”对云林说，“你把自己关在机器房里，心无旁骛地练上三年，三年后，也许你能做出这种‘挺好’。”

云林的脸色又难看了几分。

乔鹤没多留意，站在程柳江身边，扯着师父的衣袖，说：“我听出来了，这是夸我呢！”

程柳江欣慰：“明天，师父亲手雕个小座给你，上漆晾干，然后连座带摆件，一并搁在店里最显眼的地方。让所有人都看看，如意轩出的都是好东西！”

“不必摆，”乔鹤笑着说，“已经有客人给了定金。”

程柳江一愣：“刚做完抛光，都没上架，这是卖给了哪位客人？”

“肯定是那个姓霍的小白脸，”云林冷笑着，“在家门口出现过一次，我看见了。师姐不仅雕功上乘，如意算盘也拨得好，拿店里的东西做人情！有没有给你的情郎打个好折扣？低价收，高价卖，中间一转手，少说能吞个十万，师姐这是要攒嫁妆？”

这话一出，屋子里静了一瞬。

“账本就放在柜台下的小抽屉里，没锁，”乔鹤看着云林，“师弟要是不放心，可以去看。我和霍先生的确有些私交，当初我画不出设计稿，是霍先生给了我灵感，出图后，他很喜欢，就付了定金，把东西留下了。‘洛水女神’的定价和优惠，我都是按照店里规矩办的，账目和流水都可查，有没有亏空，一看便知！”

云林被乔鹤噎得心虚，又不想表现得太窝囊，梗着脖子说：“师父身体不好，半隐半退，十天八天不踏一次店门，你成天耗在这里，有大把的时间可以做平账面！”

“做假账？吃回扣？”乔鹤忽然一笑，放轻了声音说，“云林，如果你能把琢磨下三烂的心思挪出一半来，放在精进手艺上，都不会变得如此不济！”

云林瞪圆了一双眼睛：“你说谁下三烂？”

“说的就是你！”乔鹤瞄了程柳江一眼，见师父沉默不语，于是迈步逼近云林面前，字字清晰，“今天师父让你来，是为了看玉雕，看手艺，即便我私德有亏，也不妨碍在雕刻上技高你一筹！如意轩一向凭本事论英雄，我敢说我扛得起门上那块挂了百年的招牌，你敢说吗？损人利己也要掂掂自己什么斤两，把我贬下去，并不意味着能把你抬起来，因为你手上没本事，懂吗？”

云林脸色涨红，转头去看程柳江，一声师父卡在喉咙里，叫不出，咽不下。

“你看师父干什么？”乔鹤寸步不让，“这是我和你之间的事。早前你在师父面前搬弄是非，我当你年纪小，不懂事，可事不过三，我总不能一直让你欺负着！有本事就亮出手艺，用技术比一比，让店里的伙计都来看着，成王败寇，我绝无二话！”

云林脸色红了又白，被乔鹤逼得退无可退，沁了一脑门的汗。

两个小徒弟唇枪舌剑，程柳江也面色沉重，他拍一拍乔鹤的肩膀，示意她点到即止。

乔鹤压了压火气，后退一步，站到程柳江身后。

程柳江看着云林，缓慢发话：“技有长短，人有高低。云林，入门的第一天，我就告诉过你，摸刻刀之前，要先把心思摆正，你的心摆正了吗？”

“我心术不正，那师父呢？”云林红着眼睛，愤怒地嘶吼，“师父的心又偏向哪儿去了？璟川哥不好，我也不好，家里三个孩子，只有她乔鹤是好人，我们都比不上！”说完，不管不顾地转头跑了！

（78）

好端端来店里看成品，却被小徒弟顶撞一脸，程柳江火气上涌，咳得几乎喘不上气。乔鹤险些吓哭，叫来小伙计将程柳江背进里间的小休息室，和衣躺下。

乔鹤伏在床边，小声说：“师父，您别吓我，以后我再也不跟云林吵架了。”

程柳江半靠着床头，喘了一会儿，才说：“云林说得没错，我是偏心，谁有手艺，谁肯下功夫，我偏心谁。以前，云林不肯练功，到了要交作业时才求你帮他捉刀的那些事儿，真当我老糊涂了，一概不知？手艺饭，不下功夫，是吃不上的。这条路，云林快走到头了。”

乔鹤叹了口气。

程柳江继续说：“我当初立誓不入玉协会，不参评奖项，是不愿跟那群老顽固扯皮。你还年轻，不要被这规矩束住。如今‘金玉奖’是行内最具权威性的奖项，获奖者能够迅速提升知名度，作品也更容易受到追捧，你不妨去试一试。入行以来，师父一直教育你，要淡名利而重功夫，可做生意的，哪能不依附市场？有价，还要有市。如意轩只是你的起点，不该是全部，师父希望你能走得更远，别把自己圈在这间小铺子里。”

乔鹤愕然抬头。

她一直以为程柳江收她在身边，是为了如意轩的延续。她必须竭尽所能，让这块招牌从一个百年走向下一个百年。

程柳江咳得厉害，目光却和蔼。他拍拍乔鹤的手，哑声说：“好孩子，你有天赋，也有热爱，努力往前走吧。所谓传承，传的是技艺和信念，不单单是一块招牌。放宽眼界，也放开手脚，去做吧。”

乔鹤隐隐觉得眼圈发热，她挨在程柳江手边，沉默良久，也思虑了良久，慢慢说：“所谓师父，如师如父，您收留我，养大我，这份恩情，我永远不忘。如意轩是您的心血，也是我的责任，我跟您保证，我一定会让它延续下去。您相信我。”

“桐花万里丹山路，雏凤清于老凤声。以后的事，就交给你们年轻人了。不过，”程柳江话音一转，脸上浮起些许笑意，低声说，“那个姓霍的小孩儿，长得确实不错。他来接你那天，我和你师母也都看见了。”

乔鹤脸都红了，哭笑不得地想，一把年纪的人，还学会吃瓜了！

那天，乔鹤跟程柳江聊了很久，也聊了很多。程柳江语重心长，说：“玉雕一行，不仅仅是生意，还是文化，是传承，无古不成今。”

程柳江的话让乔鹤想到霍听澜。

霍听澜说，这些孩子里，如果能有一个，哪怕只有一个，因为我今天讲述的东西而喜欢上瓷，喜欢上那些古老又辉煌的文化，都是一份莫大的功德。

他的悲悯，不单单只针对某件碎裂的瓷器，他的眼睛看的是整个行业。

那副精致的皮肉下，是赤诚的血，是纯挚的热爱。

因为爱得太过真切，所以，霍听澜才会皱着眉头，用一种怅然并温柔的语调说，我希望这个行业是向上走的，而不是沿着污浊和混乱，一路沉下去。

他很少发声，却竭尽所能，做好每一件他能做的事。

他用一双手，穿过金色的时光之河，拂去经年的尘，拾起了许多正在被遗忘的东西。

这样的人，怎么会忘恩负义。康建辉东窗事发时，他一定比任何人都要心痛。

一手是抚养他七年的老师，一手是他挚爱的行业。

他不是在做选择，而是在断臂，切肤之苦，他无处诉说，只能隐忍。

乔鹤抬手覆上胸口，触摸到炽热的心跳。她想，他们明明好多天没有联系了，她却离他更近了一点儿。

她在了解他，也在读懂他。

（79）

若不是方可期打电话来，乔鹤险些忘了，她们约好要去综艺节目《古玩街》的录制现场做观众，看活生生的霍听澜!

方可期还在努力撺掇乔鹤，说："去吧去吧，万一霍先生一时激动，来个直播求婚，那多浪漫哪！"

乔鹤嘴角抽搐，提醒："节目是录播。"

乔鹤尚在犹豫，方可期又一通电话打过来。她整个人都慌了，语不成调，断断续续地说："薄荷，怎么办？江爷爷……江爷爷好像摔倒了，他在家里，身边没有人！”

江爷爷就是江枕的爷爷，和方可期同住一个小区，退休前是水厂技工，退休后专职遛鸟下棋。鸟养得极好，棋下得极烂，他每次看见方可期都会笑眯眯地问一句：“丫头，来一盘？”

最开始，方可期没有领教过臭棋篓子的威力，陪江爷爷下了几盘，后来，她一见到他就绕着走，江枕的颜值都不能把她拽回来。

没办法，这老头儿不仅棋下得烂，还要赖，还悔棋，不讲棋德！

江爷爷的老伴去得早，一直独居，午觉睡醒，出门扔垃圾，走到门口眼前猛地一黑，摔倒在电梯前。他手机里存着方可期的号码，不晓得什么时候拨了出去，方可期听到一阵乱七八糟的响动，像是重物砸地，接着，是虚弱的呻吟。

方可期六神无主，甚至忘了她手机里有江枕的联系方式。乔鹤让她先打120，然后通知小区物业，让物业就近派人过去。

方可期正在上班，连假都没请，直接打车跑回去，刚好看见江爷爷躺在担架上被抬出来。

四周围着不少人，方可期跟着上了救护车。江爷爷已经没了意识，额头磕破了，血一直流下来，衣服都染红了。

方可期哭得稀里哗啦，说：“爷爷，您别吓我！我以后天天陪您下棋，您随便耍赖藏棋子儿，我再也不笑话您了！”

江爷爷被诊断为突发性脑出血，医生说情况不乐观，必须马上手术。方可期不是直系亲属，不能签字，正急得团团转，一个穿西装的男人大步走了过来。

那人个子很高，面容严肃，许是保养得宜，看上去还算年轻。看见方可期后，那人说的第一句话是："你是江枕的朋友吗？这件事先不要告诉江枕，他最近有一场很重要的比赛，绝对不能分心。"

方可期惊得连哭都忘了，抖着声音问："您是江枕的父亲？"

江成彬眉心紧皱，点了点头，然后再次叮嘱："不要告诉江枕，他正全力备赛！"

方可期这才想起来，她有江枕的联系方式。

手术室上的红灯一直亮着，江爷爷生死未卜。

除了江成彬，再没有其他人赶过来，方可期想，这个人可能是江爷爷的独子。

好冷静的独生子啊，她一个外人都吓哭了，他却只想着比赛。

那得是多重要的比赛呀。

方可期呆呆地看着虚空，过了好一会儿，才说："您跟江枕的关系不好吧？"

江成彬面无表情："江枕告诉你的？"

"我猜的。"方可期低声说，"人以群分，江枕那么温柔，他一定不喜欢冷血的人，他一定不喜欢您。"

对长辈说这样的话，很不礼貌。

江成彬神色如常，不打算跟一个小姑娘计较，说："谢谢你送老爷子来医院，留个联系方式吧，我会支付感谢费。这里也不需要你了，回去休息吧。"

方可期摇摇头，盯着手术室紧闭的大门，说："我不是江枕的朋友，而是江爷爷的邻居。江爷爷是特别好的人，我要等他平安出来，不然，我不放心。"

乔鹤赶来时，看到的就是这番情景。

方可期神色忐忑，坐立难安，另一边的中年男人不停地接打电话，嘴里全是合同、股票、会议时间，以及一串乔鹤听不懂的金融名词。

简直分不清谁才是江爷爷的亲人。

乔鹤猜到了中年男人的身份，却没兴趣跟他打招呼，走到方可期身边，抱住她。

手术进行了四个半小时，浑身插满管子的江爷爷被送进了 ICU，医生说病人的情况不稳定，随时都可能有生命危险，要家属做好心理准备。

江成彬点头，在单据上逐一签字后，让助理留在医院守着，他说他有个重要会议要参加，耽误不得。

临走前，江成彬再度强调，先不要告诉江枕，他现在不能被打扰。

“真奇怪呀，他怕错过会议，却不怕错过见江爷爷最后一面。”方可期缩在乔鹤怀里，语气困惑，“世界上有无数场会议，可只有一个江爷爷呀。开会怎么能比江爷爷的安危更重要呢？薄荷，为什么会有这样的人？他的心肠到底是什么做的？”

乔鹤叹了口气。

方可期揉了揉酸疼的眼睛，忽然说：“我得通知江枕。万一……万一，他见不到爷爷最后一面，该多遗憾哪。”

（80）

江枕到底来迟一步。

江爷爷因医治无效，于20点15分逝世，半个小时后，江枕赶到医院。

只差了半个小时。

江枕穿着黑色外套，很瘦，也很高，快步走过光影暗淡的走廊，背影嶙峋且孤单。

夜色自窗外漫进来，像一匹浓黑的天鹅绒，方可期一眼就看见江枕，很快，又别开视线。

不敢看他，也不敢告诉他。

江枕大步走到方可期面前，抓住她的手，语无伦次："爷爷呢？我爷爷，在哪儿？"

方可期说不出话，只觉江枕的手指冷得像冰。

那温度，刀一样刺在她心头，掠起惊颤般的痛感。

江成彬接到助理的通知，匆匆赶过来，看到江枕也在，顿时皱眉，语气不善："你怎么在这儿？谁通知你的？"

小护士在这时走过来，手上拿着一沓单据，说："家属节哀，还有几个需要签字的……"

话没说完，就看见江枕的脸色急速白下去，小护士有些不忍，止了声音。

方可期小心翼翼地叫了声江枕的名字，带着哭腔。

江枕似乎被那点哭声吓到了，肩膀微微一颤，接着，他疯了似的朝江成彬扑过去。

所有人都被吓了一跳，小护士高声提醒："这是医院，不可以胡来！"

江枕双手抓住父亲的衣领，他指骨修长，因为用力，手背上暴起青色的脉络，狰狞得近乎病态。

江枕眼睛里蓄满了泪，说话时声音都在颤：“江成彬，你是人吗？爷爷在抢救的时候，你为什么不通知我？看看你波澜不惊的样子，你知道死去的人是谁吗？是我爷爷！是养大我的人，也是生你养你的亲爹！”

江成彬抬手就是一巴掌！

江枕一米八几的个子，几乎摔出去，尖锐的耳鸣掩盖一切声音。

他单手撑着墙壁，喘不过气似的哽着，胸腔里压出沉闷的呜咽。

方可期被那一巴掌吓住，连哭都忘了，一脸震惊地看着那父子俩。

江成彬缓步走到江枕面前，声音沉静，慢慢地说：“爷爷活着的时候，你我该尽的孝都已经尽到了，多看一眼少看一眼，又有什么分别？该走的人终究是要走的！把眼泪擦干净，别让外人看见你没出息的样子！”

方可期想过去扶江枕，江枕转头看她一眼，抹掉嘴角沁出的血痕，平静地说：“你走。”

乔鹤拉住方可期的手臂。

江枕继续说：“离开这儿，别看！”

方可期哭着摇头，江枕看向站在她身后的乔鹤，说：“带她走，举行葬礼的日期定下来后，我会通知你们的。现在，离开，什么都别看。”

方可期实在心疼，她顾不得江枕是不是有喜欢的人，也顾不得什么男女有别，伸出手，摸了摸江枕被打红的半边脸颊。

她哭得厉害，眼泪落在手腕上，一片淋漓。

江枕定定地看着她，目光里有一星清浅的温和，他放柔音调，说：

“听话，先离开，有些事，我不想让你看见。”

方可期是被乔鹤硬拖进电梯的，她一直在哭，眼睛和鼻尖都红了，小声叫着江枕的名字。

江枕背对着电梯门，没再看她，强硬地和江成彬对峙。方可期却看见，他背在身后的手正在微微发抖。

走到住院部门口，方可期忽然停住，她勉强止住眼泪，哑声说：“薄荷，你先回去吧，我不能走，我不能把江枕一个人扔在这儿。”

乔鹤有点犹豫。

方可期继续说：“你也看到了，江枕好像只有爸爸和爷爷两个亲人。爷爷不在了，爸爸又……我不能让他独自面对。就算他不喜欢我，作为普通朋友，我也想陪陪他。”

这小丫头看着柔弱，骨子里着实有几分韧性。

乔鹤只说：“你等江爸爸走了再过去，江枕不想让你看到他们吵架的样子。”

方可期缓慢地点了下头。

住院部的大楼足有三十层，站在外面抬头仰望，会有些许眩晕的感觉。

方可期恍惚想起一个在网站上看到的句子——

医院的墙壁比教堂听到过更多虔诚的祈祷。

方可期抹掉眼底满溢的泪水，她想，如果祈祷有用的话，如果天上真的有神明，如果神明能听见凡间的诉求，请你行行好，温柔一点儿，保佑江枕，让他再也不要像今天这样难过。

（81）

江爷爷下葬的时间很快确定下来。江成彬经济条件很好，葬礼办得非常体面。

江枕穿着纯黑的定制西装，清瘦挺拔，头发和眼睛，一并是黑色的。他几乎不说话，沉默背后，是巨大的疲倦和哀伤，看向江成彬时，眼神里又浮起凌厉的恨。

方可期和乔鹤一同来参加葬礼。

方可期附在乔鹤耳边，小声说："江枕的状态不对劲，太糟糕了。他是那么温和善良的人，你看他现在的样子……"

极端的悲伤和怨怼几乎将他撕成两半。

方可期忧心忡忡："这样下去，可怎么办哪……"

那晚，在医院里，江枕和方可期说了很多话。

他告诉方可期，自己是非婚生子，他出生时，江成彬还不满二十岁。他的母亲是江成彬的初恋女友，两个人没打算结婚，也不打算养孩子，偷偷把他扔在了福利院门口。抛弃他那天，天气恶劣，下着很大的雨，雨水呛进他的呼吸道，造成肺部感染，他险些没能活下来。是爷爷把他接回家，抚养他，给他治病。

后来，江成彬外出打拼，整整十年，没有回过家，偶尔打一通电话回来，只是问候江爷爷，从来没有关心过江枕的死活。

生而不养，为弃。

江成彬抛弃了他，可是，男孩对父亲，总有着天生的崇敬感，江枕依旧渴望能亲近父亲。他知道江成彬喜欢围棋，就努力去学，十岁获少年组冠军，十九岁直升九段。外人都说，他是少年天才，前途无量，和荣誉相比，江枕真正想得到的只是一句认可。

他希望江成彬能拍着他的肩膀说一句，儿子，你做得很好。

“我心里清楚，江成彬早就不要我了，”江枕说，“没关系，我不怨他，我有爷爷。只要爷爷在，我什么都不怕。现在，爷爷走了，世界上最爱我的那个人，不在了……”

江枕坐在地上，背倚着医院走廊里冰冷的墙壁。方可期跟他说话，他也没有反应，神情惨白而空旷，连悲伤都淡了，只剩空茫，仿佛灵魂被吹扬起来，纸屑般飘散，无可依傍。

也是在葬礼上，方可期见到了江枕喜欢的人。

那个女人叫唐静璞，是江成彬的秘书，穿深色套装，戴银色腕表和铂金质地的首饰，知性干练，很精致的职场丽人。

丧礼现场人很多，大部分是江成彬的生意伙伴或公司下属。

人影交叠的间隙，唐静璞走过来，她手上拿着瓶水，拧开盖子递到江枕手边，说：“再怎么任性，你也不该当着外人的面跟江总吵架，这些年，江总过得并不轻松，你要多体谅他。”

江枕没休息好，有点发烧，整个人异常憔悴。他嗓子哑得厉害，说不出话，也没接那瓶水，只是挥开了唐静璞伸到他面前的手。

江枕还能勉强维持住体面，方可期却忍不住了，她很想拽住唐静璞的衣领质问她!

方可期要说话，却被江枕拦住了。

天气不好，下着蒙蒙的雨，江枕一手接过方可期的伞，撑在两人头顶，一手搭上方可期的肩膀，将她往自己身边揽了揽，防止她被雨水淋到。

唐静璞看着两人的小动作，眼神沉了沉，说：“江枕，你一直是明白事理的，我相信……”

“我的确明白事理，只是明白得太晚了。”江枕咳了一下，哑声说，“有两件事，我不该去做。第一件，是为了迎合江成彬的喜好去做职业棋手；第二件，是对你有好感。”

唐静璞还算沉得住气，脸上并没有流露出过激的神色。

江枕脊背笔直，黑色西装衬出周身棱角。他清了清嗓子，语调缓慢，声音却清晰，说：“未经他人苦，莫劝他人善——这么简单的道理，唐小姐似乎永远都记不住！”

唐静璞有些难堪，不自然地抿着嘴唇。

周围人多，有些吵，江枕觉得头疼，他想找个清静的地方坐一会儿。

方可期不知在想什么，没跟上江枕的脚步，险些走到伞外。江枕极自然地将她拉回来，揽在身边。

两个人的身影紧挨在一起，慢慢被雨雾淹没。

（82）

举行葬礼那天，发生的事实在太多，新一期《古玩街》的录制也是在那一天。乔鹤没能赶去现场，她不知道，霍听澜出事了。

节目录制地点在电视台的二号演播厅，时间还没到，参与录制的嘉宾都聚在后台的休息室，喝茶聊天。节目组请来的几位专家年纪都偏高，霍听澜最小，跟这些人差着辈分，他又来得晚，于是，一进门先挨个鞠躬，嘴上叫着张老、许老之类的敬称，说着晚辈经验不足还要仰仗老师关照的客气话。

姿态放低，尽量做到谦逊周全，免得让人挑他毛病，再牵扯上他外公。

即便他这样小心，依然有人不满意。

那人叫常君庭，当地博物馆的研究员和鉴定专家，论年纪，比霍听澜的父亲还要大上几岁。传闻，他年轻时曾想拜入林敬宗林老先生门下，没能如愿，颇有微词。

霍听澜要与他握手，常君庭反而端起茶杯，故意让霍听澜尴尬。霍听澜笑了笑，也不在意，独自坐在角落，闭目养神。

老先生们对坐闲聊，其中一位说最近收了一幅画，是清初画家王原祁的真迹，很是喜欢。

常君庭嗤笑一声，说："有钱真好哇，想买什么买什么！年纪轻，没资历，没水平，又怎么样，有个好出身，再有个好爸爸，照样能捧到专家学者的位置上，到处照样撞骗。这样的人，早晚出事儿！"

指桑骂槐。

休息室里静了一瞬，余下的几位老先生没搭腔，明面上端杯喝茶，余光却纷纷飞起，看向角落里的霍听澜。

这一期专家团都穿着黑色中山装，立翻领，领角整齐，庄重沉着。

霍听澜坐在那里，双腿慵懒地交叠，器宇不凡。他的手臂斜搭在椅子扶手上，袖口下，五指细白修长，骨节分明，一看便知，保养得宜。

常君庭的那句年纪轻出身好，简直是为他量身定做。

霍听澜只当没听见，依旧闭着眼睛，养精蓄锐。

常君庭一看霍听澜那副故作老成的模样，就觉得牙根发痒。

对于这间屋子里的人来说，霍听澜的存在，就是个异数。

他实在太年轻了，年轻得近乎突兀。

博宝鉴定这一行最注重经验和年份，在座的几位，哪一个没有几十年的从业资历，他们跟古玩打交道的时间，算下来，比霍听澜的年纪都大，凭什么让个小辈儿跟他们平起平坐？又凭什么被一个乳臭未干的毛头小子抢尽风头？

林敬宗去世前，反复叮嘱霍听澜不可过分炫技，就是看透了这群人的小心思。

面对年轻一代的崛起，胸怀宽广者，会庆幸，后继有人，我辈之福；狭隘者，便会觉得冒犯，哪个辈分的小东西，也敢和长者分庭抗礼，太没规矩，不成体统！

这个世界一向如此，有人思虑传承，有人排除异己。

霍听澜年轻、英俊，出身显赫，恃才傲物，桩桩件件，每一样都精准地戳在常君庭的肺管子上，让他暗自咬牙。

(83)

“前几天新出了个笑话，不知几位听说没有？”常君庭喝了口茶，慢吞吞地说，“本地有个地产商，财大气粗，暴发户的做派，没见识。收了个天青釉的盘子，非说是宋汝窑，自以为捡了漏，非常得意！私下显摆不算，还要在饭局上拿出来，结果怎么样？被柯文冶柯老先生当众打脸——假的！假得不能再假！钱能买来鬼推磨，但买不来真才实学，草包永远是草包！”

最后一句极为铿锵，霍听澜都想站起来给常君庭鼓个掌，顺便告诉他，老年活动室的合唱团缺个领唱，我看您挺合适。

收假买赝，在行里就像喝水吃饭，根本不值一提，既然被拿出来，就说明另有玄机。

比如，霍听澜的父亲好像就是地产商，财大气粗。

几位老先生心有七窍，继续端杯喝茶，并不接常君庭的话头。

霍听澜却睁开了眼睛，轻笑一声，说：“地产商买古董被骗，不稀奇，更算不得笑谈，世界上多的是内行忽悠外行的好玩事儿。”霍听澜唇边勾着点笑，眼睛却是冷的，直刺向常君庭的面门，“就怕有些内行自诩专家，在高位上待得太久，目无下尘，见不得后辈青出于蓝，看到年轻人出头，就咬着后槽牙想把人家踩下去。最大的念想是同行全都平地汽化，只留他一个，呼风唤雨。这种容不得人的狭隘之徒，才是行业之哀！常老以为呢？”

霍听澜字字句句，全都瞄着常君庭的眼珠子、肺叶子，扎得稳准狠。常君庭一腔火气直顶天灵盖，却碍着身份和地位不好发作，闷得脸色都变了。

这时，场务敲门进来，通知几位老师准备进棚录制。

霍听澜率先起身，恭敬地请几位老师先走。

人影交错的间隙，常君庭狠剜了霍听澜一眼。

录制过程按部就班，意外出现在观众提问环节。

那时节目已经录制了将近五个小时，临近尾声，专家团的几位都有些疲惫。台本所示，这次的提问涉及书画和杂项，由另外两位老师负责，不需要霍听澜解答。

麦克风在观众席里传递的间隙，霍听澜低下头，食指关节抵住眉心，用力按了两下，稍做放松，就在这时，有人叫了声他的名字——

“我有个问题，想问一下霍听澜霍先生。”

霍听澜立即抬头，看见观众席上站起一个年轻女孩。

不知是不是认错了人，霍听澜觉得这个女孩有些眼熟。

女孩说：“霍先生曾被陶瓷设计名家康建辉先生收为弟子，学艺七载。七年，这不是一个简单的数字，几乎贯穿了您大半个学生时代，康建辉的教导对您一定有着深重的影响。可是，四年前，康建辉却因涉嫌文物走私制伪售伪被警方缉拿，网络上至今仍留有许多报道。对于恩师的所作所为，霍先生是否知情？您选择了秉公灭私，还是隐瞒不报呢？”

秉公灭私，背弃恩师，是私德有亏；知情不报，窝藏包庇，是于法不合。

两个选项，哪一个都能让霍听澜万劫不复。

被同行戳烂脊梁，都算是轻的。

现场一片哗然。

编导立刻指挥场务收走了女孩手里的麦克风。

可是，已经来不及了。

常君庭拍案而起，怒道：“霍听澜，你把话说清楚，你有没有干过那些龌龊勾当？你可是林敬宗林老的外孙啊！老先生在天有灵，若知道他的后人竟堕落至此，该是何等心情？你这个……这个……”

话音骤然顿住，常君庭脸色发白，呼吸不畅，像是要晕厥。

他先前那几句话，明显“避轻取重”，使足了气力，要把霍听澜钉在窝藏包庇的耻辱柱上。

毕竟，前者是私德，后者却是犯罪。

工作人员连忙上前，将常君庭扶住，用对讲机通知医护人员立即赶往休息室。

霍听澜冷眼看着常君庭做戏，有些好笑地想，姓常的能被他气晕？笑晕还差不多！

常君庭日盼夜盼，就盼着他能摔进泥里，现下，美梦成真，可喜可贺！

常君庭那几句“斥责”让现场越发混乱，编导不得不宣布录制暂停，嘉宾先去休息室稍作休整。

霍听澜垂下眼睛，很轻地叹了口气，耳边闹哄哄的，全是杂音，让他觉得疲惫，好像周身的力气都抽空了。

有人在怒斥，有人在呼喊，有人在质问。

《古玩街》播出至今，热度能持续走高，霍听澜当记头功。他外貌出色，谈吐风趣博学，在一众枯槁的老专家中，堪称独树一帜，风华绝代。

出尽风头是他，被反噬时，千夫所指自然也是他。

摄影棚是不准观众携带手机、相机等设备进入的，这一场闹剧，不会有视频流出去，但是，悠悠众口呢?

这么多人看着，听着，一传十，十传百，在那些流言里，他霍听澜会变成什么样子?

他还有机会解释吗?他解释得清吗?

你是否涉嫌窝藏包庇?

我没有!

那就是背弃恩师喽?

我……

你说话!你解释啊!

你若没有背叛，为什么愧疚至今?

老师的死，若真的与你无关，你为什么要愧疚?

你不安，因为你于心有愧；你有愧，是因为你害死了自己的老师。

霍听澜，你害死了你的老师!

仿佛有黑色的雾气团团涌出，扭曲着，虬结着，将他包围。

又来了，又来了!

他捂住眼睛，耳朵还能听到；他捂住耳朵，眼睛还能看到。

看到混乱的人群和愤怒的脸，听到诸多质疑和……

那声枪响。

(84)

恍惚中，时光似乎退回到了四年前。

冬天，北宁市风雪漫漫。

康家的院落里挂起漂亮的红灯笼，就要过年了。

康建辉近几年老态明显，两鬓都白了。他坐在窗前的旧藤椅上，目光深邃慈爱，静静地看着霍听澜。

看着他亲手教出的徒弟，他唯一的徒弟。

霍听澜脊背笔直，膝盖却弯下去，落在地板上，很轻的一声。

“是我在背后收集证据，”霍听澜嗓子全哑了，“也是我把证据交给警方的。”

康建辉笑了一下，平静地开口：“这条黑色产业链运行二十几年，若不是我故意露出破绽，凭你个毛头小子，你以为你找得到那么多重要物证？”

霍听澜猛然抬头。

康建辉淡笑着：“我早知道我做得不对，可是，我已经陷得太深。利益牵扯，我盲目抽身，我的家人就活不了了。所以，我借你的手，来结束这一切。”

“你做得很好！”康建辉拍着霍听澜的肩膀，“你一直都很好。”

“老师，还有时间，您去自首吧，在警察来之前！”霍听澜几乎支撑不住，他发着抖，语无伦次，“我会请最好的律师，我会想办法！老师，您相信我……”

当初，我陷在黑色的情绪里，是您救我，如今，换我救您。

老师，您相信我。

“不是人人都有机会改过自新。”

康建辉的目光飘向远处，窗外，是酝酿了一冬的风雪。

无数雪花从天上落下来，苍穹无尽，黑暗无尽。

无边无尽。

“我错得太久了，身败名裂，没人能救我。”

霍听澜脸色煞白，他很难受，却哭不出，整个人闷得像要炸开。

“这么多年，我唯一欣慰的事，就是把你教得很好，”康建辉的掌心落在霍听澜头上，轻轻抚摸，动作和眼神都满是慈爱，“没有辜负你叫我一声老师，也没有愧对林老临终前的嘱托。到了地下，我也能给我的老师一个交代了。”

霍听澜的眼睛终于红了。

他在康建辉的声音里听到了诀别。

老师在向他告别。

他救不了他的老师。

他把老师逼上了绝路。

“你很好，孩子。”康建辉近乎温柔地看着他，“所有的过错，都是我一人犯下，与你无关。千万不要心怀愧疚，孩子，该愧疚的人是我，不是你。”

霍听澜眼眶通红，他咬住嘴唇，齿列间泛起血液腥咸的味道。

他想哭，想喊，却没有任何力气。

心脏紧缩成一团，痛不可当。

“好孩子，今后的路，要靠你一个人走了。”康建辉咳了一声，“除了骂名，老师没什么能留给你，这一次，是我拖累你，对不起了。”

窗外，警灯闪烁，尖锐的鸣笛几乎将耳膜刺穿。

霍听澜握着康建辉的手，眼泪终于掉下来，他什么都说不出，舌底压着浓烈的血腥。

脑袋和心脏同时剧痛。

剧烈的痛苦。

“站起来，孩子！”康建辉的手压住他的肩膀，重重一按，“该跪的人是我，不是你！

“站起来！

“堂堂正正地走出去！不要哭，更不要为我求情！

“记住，是我罪有应得！

“我犯过的错，你不要再犯。我没做到的事，你要替我做到——

“不沾罪行，磊落光明！

“你一定要做到！

“孩子，走吧……”

起风了，暴雪茫茫。

霍听澜走在空旷无人的院落里。

红灯笼挂在高处，飘荡摇晃，灯影寥落。

警灯的光芒越来越近，鸣笛声震耳欲聋。

“砰”的一声。

是枪响，自身后的屋子里传来，撕破风声，也撕破寥落的灯影。

只是一瞬，很快，又归于沉寂。

更多的雪花从天上落下来，长夜无际，苦寒无际，无边无际。

一切都结束了。

风呛进喉咙，霍听澜弯下腰，咳得撕心裂肺。

他不停地咳，唇边溢出血色，胸腔震荡出剧烈的痛感。

他张大嘴巴，想疯狂嘶吼，却发不出声音。

嗓子彻底哑了，不知道还能不能养好。

雪花掉进霍听澜眼底，缓慢融化，染湿了他的眼眶。

刺痛止不住地涌上来，也不知是眼睛在痛，还是喉咙，抑或是那个有心跳的地方。

寒冷彻骨，疼痛彻骨。

“好孩子，你要活得光明，活得磊落。老师没能做到的事情，你要替我做到。”

“孩子，老师一身罪行，洗不掉了。但你是清白的，不要被过去的事情困住，眼睛要往前看，人要往前走。向前走吧，别再回头。”

“答应我，永远不要回头。”

一生不沾罪行。

一生磊落光明。

霍听澜在风雪慢慢前行，缓慢，亦艰难，他坚持着没有回头。恍惚间，脚尖似乎碰到什么东西，他踉跄了一下，接着，支撑不住一般，摔跪下去。

寒风在他身边肆意吹过，吹乱了头发，也吹红了眼睛。

悲伤巨大而汹涌，他终于抵挡不住。

一滴眼泪掉下来，在雪面上砸出一个小小的浅坑。

死者长已矣，活着的人要加倍珍重，也要加倍偿还。

不沾罪行，磊落光明。

……

（85）

演播厅里，混乱渐渐消止。场务组织观众依序离场，今天的录制，到此为止。

工作人员走到霍听澜身边，小心翼翼地叫他：“霍老师，先去休息室坐一会儿吧。”

霍听澜像是从梦中惊醒，茫然了一瞬，才缓慢点头，说：“好。”

谁都没有看清楚，那个穿着一身黑衣的女人是何时跑到舞台上的，甚至，没人看清楚，她手中到底拿着什么。

鲜血飞溅出来，霍听澜在惊痛中愕然抬头，看见康盏满是泪水的脸。

所有人都慌了，呼喊、尖叫，保安冲过来，将女人按跪在地上。

乱了，全乱了。

混乱的世界，扭曲的世界，霍听澜耳边却一片安静。

他最后听到的声音，是康盏哽咽的哭泣。

她哭得满脸泪水，说："霍听澜，我试图劝说自己原谅你。在国外的那几年，每一天，我都在这样尝试。但是，我做不到。

"原谅太难了，我做不到！

"杀人偿命，你害死我爸爸，害死我妈妈，就该受到惩罚！"

康盏哭着说："有罪的人都下地狱吧！"

康盏穿着黑色衣裤，胸口处别着一朵小小的白花，像是在缅怀，又像在祭奠。

挣扎间，那朵白色小花掉下去，摔在地上，被人胡乱踩踏着，泥泞成脏兮兮的一团。

霍听澜抬起头，目光流散至虚空，他的世界里光影急速褪色。

演播厅消失了，杂音消失了，那些无关的人也消失了，他眼前，是四年前那场无边无际的大雪，是悬挂在高处的赤红的灯笼。

空间和时间悄然扭曲，又重新组合，他被一只无形的手，拖拽回梦魇深处。

他想起来了，难怪会觉得眼熟，刚刚那个向他提问的女孩是康家的远亲，他曾在大年夜的团圆饭局见过她一次。

那时候，老师还活着，一家人其乐融融。

康建辉拍着他的肩膀，向众人炫耀："收徒如养子，得子如此，康某之幸！"

"康老又在显摆他的小徒弟了！"

"心尖上的徒弟，捧在手里都怕摔坏了！也不怕阿盏吃醋！"

……

回忆走马灯一般，在眼前逐一浮现。

霍听澜不知看到了什么，他笑了一下，轻轻的，温柔浅淡。

紧接着，彻骨的寒冷将他包围，氧气稀薄得连呼吸都困难。

他在众人惊慌的喊叫声里闭上眼睛，唇边溢出鲜润的血色。

他累了，想好好睡一觉。

谁都不要来打扰他，更不要叫醒他。

真的，太累了。

（86）

接到那通电话时，乔鹤还在墓园。

天气不好，下着小雨。方可期撑开黑色的伞，抬手举高，试图罩住江枕。

雨伞是单人的，伞下空间很小，方可期只顾着江枕，未曾留意自己的肩膀已经打湿。

乔鹤安静地看着，悄悄叹了口气。

手机铃声在这时响起，是个陌生号码，乔鹤以为是客户，立即接起来："您好。"

"乔鹤吗？我是周奕杨。"说话的人嗓音哑得厉害，像是吞了把粗糙的沙粒，"我要告诉你一件事——"

乔鹤心头一紧，恍惚间，她有了某种预感。

"听澜被刺伤了，正在抢救，情况很不好。"

乔鹤一直很讨厌医院，很小的时候，她就是在这里失去了爸爸，后来，妈妈也走了。她不得不跟着姑姑，一度被欺负得很惨。

好在，她遇见了程柳江，师父待她很好，师母也是，还有璟川哥。

她曾经天真地祈祷，希望神明保佑，她在乎的人都不要跟医院扯上关系。

可惜，许愿的时候她还没遇到霍听澜，没能把他的名字也加进去。

消毒水的味道浓烈刺鼻，手术室外的走廊里聚了很多人。

周奕杨、赵立森、霍杉，还有霍向磊。

乔鹤第一次见到霍听澜的父亲，没想到，竟是在这样的情形下。

霍向磊两鬓微白，威严不减，眉心处有深深的皱痕。他听见脚步声，抬头看向乔鹤时，目光并不友善。

周奕杨立即站起来，从中引荐："乔鹤，这位是听澜的父亲。"

"叔叔，这是乔鹤，听澜的女朋友。"

霍向磊明显一怔，他转过头，扫了乔鹤一眼，接着，又看向周奕杨，眼神里带着质疑的味道。

周奕杨平静地与他对视，又重复一遍："叔叔，这是乔鹤，听澜的女朋友。他们感情很好，听澜非常喜欢她。"

乔鹤在一旁听着，有点生气，还有点想笑。

霍听澜那个家伙，上辈子大概是个珍珠蚌，不到万不得已，绝不开口，连这种话，都要别人转达。

我才不要听经由别人形容出的喜欢，我要你亲口告诉我！

浑蛋，你一定要醒过来，你还没有亲口对我说过喜欢。

你还没有说过，你很喜欢我。

乔鹤微微仰起头，努力控制自己，不让眼泪掉下来。

周奕杨将乔鹤带到楼梯间，简单重复了一遍事发经过。

康盏以现场观众的身份混进了录影棚，身上带着一把峨眉刺。

那是一种很少见的武术器械，一尺多长，整体呈锥形。康盏取掉了短刺中间套手的指环，伪装成发簪，藏在头发里，躲过了各路安检。

那一刺，落在霍听澜肋骨下缘，偏右，肝脏的位置，造成体内大出血。

医生说，情况危险。

楼梯间开着一扇小窗，光落进来，有细小的颗粒在浮沉。

乔鹤怕冷似的蜷起手臂，抱住自己，轻声说："霍听澜跟康家的纠缠，你都知道吗？能不能跟我说说？"

周奕杨长长地叹了口气。

事情的全过程他是知道的，只是，该从哪里讲起呢？

"你可能知道，霍听澜的生母叫林成溪，唱昆曲的，很漂亮。霍听澜十三岁那年，霍叔叔跟林阿姨离婚，娶了林阿姨的闺密，可是早在离婚前，那个闺密就生下了霍杉。这件事，对林阿姨的伤害很大，她患上严重的精神疾病，不得不住进疗养院。也是在那一年，听澜的外公病危，临终前，他怕听澜孤苦无依，将听澜托付给自己最看重的学生，就是康建辉。

"那段时间，听澜的状态很糟。外公病逝，母亲发疯，他的精神全垮了，整天旷课打架惹是生非，疯狂作践自己，是康建辉把他拽了回来。听澜在康建辉身边生活了七年，从十三岁到二十岁，他最无助的七年，也是他成长最快的七年。他身上那些本事，他性格里的大气和硬骨，一半源自他外公，另一半源自康建辉。有个词叫恩同再造，康建辉对霍听澜来说，不仅是老师，更像是父亲……

“二十岁那年，霍听澜去国外看展，在黑市上见到一支高足杯，元代真品，这东西属于国家一级文物，绝不允许出境的。更何况，他上一次见到这支高足杯，同一支高足杯，是在康建辉家里。不该出境的东西，却出现在了国外的黑市，你知道这代表什么。

“我曾经问过听澜，是什么促使他下定决心，要挖出康建辉背后的黑色产业链，听澜告诉我，因为他太恨国宝外流了。那些贫弱的岁月里，我们丢失的不单单是一幅字、一支杯，也不只是圆明园里的生肖兽首，而是尊严。既然艰难的年代已经过去，不再复返，为什么我们还要继续弄丢原本属于自己的东西呢？”

这不仅仅是罪，更是耻。

霍听澜希望，有朝一日，所有流失在外的文物，都能回家。

有朝一日，连小小的孩子都知道，这是我们的东西，它该住在我们自己的博物馆，而不是在遥远的海外。

文物保护，保护的不仅是历经千年的辉煌文明，还有一个民族的脊梁和尊严。

文物回流，象征的不仅有意识的觉醒，还有国之兴盛。

这一切，任重道远，也让更多的人认识到，我们的年轻人，不单有漂亮的皮囊，还有大义和胸怀。

一身磊落，一身光明。

还记得鲁迅先生写在《热风》杂文集里的那段话吗：

愿中国的青年都能摆脱冷气，只是向上走，不必听自暴自弃者流的话。能做事的做事，能发声的发声……此后如竟没有炬火：我便是唯一的光。

(87)

乔鹤安安静静地听完，很久，都没有说话。

雨过天晴，金色的阳光漫进来，微微闪烁，本该是温暖的，乔鹤却感觉不到。

她只觉心酸，眼眶发酸，鼻子也是，偏偏哭不出来，难过一层层地在心里叠加，酿成一坛铭心蚀骨的苦。

太心疼了，心疼躺在手术室里的那个家伙，心疼到无以复加。

“听澜以为他能处理好，毕竟康建辉罪不至死，总会有一线生机。”

说了这么多话，嗓子哑得厉害，周奕杨手边搁着两瓶矿泉水，他将一瓶递给乔鹤，然后拧开另一瓶，喝下一大口，才继续说：“但是，他太年轻了，也太天真，以为能改过，便能重来，可有些人是没有回头路的。康建辉不是不后悔，只不过，他在里面陷得太深太久，已经没办法脱身了。那个掀动起全局的高足杯，应该是他故意留下的破绽，或者说线索，他想借听澜的手覆灭一切罪。不过，康盏不明白，或者说，她不想去弄明白，家破人亡后，对听澜的那点恨，几乎成了她生活的重心。”

“不止康盏没有原谅他，”乔鹤的声音很轻，慢慢地说，“霍听澜也没有原谅自己。康建辉的死，他觉得自己也有责任，所以，面对康盏，他于心有愧。”

“这笔账怎么能算在听澜头上呢？”周奕杨靠在墙上，头枕着墙壁，喃喃，“杀人偿命，欠债还钱，康建辉自己作孽，然后自我了断，那是他的报应。事情结束后，听澜拒绝一切嘉奖，也拒绝在任何官方通报里提到自己的名字。他说，他不能用老师的死当作自己的荣耀，而且，这也算不得什么功绩，不过是忏悔罢了，是洗净罪行后，残余的尸骸。你看，他总是这样，越是好人，越饱受苛待。”

是啊，他明明是很好的人，却承受着并不公正的诘问和指责。

周奕杨喉结颤抖，慢慢地红了眼睛。

“过去的事情不必再提，孰是孰非，法律已经给了论断。”乔鹤反复紧握手中的水瓶，塑料发出细微的碎响，如同哭泣。

她说：“以后，有我在他身边。他有多好，我最清楚，他承受的伤痛，我帮他记着。他暂时不能原谅自己，也没关系，我来教他。”

教他要坦荡地接受爱与被爱，教他原谅，也教他释然。

霍听澜，我跟你保证，以后的日子，只会有好事发生。

太阳温暖你，月亮照耀你，星星来见你，而我，会为你建一方桃花源，供你安睡归栖。

你快点醒过来，好不好?

手术足足进行了五个小时，其间一度生命垂危，好在，总算救回来了。医生说，霍听澜尚未彻底脱离危险，要在 ICU 观察一段时间。

所有人都松了一口气，霍杉贴在 ICU 的窗户玻璃上，往里面看。

病房里放着许多仪器，嘀嘀作响，还有各种线和管子。氧气面罩挡住了霍听澜的大半张脸，其实什么都看不清，霍杉还是努力看着，小声说：“哥，你吓死我了。”

别再有下一次，行吗?

其他人都围在医生身边，乔鹤却转身进了卫生间，她将水龙头开到最大，用哗哗作响的水流声掩盖哭泣声。

万幸，他没有被带走。

万幸，他还在她身边。

上天终是仁慈，给了他一个好结局。

乔鹤双手撑在洗手台上，她哭得太用力，膝盖发软，险些站不稳。保洁阿姨从旁边路过，好心扶了她一下。

阿姨在医院工作十几年，见惯了生离死别，温声安慰她：“姑娘，撑住哇！你要是垮了，生病的那个可怎么办？”

乔鹤含着眼泪露出一点儿笑，说：“阿姨，我不是伤心，是高兴。他被救回来了。”

霍听澜，往后余生，希望你不必再经历任何不好的事，即便有，也只是一场虚惊。

第十一章

/

看我的心上人哪

(88)

周奕杨说，他先在医院守着，让霍向磊和乔鹤回去休息，明天一早，来换他。

乔鹤在卫生间里洗了把脸，眼睛还红着，说话时鼻音明显。

她说，夜里霍听澜要是醒了，不管多晚，你一定要通知我，我会过来的。

周奕杨拍拍她的肩膀，说："我知道。"

乔鹤来医院时，坐的出租车，回去时，坐了霍向磊的车。

霍向磊主动问她住在哪里，说可以送她回去。

乔鹤顿了一下，没有拒绝，欠了欠身，说谢谢叔叔。

霍向磊的车很低调，一辆黑色奔驰，雪亮干净。

上车前，霍向磊看了霍杉一眼。那小子大概跟爸爸有矛盾，扭头打车走了，理都没理。

天黑了，车窗外灯火繁盛，弥散的光雾落在乔鹤眉眼之间，涂抹出一种劫后余生的虚脱和疲惫。

“听澜是不是常跟你提起他外公？”霍现磊突然开口，问乔鹤，“很少提起我吧？”

乔鹤心想，不是很少，是根本没提过，他对你，没有多少怨恨，也没有任何期待。

霍向磊等了一会儿，见乔鹤不作声，微微一哂：“听澜在他外公身边长大，跟我并不亲近，他唯一一次主动找到我，就是为了他的老师，希望我能出面帮忙。那时候我才知道他究竟做了些什么，我很生气。”

乔鹤有些惊讶，看着霍向磊，等他说下去。

“那时候他才多大，二十出头，大学都没念完，”霍向磊目光沉沉，“就把自己置放在这样危险的境地，四面楚歌，腹背受敌，几乎没有盟友。输了，是不自量力；赢了，是背弃恩师。他给自己设了一个困局，直到现在，他都在承受困局带来的恶果。”

乔鹤小声辩驳：“他明明在做好事……”

“他做的当然是好事，”霍向磊说，“可好人的处境似乎总是更艰难一些。他要承担更多的压力，也要扛起更沉重的责任，还要面对误解、谣言，甚至是恶意中伤……”

“即便是这样，他也没有后悔过！”随意打断长辈说话是很不礼貌的，乔鹤很少这样做，这一次是真的忍不住了。

她呼了口气，让语速慢下来，轻声说：“现在没有，将来也不会有。他是霍听澜，生来便担着倨傲与才华，有多少学识，就有多少硬骨。激浊扬清，遏恶防邪——他有自己的原则和标准，所行所为，只求无愧初心。他从不屑于活在众人的口舌之间，所以，误解也好，谣言也罢，是伤不到他的，您不必因此担心。霍听澜这个人，比您想象中的，更强大，也更执着。”

霍向磊凝视乔鹤，半晌才说：“希望你能一直像今天这样，坚定地站在他身边。”

乔鹤笑了笑：“我不仅会站在他身边，还会为他做很多事。这世界污浊混乱，我愿为他栽出一方新天地，建一座桃花源。”

车子停在巷口，周遭星星点点，是万家灯火。

乔鹤抬手搭上车门，忽然说：“叔叔，您相不相信神明的存在？”

不等霍向磊回答，乔鹤继续说：“我信的。善良、热爱、执着和赤诚，都是很宝贵的东西，神明舍不得遗弃，所以，它怜悯每一份热爱，也会保佑每一个善良的人。”

灯火在远处，暖光淡淡，那光映进乔鹤眼睛里，涂抹出金色的痕迹。

明艳、动人，灿灿生辉。

乔鹤想，我相信，所有坦荡磊落的人，都会幸福地活在阳光下。

他们明朗干净，周身光芒，所行所愿，都会顺遂平安。

（89）

乔鹤回到家时，张念云已经备好了晚饭，通明的灯火映出满室温馨。程璟川居然也在，还亲自动手，帮程柳江倒了一小杯葡萄酒。云林不晓得跑哪儿去了，他的位置空着。

张念云眼尖，瞄到乔鹤眼圈红着，登时急了，连声追问：“怎么了闺女？店里小伙计气你了？还是客人欺负你了？别怕呀，跟师娘说！”

程柳江和程璟川也都看过来。

今天的晚饭是铜锅涮肉，锅底烧出袅袅白烟。

乔鹤捧着一杯张念云倒给她的蜂蜜水，借着那点温暖的微甜，向家里人说了她和霍听澜的关系，说了霍听澜的所行所为，以及那个人给她的深刻影响。

他教会她睁开眼睛，去看透整个行业。

他教会她何为“肃儆”，惩恶劝善，激浊扬清，为肃；遏恶防邪，告诫世人，为儆。

他说，生而为人，最重要的是不能使先祖受辱。所以，我辈当深谋远虑。

他说，希望有朝一日，所有流失在外的文物，都能回家。

说到最后，乔鹤的眼睛又红了。

那么好的人，却躺在医院里，奄奄一息。

他们这样欺负他，他却没有抱怨过半句，依然满怀热忱，依然磊落倨傲。

乔鹤的故事讲完，客厅里静了一瞬。

程柳江迟迟没有发话，倒是程璟川先开了口，他说：“薄荷说的这个人，我见过。品行还可以，值得深交。”

“等他身体好一些，带他来家里。”程柳江沉吟片刻，说，“跟师父喝一杯。”

乔鹤重重点头：“我一定带他回来。”

一定将他平平安安地带回来!

这夜，注定无眠。

乔鹤睡不着，泡了杯绿茶，坐在小院的石桌前看月亮。

杯盖掀开，月亮掉在里面；杯盖合拢，月亮又回到天上。

来来回回，盖碗碰触发出清脆的声响。

身后传来脚步声。

“那个青花盖碗的价钱可不便宜，你小心点，万一摔了，老头子准跟你急。”

程璟川走到乔鹤对面，坐下，手中同样捧着一杯绿茶，只不过，他用了寻常的玻璃杯。

乔鹤伸头往他杯子里看，崩溃：“顶好的峨眉雪芽，你就这么随随便便地给泡了？”

糟蹋！实在糟蹋！

“你跟在老头子身边，别的学没学会，暂且不提，摆谱倒是学了整套！”程璟川按着乔鹤的脑门，把她推回去，“喝茶用盖碗，喝酒用盏，连选个筷子都要挑木料。”

乔鹤没心力跟他斗嘴，偏头看向一旁的小花圃。

程璟川瞥她一眼，忽然说：“我背你回家那天，霍听澜的车就在巷口，我看见了，但是没告诉你。后来，他送我回学校，我们聊了几句。”

乔鹤立即转回来，看向程璟川，追问：“你们说了什么？”

一提霍听澜，乔鹤的精神头全回来了。

程璟川心中喟叹，嘴上却说：“他说你给他的感情，他很珍惜，所以，才需要更多时间认真面对。他要给你的东西也有很多，只不过，还不到时候。”

乔鹤双手捧着盖碗，盖子没扣，茶汤清冽荡漾，映出一弯渐圆的月。

十五快到了，月团圆，人团圆。

乔鹤静静地看着沉在杯中的月色，忽然说：“他早就料到了！”

程璟川挑眉。

“他早就料到康盏不会放过他，早就料到会有不好的事情发生，所以，故意说难听的话，让我远离他，甚至厌恶他。这样，就算他活不成，也不会拖累我，毕竟我们没有任何关系。”

乔鹤有些生气，又觉得眼眶湿润：“这个浑蛋！”

他连接吻都漠然，不是不心动，而是不能。

因为，还不到时候。

他自认还有罪孽没有赎清，还有愧疚未曾忏悔。

所以，他用尽全力去克制，克制自己，也是为了将她隔绝在危险之外。

这个浑蛋!

他善待了所有人，唯独没有善待过自己。

“我听不懂你在说什么，不过，你能想通就好。”程璟川站起来，把手上的杯子往乔鹤面前一推，“拿去，洗了！”

（90）

两天后，霍听澜逐步脱离危险，从ICU转入VIP病房，但是人还没有清醒。

他摘除了部分肝脏，性命保住了，后期，需要漫长的时间用来静养。

乔鹤每天都来看他，化好看的妆，睫毛纤长，唇色饱满，戴亮晶晶的小首饰，穿款式不同的漂亮裙子。

女为悦己者容。

她希望霍听澜醒来时，第一眼就能看见明艳的阳光，也看见她灿烂动人的样子。

世界这么好，她也这么好，怎么会有人舍得离开呢?

护士进来检查仪器数据，多看了乔鹤几眼，忽然问："你是不是姓乔?"

乔鹤立即点头："我叫乔鹤，白鹤的鹤。"

"昨晚，患者叫过一声你的名字。"护士说，"应该是快醒了。"

霍听澜大量失血，脸色白得厉害，陷在同颜色的被褥里，脆弱得像一张纸。

他的手搭在被子外面，五指舒展，根根修长，骨节依旧精致好看。

乔鹤在床边坐下，她握着他的手，将脸颊埋进他的掌心。

霍听澜体温偏低，掌心冰冷，她慢慢将他暖热，慢慢地给他温暖和支撑。

阳光落进来，莺飞草长，万物明亮，仿佛有透明的花瓣在飞旋。

淡淡的香气散了满室，好像是龙桂香的味道，悠远绵长。

一切都在变好，一定会好起来的。

这样想着，慢慢地，乔鹤睡着了。她梦见胖乎乎的小熊在草地上打滚，梦见霍听澜站在紫藤环绕的地方，笑容温暖。

她梦见很多很可爱的画面，最后，她感觉到有什么东西落在头发上，很轻，如同抚摸。

乔鹤猝然惊醒，心脏凌乱跳动。她抬起头，视线缓慢移过去，看见霍听澜温柔的眉眼。

他在笑，目光清澈如水。

没有怨怼，没有憎恨，没有对不公遭遇的任何愤恚。

阳光透过唐菖蒲的花瓣，照亮他的眼睛，照出温柔饱满的颜色。

那一刻。

风月都褪色，山海皆安静。

她在他眼中，看见了最爱的那颗星。

“你醒了？”

乔鹤声音轻柔，她伸出手，小心翼翼地碰了碰霍听澜的脸，她的指尖沿着他的轮廓弧线滑下去，在他的嘴角处长久停留。

霍听澜勾起一点儿笑，眉目柔和得不像话。他想说什么，但实在太虚弱，只发出几声轻微的气音。

乔鹤靠过去，耳朵贴在他唇边，本想听清他在说什么，却觉得耳郭微微一痛。

霍听澜咬了她一口!

乔鹤愕然抬头，听见他用微微颤抖的声音，小声说：“上一次，你就是这样咬我的，我要还回来。”

乔鹤哭笑不得，故意瞪了霍听澜一眼。

之后，她原是想笑的，露出一个漂亮的笑容给他看，泪水却不受控制地涌上来，模糊了视线和表情。

波光粼粼，如同沉落着星星。

霍听澜抬起手，想碰一碰乔鹤的脸，可是他太虚弱，动作进行到一半，就没了力气。乔鹤立即靠过去，将脸颊贴近他的掌心，任由眼泪落进去。

一滴又一滴，打湿了他细白纤长的手指。

“别哭哇……”

霍听澜声息微弱，他扳过乔鹤的下巴，带着她靠近自己，然后，轻轻地吻了她的嘴唇。

空气很甜，碎金似的光线落满周身。

“我努力活下来，就是为了再看到你对我笑……”

阳光灿烂至极，越过干净的玻璃窗，温柔旋落。

一切都明亮，一切都美好。

一切的担心和不安，都只是虚惊一场。

乔鹤含着一点儿眼泪，小声问：“你亲我了，是不是就证明我追到你了？”

霍听澜单手扣在她颈后，与她额头相碰，慢慢地说：“早就追到了。”

我呀，一直都是你的。

（91）

霍听澜醒了，各项指标渐趋平稳。

霍杉收到消息，旷了两节课跑到医院。

他风风火火地赶过来，额头上沁着汗水，走到病房门口，又有些踟蹰，单手扒着门框，眼巴巴地往里看，不太敢靠近。

霍听澜精神渐足，在护工的帮助下简单洗了个澡，周身清爽。他搁下手上的书，对霍杉说：“过来。”

霍杉这才走进去，在霍听澜身边坐下，小声喊着哥哥。

霍听澜应了一声，提醒："以后，你放学再来看我，不许旷课。"

霍杉连连点头，说知道了。

康盏的案子进展顺利，人赃俱获，证据确凿，很快宣判。

庭审时，乔鹤和霍听澜都没有出现。法庭空旷而庄严，康盏站在被告席上，长发松松绾起，素颜，眉毛细长乌黑，唇色淡淡，目光淡淡，透着不正常的苍白和冰冷。法官神情严肃，问她是否后悔，她没说话，只是笑了笑，当庭表示，不再上诉。

就这样，尘埃落定。

一边的旁听席，有人小声嘀咕："她这是什么态度，根本毫无悔意嘛！"

碎发垂下来，蹭过脸颊，康盏抬手拢了拢，细长的手指勾住发丝，一缠，再一绕，漫不经心。

她似乎想借着这些小动作告诉所有人——她不后悔，刺伤霍听澜，她永不后悔。

霍听澜在业内颇有名望，如今当众被刺，地点又是电视台的演播厅，自然闹得沸沸扬扬。

等待起诉期间，有媒体记者在病房外徘徊，还有人试图挖出康建辉的旧案，不过，一切脱离这件故意伤害案本身的舆论都被霍向磊压了下去。

霍家发迹多年，并不是任人拿捏的软弱之辈。

霍听澜是霍家的儿子，只要他愿意，他可以一辈子轻松奢侈，嚣张荒唐。可他偏偏比旁人更刻苦，也更勤勉，锻造出一身无双技艺，也锻造出一副宁折不弯的君子骨。

霍听澜住院治疗期间，霍向磊没有来探望他，只是私下与乔鹤见了一面。

经此一役，霍向磊的白发又多了一些，他语气沉沉，说：“交易之道，刚者易折。唯有至阴至柔，方可纵横天下——听澜太刚硬，这是优点，也是致命的弱点，以后，你多劝劝他。”

乔鹤安静地点头。

霍向磊不知想到什么，忽然笑了，说：“霍听澜这小子，不是不好，而是太好。”

常君庭倒是蹦跶了几回，在个人社交媒体上发布了几篇博文，含沙射影，指桑骂槐。文章写得倒是不错，引经据典，笔灿莲花，可惜无人理睬。姓常的气到跳脚，索性撕碎脸面公然骂街，宣称霍听澜背弃恩师其行可诛！

这次他带上了霍听澜的大名，倒是掀起了些许水花，然而，不等舆论扩大，霍听澜向某小学捐赠图书五万余册的消息，登上了本地的门户网站和电视报纸。

随新闻一同刊发的还有霍听澜的亲笔信。

他在信中写了这样几句话：

我们的民族真的很厉害，泱泱千年，经久不息，有那样漫长的历史可供回顾，有那么多灿烂的文明需要传承。一个百年过去，还有下一个百年，时间是无穷无尽的，而孩子，是根基，也是希望。

告诉我们的孩子，不要忘记。

那些走过的历程，那些创下的辉煌，那些坚守的风骨，那些苦难的岁月。

统统不要忘记。

百年紫禁城，千年莫高窟，堪称奇迹的秦始皇陵，万古燃烧的孔明灯。

这一切，都不要忘记。

让历史永存，让江山胜迹代代传承，永不蒙尘。

我辈复登临。

信是手写的，硬笔行楷，黑色墨迹。

漂亮得不像话。

那样一笔好字，那样的胸怀和气度，那样出色的相貌。

一时间引起多方关注。

霍听澜的私人微博再度被翻出来，数天内，涨粉几十万。与传统文化有关的多个话题纷纷登上热搜，引发关注与讨论的同时，让更多的人认识到，传承要从孩子做起。

与霍听澜带起的热度相比，常君庭那点上不得台面的小动作，根本不值一提。之后，也就不了了之了。

霍听澜一天天恢复着，已经能下床行走。他坐在窗边的沙发上看书，乔鹤挨在他身边，脑袋枕着他的肩膀，用 iPad 上网，看到好玩的消息，就递到霍听澜面前，让他一起看。

霍听澜瞄到乔鹤的微博 ID，叫“上官摘月亮”。霍听澜打开自己的微博，却发现这个 ID 在他的黑名单里，他随手翻了翻，看到很久之前的一条私信——

霍先生，我好喜欢你呀，你屁股真好!

霍听澜：“……”

真是不见外啊。

霍听澜将手机递到乔鹤面前，乔鹤不明所以，低头看了眼屏幕，脸色瞬间涨红，磕磕绊绊地说，误会，都是误会！她当时想说的是“皮肤真好”，结果霍听澜5G冲浪，连解释的机会都不给一个，直接把她拉黑了。

霍听澜听完，贴到乔鹤耳边说了句什么，乔鹤怔了一秒，接着脸色更红，熟透了一般。正巧医生来查房，乔鹤趁机跑了出去。

医生开玩笑，说你是不是又欺负人家小女孩了？

霍听澜耸了耸肩。

怎么能算欺负呢，他不过是说了一句：“你都没看过，怎么知道真好？等我出院了，身体好一些，让你看看。”

（92）

霍听澜出院后，康盏也从看守所转移到了市郊的监狱，开始服刑。

乔鹤去看过康盏一次，确切地说，她有一些话，要跟康盏讲清楚。

康盏穿着蓝灰色的囚服，长发齐耳剪断，露出雪白的脖颈，天鹅般修长。

乔鹤还记得她穿露背长裙的样子，浓妆，戴菱形耳环，风尘又绝色，那么漂亮。

转眼，光芒尽褪。

她们各自坐在隔断玻璃的两侧，一端阳光明媚，一端空旷暗沉，如同两个世界。

乔鹤看着康盏：“这样的结果，你满意吗？”

康盏不作声，手铐圈住她雪白的腕，冰冷又沉重。

“我知道，你没想让他死，”乔鹤说，“你肯出来见我，就是证明。”

康盏还是不说话，她微仰着头，表情是惯有的冷漠，眉眼如霜。

乔鹤看着她失去血色的指尖，忽然说：“你爱过他，对吗？少年时期的霍听澜，几乎是跟你一起长大的霍听澜，一定比现在还要耀眼吧？”

听见这样的话，康盏笑了一声，神情轻蔑，饱含讽刺。可眼底渐渐泛滥的灰败，又证明这个荒谬的猜测，是多么正确。

少年时的霍听澜，十七岁的霍听澜，那么英俊，走在人群里，一眼就能看见。

满腹诗书，博学广识，写得一笔好字，却又桀骜难驯。

学校里，小区里，多少女孩子偷偷看他，然后偷偷打听。

正应了秦观的那句词——少年当此，风光真是殊绝。

风光殊绝呀。

怎么能不动心。

因为动过心，所以，才恨得那般不讲道理，把罪名都归在霍听澜头上，恨不得剥皮蚀骨。

所有悲剧，所有死亡和失去，都是他害的!

爱而不得，是因为他，家破人亡，也是因他，统统都是他!

明明恨入骨髓，动手的那一刻，却心软了，匆匆避开致命的部位。

让他痛，却不想让他死。

多矛盾的想法，矫情又懦弱。

可是，每一次午夜梦回，她又万分庆幸，他还活着。

“到此为止吧，康盏，”乔鹤将声音放轻，“爱和恨，都到此为止。向前走吧。”

探视时间快到了，乔鹤正要放下通话器，康盏却叫了她一声，说：“以后，别来了。”

乔鹤顿了顿，点头应下。

除了这一句，康盏再没说话，她站起身，被管教带着，走了出去。

乔鹤一路目送，她发现康盏很瘦，背影单薄得厉害，却努力挺直，像铸了把钢尺在背上。

明明是个很骄傲的人，却将自己送入这样的境地。

何苦呢……

乔鹤叹息着想，到此为止吧。

以后，无论是她与康盏，还是霍听澜与康盏，都不会再见面。

到此为止了。

（93）

来探视康盏的事，乔鹤没告诉霍听澜，离开城郊监狱后，她直接去了如意轩。

有客人下定，要做一件玉山子，她一直没找到合适的材料，想再去库房里翻翻。

库房中立着好几个一人多高的架子，乔鹤埋头找东西，不留神碰倒了一个。好在架子是空的，没伤着人，倒是露出了藏在下面的一个大纸箱。

纸箱用黑色帆布蒙着，藏得严严实实，要不是架子倒了，还真不容易被发现，也不知是谁放进来的。

乔鹤撕掉黏住封口的胶带，往里面看了一眼。

只一眼，她面色巨变。

乔鹤踢开库房的门，一把抓住正弯腰扫地的小伙计，问他：“这几天都是谁在看店？”

最近她忙着照料霍听澜，分身乏术，顾不上店里的生意。

小伙计吓了一跳，磕磕绊绊地说：“大老板来过，林哥也来。”

大老板是指程柳江，林哥，就是云林。

乔鹤目光冰冷：“他们两个谁进过库房？”

“都……都进过吧。”小伙计抓着头发，“我想不起来了。”

乔鹤回到枫叶胡同时，刚好是午饭时间，客厅的大圆桌上只摆了两盘凉菜，热的还没出锅。

张念云见乔鹤捧着个大箱子走进来，“哟”了一声，问：“这是买了什么呀？这么大的个头！”

乔鹤捧着箱子没放手，问了一句：“云林在家吗？”

张念云摇头：“一早他就出去了。这阵子也不知道在忙什么，功课不练，早出晚归。你师父骂他好几次了。”

“能麻烦您给他打个电话吗？让他回来，”乔鹤说，“他不听您的，就让师父打。总之，必须让云林回来！”

一个半小时后，云林才回来。他穿了条破洞牛仔裤，头发染成浅灰色，像不好好读书的叛逆少年。

客厅里悄无声息，糖醋排骨和宫保鸡丁都冷在了盘子里，没人动过。

张念云进了卧室，程柳江坐在沙发上，入定似的，不知在想什么。

乔鹤站起来，拍着搁在茶几上的大纸箱，问云林：“认识吗？”

云林倒也淡定，翻着眼睛，说：“纸箱啊！”

乔鹤耐心十足：“箱子里装了什么，你知道吗？”

不等云林开口，乔鹤说：“箱子里一共装了二十件东西——山子四座，手串五条，玉佛六个，平安扣五个。这些东西形态各异，但是有个共同点，原料用的都是八三玉。云林，你跟在师父身边也快十年了，知道什么叫八三玉吗？”

云林冷冰冰地看着她：“你什么意思？”

“八三玉产自缅甸玉石厂，这种玉没什么水头，也不好看，唯一的优点就是便宜。”乔鹤说，“酸洗之后，可当作A货翡翠出售，以次充好，牟取暴利！

“云林，你在如意轩的库房里存放这些酸洗过的八三玉是什么意思？”乔鹤的指尖微微发颤，声音也是，“这些烂东西，一旦顶着如意轩的名号流出去，会有什么后果，你知道吗？师父一辈子的清誉，如意轩的百年招牌，你跟我做人的底线和规矩，都会毁在这上面！

“入门的时候，我们都跪在地上发过誓——”一桩桩，一件件，乔鹤全搬到明面上，“入了如意轩，便要敬业精益，不售假、不骗人，该是什么料，就是什么料，宁可让生意淡了，也决不让良心蒙尘——自己亲口说过的话，你还记得吗？”

“都什么年代了！你还死守着那套老规矩！”云林一进门就挨了通训斥，面上难堪，自然也压不住火气，声音陡然拔高，反问乔鹤，“有钱为什么不赚！八三玉不是玉吗？它跟玻璃一样的翡翠有什么区别？不就是差了点光感和透度吗？酸性溶液一洗，全都有了！”

“市场为先，凡事都要讲个成本和利润，”云林扯松衣领，“既然有更便宜的原料，为什么非要用高价的？为了货真价实？别逗了！你问问那些顾客，新的老的，全都问问，他们分得清糯冰种和玻璃种吗？知道新疆和田和青海白玉的区别吗？连货都不识，还谈什么货真价实！傻子就是用来被骗的，我不骗，也会有别人去骗！”

乔鹤扬手就是一耳光！

她觉得浑身冰冷，微微地发着抖，有很多话想说，却又不知道该从哪里说起。

她很想问问云林，你这么会变成这样？

那个跟我一起熬夜练珠雕的小男孩，那个追在我身后叫我师姐的小男孩，他去哪儿了？

谁把他藏起来了？

这一巴掌打出去，客厅里有一瞬的安静。

云林双目赤红，几乎跳起来，歇斯底里：“乔鹤！你凭什么打我！你以为你是谁？无父无母的孤儿，靠着别人的施舍才活到今天！会雕两颗珠子，就觉得自己是艺术家？你配吗？还想跟霍听澜谈恋爱？你也不打听打听，人家是什么出身？说高攀都是在夸你！有钱不赚，非要熬苦功磨那些破石头，你活该被嫌弃，活该一辈子做人下人！”

客厅里的吵闹声实在太大，张念云有心回避也避不成了，她推门出来，要替乔鹤教训云林几句，忽然看见客厅的门槛外，站着一个人。

一个十分英俊的年轻男人。

那人大概怕冷，衬衫外搭了一件及膝的风衣外套，个子很高，肩背线条笔直清瘦。那人逆光站着，脸上神情模糊，暗沉沉的身影中却透出一种气度，沉静、雍容、幽深且神秘，不容忽视，亦不容窥探。

这样的人，一看便知，有着良好的家境和出身。

那人迎上张念云的视线，礼貌地点了下头，轻笑着，淡淡开口：“抱歉，不请自来。我叫霍听澜，是乔鹤的男朋友，想麻烦这位小兄弟好好说一说——霍听澜是什么出身？什么是高攀？什么又是不配？”

尾音骤然一沉，气场十足。

（94）

谁都没想到，霍听澜会在这样的时间和地点，突然出现。

乔鹤也吓了一跳，她飞快地眨了几下眼睛，驱散聚在眼底的水光。

这点小动作自然瞒不过霍听澜，他在众人的瞩目下径自走到乔鹤身旁，单手捧起她的脸，拇指搁在她眼尾处，触到一线浅淡的红和微凉的湿润。

霍听澜呼吸渐沉，他的恼怒这样明显，几乎压过了之前的剑拔弩张。

“你别生气。”

这种情形下，乔鹤还有心思安慰别人。

她按住霍听澜的手，目光清透沉静，说：“你先去旁边坐一会儿，我可以处理的。”

霍听澜深深一叹，心想，你干脆气死我得了！

乔鹤绕过霍听澜去看云林，她眸色漆黑，格外认真地对云林，说：“动手打人，是我不对，我向你道歉。你说得没错，我的确是孤儿，但我不是一无所有。除了成本和利润，还有一种东西叫风骨，叫敬畏。我喜欢玉雕，也热爱这个行业，我希望这个行业是向上走的，而不是沿着混乱和污浊一路沉下去。我可以向所有人保证，只要乔鹤还是如意轩的小掌柜，如意轩的招牌就会一直干干净净！不售假、不骗人——我立下的诺言，我自会坚守。石可破也，而不可夺坚；丹可磨也，而不可夺赤——人活一世，可以不聪明，但不能没有底线，当知可为与不可为。也许，我会因为这份执着错失一些东西，但是没关系，问心无愧就是最好的嘉奖，我以此为荣！”

话音落地的瞬间，乔鹤心头一动，她下意识地偏过头，视线掠过金色的光影径自落在霍听澜身上，落进他带着笑意的眼底。

我热爱这个行业，我希望这个行业是向上走的……

这句话，这些道理，是霍听澜教会她的。

原来，不知不觉中，她已经跟上了他的步伐。

霍听澜身体力行，指引出了一条全新的路，值得她向往，也值得她无畏。

她忽然很想和霍听澜说，你看，我长大了，我的爱也是。

乔鹤的声音算不得铿锵，甚至有些绵软，羽毛一般，柔柔的，自心头拂过，掀动起的波澜却旷远而持久。

在乔鹤看向霍听澜时，霍听澜的目光亦牢牢地定在她身上。

恍惚间，霍听澜想起很多片段。

他想起，乔鹤对他说，别担心，你不是孤独的，我会跟在你身后，沿着你的步伐，同你一起走。如果你愿意等等我，或者，教教我，说不定我会赶上来，与你并肩而立。

她说，无论你什么时候回头，总能看见我在身后。我懂你的敬畏，欣赏你的热忱。

如果可以，请让我成为另一个你。

一样的满怀虔诚，一样的磊落坦荡。

那些话，那些承诺，她真的在逐一做到，也在逐一实现。

成为和他一样的人，与他并肩而立。

不沾罪行，磊落光明。

这个小女孩。

这个看上去有些柔弱和稚嫩的小女孩，用自己的方法跟随他，支撑他。

她填补了他感情的缺失，也完整了他的生命和信仰。

她的风骨撑起了他的风骨，她的气节也撑起了他的气节。

从此，他不再孤独一人。

康建辉的话犹在耳畔：

“孩子，向前走吧，别再回头。”

时至今日，此时此刻。

他终于可以告别那些沉积的阴霾，告别那场覆盖一切的风雪。

向前走。

原不原谅，释不释怀，都没有关系。

他找到了能拯救他的人，握住了那只将他拽离梦魇的手。

命运终究没有亏欠他太多。

凛冬散尽处，莺飞草长。

群星沉没后，是崭新的阳光。

热血赤诚的尽头，有一个他深爱的人。

（95）

事已至此，云林颜面尽扫，再无退路。他求助似的看向师父程柳江，想认错，又不甘心，嗫嚅地站在那里。

程柳江缓缓起身，他年纪大了，身形有些伛偻，不如往日威严，可气势仍在。云林几乎不敢抬头，额上冷汗涔涔。

程柳江先看向霍听澜，语调平平，说："霍先生初次登门，本该好好款待，可惜，程某人教徒无方，让霍先生看了笑话，对不住。"

霍听澜立即站起来，恭敬道："晚辈不请自来，搅扰程师傅清静，该是晚辈向程师傅道歉才对。"

说完，他撤开椅子退到一边。

接下来，如何处理云林，还要看程柳江的态度。

程柳江指了指那个装着八三玉的箱子，对云林说："这些东西，你想带走，我不拦，算师父最后帮你一把。师徒一场，有始有终。"

乔鹤要开口劝，被霍听澜拦了下来。他握着她的手，十指交扣，轻轻一捏，她瞬间忘了自己要说什么，脑袋里绽开一朵又一朵草莓味的蘑菇云，险些咬到自己的舌头。

程柳江明明松了口，云林反而更紧张，他想叫师父，却被程柳江挥手打断："你聪明，心气儿也高，小小的如意轩拘不住你，不如去寻更合适的地方。"

云林脸色更白，几乎要哭了，膝盖一弯，作势要跪。

程柳江拦住他，道："你我并非直系血亲，也没了师徒名分，程某人受不住你这一跪。趁着时间尚早，你收拾东西，走吧。"

云林终于哭出来。

十年学艺，潦草收场。

一手带大的徒弟，如同亲子，程柳江不是不伤心，伤心背后更多的是悲哀。

这世道，人人聪明，人人会谋利，摸着良心过日子，本本分分凭手艺，反倒成了傻子。

本不该是这样，偏偏又成了这样。

程柳江像是累坏了，有些站不稳，乔鹤连忙扶住他，搀着师父往内室走。

程柳江没再看云林，自语似的念了一句：“贪欲太重，必遭反噬，年轻人哪，你们本该是行业的未来……”

乱七八糟的事情折腾完，天都黑了，霍听澜站在程家的院子里，月光落满周身，烟火气很淡，不惹尘埃，俊朗疏离。

四周，回廊幽静，影壁投下一方暗影，水池里数尾漂亮的小金鱼，灯光下，朦胧温暖。

脚步声响起，霍听澜转过身，看见石桌上多了两杯茶。

乔鹤穿着一字肩的上衣和半身裙，芙蓉石的吊坠垂在锁骨处，微微悬晃。

她没化妆，干干净净的素颜，鼻子很秀气，唇形饱满莹润。

灯火缀满整个院落，煌煌如白昼。

霍听澜站在花草繁盛的地方，长身玉立，静静地看着她，专注的神情让人难以招架。

乔鹤有些脸红，忍不住笑起来，眉眼精致极了，故意问：“你在看什么？”

霍听澜也笑起来，浅浅的温柔，说：“看我的心上人哪。”

乔鹤站在廊下的台阶上，她张开手臂，肤色白如雪，小声说：“只看着呀？不想抱抱她吗？”

隔壁邻居的院子里种了四季丁香，花期繁茂，夜风都是香的。

霍听澜恍惚想到王雱的那首词——

海棠未雨，梨花先雪。

相思只在：丁香枝上，豆蔻梢头。

相思啊……

双向的奔赴与爱慕，才是相思。

霍听澜情不自禁地走近，乔鹤落在他怀中，眉眼盈盈浅笑。

他低下头，吻她的唇和带笑的眼睛，动作那般温柔，像是怕惊动了开在这夜的花朵。

乔鹤仰头看他，故意问：“你养了小猫，对不对？”

“它叫饭团，”霍听澜说，“很乖的，你要看看它吗？”

“那你会抱你的猫吗？”乔鹤接着问，“撸它的肚子，喂它好吃的，让它睡在你怀里？”

霍听澜点头：“当然。”

乔鹤咬了咬唇，神情娇妩可爱，她凑到霍听澜耳边，气息轻软，又问：“那——我能做你的猫吗？”

薄薄的馨香溢满呼吸，那一瞬，他的心神皆为她震动。

后来，霍听澜沉寂许久的微博更新了一条动态，还是一篇长文。

这是他注册账号后发的第一篇长文。

霍听澜在上面写：

霍听澜为人，三分桀骜，七分乖张，交友行事俱凭喜好，优点不算多，缺点不算少。

我自幼在外公身边长大，入古玩一行，从事修复，也是经由外公启蒙。

外公教我背《礼记》，其中“博学之，审问之，慎思之，明辨之，笃行之”一句，被要求反复背诵默写，直至烂熟于心。

博学笃行，慎思明辨——是外公给我的忠告，也是老人家对我的祝福。

霍听澜一路走来，没歪成一根辱没先祖的朽木，靠的便是外公的悉心教导。

少时，读林则徐的居官铭箴，读到“防欲如挽逆水之舟，才歇力，便下流；从善如缘无枝之木，才住脚，便下坠”一句，只觉比喻甚妙，不解深意。

直到我入行，才明白人之欲与深渊相比，有过之而无不及。

深渊如何能填满？人的欲念，也一样填不满。

入行越久，感悟越深，越能理解外公的一番苦心。

他希望我，登临高处时，不忘初心，慎言行善，切不可为私欲所累；他还希望，即便我沉入泥潭，也不要与泥沙一并俱下，要有风骨，要坦荡无畏。

桩桩件件，霍听澜一直铭记，也一直竭力做到。

我自认问心无愧，可午夜梦回，也有孤单之感。

直到我遇见一个人。

恰如《绸缪》中所写——今夕何夕，见此粲者！

我心悦之人，以玉雕为业，她父母早逝，随师父长大，潜心学艺。师弟笑她蠢笨，不懂变通，不知以次充好可牟取暴利，她却立誓不制假不售假。她说做人当有风骨敬畏，石可破也，而不可夺坚——人活一世，当知可为与不可为。

她说，问心无愧就是最好的嘉奖，以此为荣！

遇见她，我才知，上天对我终是偏爱大过考验。

它给了我最好的礼物。

得良人如此，何其有幸！

霍听澜一生，只钟爱两样：一是明如镜的好瓷，一是如意轩的乔鹤。

前者，是我的荣耀；后者，是我情深所系。

苦难散尽处，愿你我热爱不朽。

@上官摘月亮

上次赠书和手写信事件的热度仍在，霍听澜饱受关注，因此，这条微博一出现，就收获了大量转发和评论，热度直线升高。

最开始，转发和评论里全是“好甜好甜”“霍先生王者级情话”之类的留言，相关话题下，更是图版的“甜哭”“先生杀我”，慢慢地，画风竟然逐渐跑偏。

先是当地玉雕协会的官微转发了霍听澜的微博，说，坚守本心，永不售假，是从业人员的底线，也是我们的追求。我谨代表 ×× 市玉雕协会，送出《中国玉器年鉴》一本，希望乔小姐在玉雕行业里乘风破浪，勇往直前。

这个神奇的头一开，不同城市不同省份的玉雕协会的官微纷纷下场，有的送礼物，有的声援，还有的表示支持。

本是一条秀恩爱的表白微博，生生变成玉雕界团建，热度越升越高，# 玉雕圈团宠 # 这一话题，更是冲上了热搜第一。

调侃之余，网友们也纷纷表示，乔姐姐和霍先生，是我见过的最般配的两个人。

同样的磊落坦荡，同样的风骨峭峻。

他们能相爱，是最美好的故事。

番外

/
我愿为你裁出一方新天地

入冬了，天气渐冷。下雪那天，霍听澜带乔鹤去见林成溪。

乔鹤注意到，提起“妈妈”这个词语时，霍听澜的眼神总是安宁而温柔，近乎恒久。

乔鹤想，他一定很爱很爱他妈妈。

霍听澜说，他妈妈身体不好，几乎是拼上性命才生下他。妈妈做的菜很好吃，喜欢在走路时牵他的手，还会在睡前亲吻他的额头。

这一切都在他十三岁那年戛然而止。

霍听澜伸手到副驾，握住乔鹤搁在膝盖处的手，有些艰难地说：“薄荷，这些年我妈妈一直在康复中心接受治疗，你千万不要害怕，她……”

车厢里很暖和，馨香淡淡。

乔鹤看着霍听澜的眼睛，说：“为什么要害怕？那是妈妈呀，就算病了，她也不会忘记你是她最爱的人。”

心跳仿佛调换了频率，绵绵的，发软。霍听澜探过身，低头抵上乔鹤的额头，两个人的呼吸融在一起，轻盈得如窗外纯白的雪。

康复中心依旧安安静静，小护士告诉霍听澜，林女士最近状态不佳，又开始认不得人了。

邻近荷塘的房间，林成溪坐在靠窗的地方，膝上盖着毛毯。

病了这么多年，林成溪也没有失掉体面，盘发，穿旗袍，搭配围巾披肩和珍珠首饰，眉毛修成柳叶状，优雅精致。

美是真的，脆弱和单薄也是真的。

护士让访客留在门外，她先走进去，蹲在椅子旁边小声跟林成溪说了几句话。

顺着护士指示的方向，林成溪很慢地转过头，她的目光很空，近乎冷漠，静静地落在霍听澜身上，落了很久，然后又转了回去。

面无表情，毫无反应。

那一瞬间，乔鹤觉得心脏仿佛被什么东西刺了一下，痛感不算尖锐，但是绵密持久。

小护士走出来，遗憾地说："你们也看到了，林女士根本认不出你们，这种状态下，是不宜见客的。"

霍听澜没说话，转身朝外走。

他走得很快，乔鹤险些跟不上，她在回廊转角处拽住他的手臂，用了些力气，他倒退着撞在她身上。

同时，乔鹤听见哽咽的声音。

低而轻弱，转瞬即逝。

乔鹤的眼睛红了。

回廊外，雪花漫天，满目冰冷的白。

"上次来的时候，她还好好的，"霍听澜的声音有些发抖，像是被冻坏了，“一转头又把我忘了。我空怀着满腔大义，什么信仰什么赤诚，现实却是，我连她都救不了。我爸伤害她的时候，我没能保护她；她病了，我也没有任何办法……我什么都做不了，只能眼睁睁地看着……”

乔鹤也说不清究竟是难过多一点儿，还是心疼多一点儿。她用力抱住霍听澜，双手环在他背上，试图给他支撑和勇气。

“我看过一些旧的影像资料，”霍听澜靠在乔鹤肩膀上，声音很轻，慢慢地说，“是她唱昆曲的样子，那么美，身上绕满了光芒……我眼睁睁地看着她被伤害，被毁掉，却什么都做不了……我救不了她……”

她拼尽性命生下我，我却救不了她……

乔鹤感觉到肩膀被什么东西打湿了，温热得近乎滚烫。

破碎的哽咽声里，乔鹤看清了霍听澜的成长轨迹，也看到一个完整而真实的霍听澜。

小时候，他一定拥有很多宠爱，博学睿智的外公，温柔娴静的母亲，他们教导他，也保护他，在他生命中奠下深厚的积淀。可美好的日子太短了，十三岁，大概是他生命中的分水岭，外公去世，母亲病重，只剩一个他连依靠都不屑去依靠的父亲。

夜色沉沉地落下来，罩在他身上，将他的孤单晕染得格外深重。

那时候是康建辉救了他，可是七年后，老师也走了。

又剩他一个人。

他似乎总是一个人。

这一路，他失去了太多亲人，成长的每一步都烙着锥心的苦，所以，在面对母亲时才会加倍自责和遗憾。

为什么我救不了你？为什么我谁都救不了？

乔鹤觉得喉咙哽得厉害，什么都没说，只是更加用力地抱紧霍听澜。

这种情况下，任何安慰都是苍白的，再煽情的语言，都弥补不了遗憾。

是啊，遗憾。

能救赎遗憾的是爱，而制造遗憾的，似乎也是爱。

因为爱，乔鹤选择原谅弃她而去的妈妈；也是因为爱，霍听澜痛恨自己，没能好好保护妈妈。

若不是爱得深切而真挚，又怎么会无法释怀。

乔鹤偏过头，亲了亲霍听澜的耳郭，小声说："我陪着你呢。"

人生在世，总有遗憾无法填补，无论发生什么，我都会陪着你。像今天这样，给你支撑，也给你温暖。

就算这世界污浊混乱，我愿为你裁出一方新天地，建一座桃花源。

所以，不要怕。

你不再是孤零零的，更不是独自一人，我会一直在你身边。

一直都在。

我爱你，我会陪着你。

两个人在康复中心外吹了很久的风，衣服都冻透了。

霍听澜渐渐平静下来，他眼睛有点红，握着乔鹤的手说："很冷吧？对不起呀，是我不好，不该让你一直在外面站着，我送你回去吧……"

乔鹤的手指搭在霍听澜的衣袖上，指尖绕着宝石质地的袖扣转了两转，忽然说："我能去你家看看猫吗？"

天黑了，下着雪，不见月光。

饭团是只很乖的小猫咪，从不乱跑乱叫，最大的爱好是躺在客厅的沙发上翻肚皮。

卧室门关得很严，隐约有低喃般的呼吸声溢出来，丝丝缕缕。

饭团翻了个身，小短腿团在胸前，耳尖敏锐地动了动，很快，又安静下去。

乔鹤终于看清刺在霍听澜手臂内侧的那朵黑色莲花。

线条缱绻精致，枝叶半含半放。

真美。

乔鹤情不自禁地抬手，指尖在上面碰了碰，触到轻微的汗湿和灼热的体温。

霍听澜低下头，亲吻她的额头和脸颊。

他瞳仁极黑，眉宇间浮着融融暖光，英俊之中横生温柔，精致得像一幅画。

霍听澜扣紧乔鹤的腰，抱紧她，故意压低声音，沉沉的，贴在她耳边问："还冷吗？"

乔鹤很轻地呼吸着，脸颊发烫泛红，眼睛里覆着水一般的光，盈盈润润。

她似乎说不出话，只是摇了摇头，手臂绕过去，圈在他背上，碰到形状鲜明的肩胛骨。

霍听澜看着乔鹤的眼睛：“怎么不说话？在想什么？”

乔鹤听见心跳得有些快，慢慢地说：“在想，我怎么会这么喜欢你……”

她说：“霍听澜，我真的好爱你呀，我想对你再好一点儿……”

她的目光清透坦荡，她的回答也是。

霍听澜短暂地愣怔，接着——

所有冷静自持，所有理智从容，所有淡漠清寂。

都在这一句中溃不成军。

霍听澜觉得身体里像是席卷起一场海啸。

太阳穴猛烈跳动。

荒原上刮起无穷无尽的风。

太多情绪在翻涌，太多情感在悸动。

霍听澜克制着，很温柔地亲吻她，轻声说：“我会努力证明，你没有爱错人。相信我。”

希望有一天，或者，有那么一个人，能让你明白，再没什么东西比真心更难得，比爱更强大。

他这一生，穿行过黑暗，也直面过困苦，误解和质疑是他最熟悉的朋友。荒芜纷扰的世界里，他坚持着将自己活成了一棵树，永远骄傲，永远挺拔，悲喜皆淡去。手捧着一份初心，不弃不放。

他曾偏激，也曾执着，好在命运终是善待了他，给了他最好的结局，也给了他一个值得用生命去爱护的人。

至此，他重获圆满。

还记得勃莱的那首诗吗——

空气寂静，树林沉默

今夜我爱你

……

后来，霍听澜的微博更新了一条文字动态：

月亮是唯一，你也是。

可我爱你，远远超过爱月亮。

情话很美，她带笑的眼睛也是。

再后来的故事，就简单了许多。

江枕在个人社交平台上发布公告，宣布正式退役。

他离开了拓尔战队，也离开了围棋赛场，回归校园，读他最喜欢的专业。

有媒体追问江枕的私人生活，素来谨慎的江枕破天荒地给了回应，只说了一句正在交往，感情稳定。

也是在那一年，乔鹤的雕刻作品“桃花源”荣获“金玉奖”。

“金玉奖”素有玉石雕刻界的“奥斯卡”之称，其权威性和影响力可见一斑。

一时间，乔鹤声名鹊起。

记者与乔鹤的工作室取得联系，预约采访。采访期间，少不得要提到霍听澜。

那是业内名望最盛的金缮修复师，也是著名的艺术品评估师，其修复的作品，一度到了千金难求的地步。

上个月，霍听澜无偿向当地博物馆捐赠了数十件珍稀藏品，每一件都价格昂贵，引发广泛讨论。

随藏品一同捐赠的，还有他亲手所题的字幅——薪火相传。

非常漂亮的瘦金体，清隽至极。

记者只看过霍听澜的照片，照片上的人很年轻，穿着衬衫西装，配饰是银质领针和腕表，黑白交映，衬托出一张过于英俊的脸。

倜傥清傲，不染烟火。

这般惊艳的人，却公开表示，不再接受任何采访与谈话，留给公众诸多好奇。

采访时，乔鹤化了淡妆，穿着条纹衬衫和半身裙，长发绾起，颈侧皮肤雪白。

她爱笑，眼睛明亮动人，从五官到气质，俱是干干净净。

记者笑着称赞："您与霍先生真是一对璧人。"

同样的年轻精致，同样的才华横溢。

乔鹤笑了笑，眼神清澈，金色的光雾落下来，在她眉眼间涂出缱绻的倒影。

记者想，这个女孩子一定过着很美好的生活。

她身上有太多幸福的痕迹，落日一般，柔软而宁静。

难怪她能创作出"桃花源"，因为她一直身在其中。

桃花流水，人间烟火，处处温柔，处处生动。

后记

/
愿四季皆安

每次出门旅行，我都会逛一逛当地的博物馆，隔着透明的玻璃墙，看着千百年的漫长岁月陈列在眼前，每一寸光华里似乎凝固着一段金戈铁马、一代王朝更迭。

这些经历可以看作这个故事最初的灵感。

一直以来，我都偏爱有血性和大义的男人，他们的爱内敛而深厚，肩上有清风明月，眼中是星辰大海。他们总是习惯于把自己代入“守护者”的角色中，背负更多，也承担更多。大水临世，逆潮而行，即便被浪潮淹没，也在所不惜。因为他们的信仰便是如此，烙印在骨骼里的骄傲与气节，不许他们后退半步。

所谓，乘风好去，长空万里，直下看山河。

《明川有知夏》里的厉泽川是这样，这个故事里的霍听澜也是这样。

他们的感情也许不够惊艳，没有那么多的花招和甜言蜜语，却稳重，并坚定。无论你什么时候想起他，无论你走了多远，在哪里转身回头，都能看见他们在繁花炽热处，保护你，等待你。

他们看上去总是铮铮硬骨，而硬骨下的方寸温柔，永远只留给你一个人。

这就是霍听澜身上最具魅力的地方。

我是一个有些悲观的人，一直觉得，人生在世，终是悲苦大过喜乐。

可是，我也相信，雾霾散尽处，一定会有一个人，让你明白真心有多难得，爱有多强大。

你喜欢的人，也一定会带着干净的少年气和岁月赠予的善意，微笑着走向你。

他教会你心动，也教会你披荆斩棘，勇敢无畏。

时光尚好，愿你四季皆安。

苏幸安